文
景

———

Horizon

社 科 新 知　文 艺 新 潮

试论疲倦

[奥地利] 彼得·汉德克 著

韩瑞祥 主编

陈民 贾晨 王雯鹤 译

上海人民出版社

编者前言

彼得·汉德克（Peter Handke，1942—　）被奉为奥地利当代最优秀的作家，也是当今德语乃至世界文坛始终关注的焦点之一。汉德克的一生可以说是天马行空独来独往，像许多著名作家一样，他以独具风格的创作在文坛上引起了持久的争论，更确立了令人仰慕的地位。从 1966 年成名开始，汉德克为德语文学创造出了一个又一个奇迹，因此获得过多项文学大奖，如"霍普特曼奖"（1967 年）、"毕希纳奖"（1973 年）、"海涅奖"（2007 年）、"托马斯·曼奖"（2008 年）、"卡夫卡奖"（2009 年）、"拉扎尔国王金质十字勋章"（塞尔维亚文学勋章，2009 年）等。他的作品已经被译介到世界许多国家，为当代德语文学赢来了举世瞩目的声望。

汉德克出生在奥地利克恩滕州格里芬一个铁路职员家庭。他孩童时代随父母在柏林（1944—1948）的经历，青年时期在克恩滕乡间的生活都渗透进他具有自传色彩的作品里。1961年，汉德克入格拉茨大学读法律，开始参加"城市公园论坛"的文学活动，成为"格拉茨文学社"的一员。他的第一部小说《大黄蜂》（1966）的问世促使他弃学专事文学创作。1966年，汉德克发表了使他一举成名的剧本《骂观众》，在德语文坛引起空前的轰动，从此也使"格拉茨文学社"名声大振。《骂观众》是汉德克对传统戏剧的公开挑战，也典型地体现了20世纪60年代前期"格拉茨文学社"在文学创造上的共同追求。

就在《骂观众》发表之前不久，汉德克已经在"四七社"文学年会上展露锋芒，他以初生牛犊不怕虎的精神严厉地批评了当代文学墨守于传统描写的软弱无能。在他纲领性的杂文（《文学是浪漫的》，1966；《我是一个住在象牙塔里的人》，1967）中，汉德克旗帜鲜明地阐述了自己的艺术观点：文学对他来说，是不断明白自我的手段；他期待文学作品要表现还没有被意识到的现实，破除一成不变的价值模式，认为追求现实主义的描写文学对此则无能为力。与此同时，他坚持文学艺术的独立性，反对文学作品直接服务于政治目的。这个时期的主要作品有剧作《自我控诉》（1966）、《预言》（1966）、《卡斯帕》（1968），诗集《内部世界之外部世界之内部世界》（1969）等。

进入 70 年代后，汉德克在"格拉茨文学社"中的创作率先从语言游戏及语言批判转向寻求自我的"新主体性"文学。标志着这个阶段的小说《守门员面对罚点球时的焦虑》（1970）、《无欲的悲歌》（1972）、《短信长别》（1972）、《真实感受的时刻》（1975）、《左撇子女人》（1976）分别从不同的度，试图在表现真实的人生经历中寻找自我，借以摆脱现实生存的困惑。《无欲的悲歌》开辟了 70 年代"格拉茨文学社"从抽象的语言尝试到自传性文学倾向的先河。这部小说是德语文坛 70 年代新主体性文学的巅峰之作，产生了十分广泛的影响。

　　1979 年，汉德克在巴黎居住了几年之后回到奥地利，在萨尔茨堡过起了离群索居的生活。他这个时期创作的四部曲《缓慢的归乡》（《缓慢的归乡》，1979；《圣山启示录》，1980；《孩子的故事》，1981；《关于乡村》，1981）虽然在叙述风格上发生了很大的变化，但生存空间的缺失和寻找自我依然是其表现的主题；主体与世界的冲突构成了叙述的核心，因为对汉德克来说，现实世界不过是一个虚伪的名称，丑恶、僵化、陌生。他厌倦这个世界，试图通过艺术的手段实现自我构想的完美世界。

　　从 80 年代开始，汉德克似乎日益陷入封闭的自我世界里，面对社会生存现实的困惑，他寻求在艺术世界里感受永恒与和谐，在文化寻根中哀悼传统价值的缺失。他先后写了《铅笔的故事》（1982）、《痛苦的中国人》（1983）、《去往第九王国》（1986）、《一个作家的下午》（1987）、《试论疲倦》（1989）、《试论成功的日子》（1990）等。但汉德克不是一个陶醉在象牙塔里的作家，他的创作是当代文学困惑的自然表现：世界的无所适从，价值体系的崩溃和叙述危机使文学表现陷入困境。汉德克封闭式的内省实际上也是对现实生存的深切反思。

进入 90 年代后，汉德克定居在巴黎附近的乡村里。从这个时期起，苏联的解体，东欧的动荡，南斯拉夫战争也把这位作家及其文学创作推到了风口浪尖之上。从《梦幻者告别第九王国》（1991）开始，汉德克的作品（《形同陌路的时刻》，1992；《我在无人湾的岁月》，1994；《筹划生命的永恒》，1997；《图像消失》，2002；《迷路者的踪迹》，2007 等）中到处都潜藏着战争的现实，人性的灾难。1996年，汉德克发表了游记《多瑙河、萨瓦河、摩拉瓦河和德里纳河冬日之行或给予塞尔维亚的正义》批评媒体语言和信息政治，因此成为众矢之的。汉德克对此不屑一顾，一意孤行。1999 年，在北约空袭的日子里，他两次穿越塞尔维亚和科索沃旅行。同年，他的南斯拉夫题材戏剧《独木舟之行或者关于战争电影的戏剧》在维也纳皇家剧院首演。

为了抗议德国军队轰炸这两个国家和地区，汉德克退回了1973年颁发给他的毕希纳奖。2006年3月18日，汉德克参加了前南联盟总统米洛舍维奇的葬礼，媒体群起而攻之，他的剧作演出因此在欧洲一些国家被取消，杜塞尔多夫市政府拒绝支付授予他的海涅奖奖金。然而，作为一个有良知的作家，汉德克无视这一切，依然我行我素，坚定地把自己的文学创作看成是对人性的呼唤，对战争的控诉，对以恶惩恶以牙还牙的非人道毁灭方式的反思："我在观察。我在理解。我在感受。我在回忆。我在质问。"他因此而成为"这个所谓的世界"的另类。

世纪文景出版社将陆续推出九卷本《汉德克文集》，意在让我国读者来共同了解和认识这位独具风格和人格魅力的奥地利作家。《试论疲倦》卷收录了汉德克从上世纪80年代末到2013年创作的5篇独具风格的叙事作品，即《试论疲倦》(1989年)、《试论点唱机》(1990年)、《试论成功的日子》(1991年)、《试论寂静之地》(2012年)和《试论蘑菇痴儿》(2013年)。

"试论五部曲"标志着汉德克从上世纪80年代末开始在文学叙事上的大胆尝试。如果说初出茅庐的剧作《骂观众》是他向传统发起"反戏剧"挑战的话，那么"试论五部曲"则把他的"反小说"叙事推到了一个令读者眼花缭乱的文学世界里。在这里,传统的叙事形式彻底给打破了,取而代之的是夹叙夹议的散文或杂文形式,而且各种体裁交错。在叙事过程中,既没有像小说中行动的人物,也没有叙事情节必然的关联,只有叙述者对各个叙事主题不断转换视角的自叙自议,整个作品如同形式独特的内心独白。汉德克自然赋予其"小说"名称。这样的叙事方式因此也带来了众说纷纭莫衷一是的讨论。我们不妨在这里称之为散文小说。"试论五部曲"尽管在叙事形式上发生了如此大的变化,但依然离不开汉德克作品向来关注的焦点,即世界与自我的关系。

1989 年 3 月间,汉德克在西班牙的利纳雷斯创作了第一部试论:《试论疲倦》。在这里,叙述者采用自问自答的叙述对话形式,通过表现经历和感受疲惫的种种形式和图像,使得通常被贬义理解的疲倦成为生存的一个根本前提。追寻各种各样的疲倦,是这部作品叙事的主线,因为它们为叙事者提供了重新感知现实的可能。在疲倦中,你重新学会了感知事物、理解事物,认识事物和欣赏事物;在疲倦中,你会重新进入与世界心心相印的关联中;在疲倦中,你会重新将事物的存在感知为生存的事实。疲倦既是叙述者感受世界的形式,同时也是其创造性感知的瞬间。《试论疲倦》结尾，叙述者许诺要讲述纳雷斯所发现的一个"十分奇特的"点唱机，于是第二部试论便应运而生了。

《试论点唱机》又是一部回忆和召唤逝去的时光的作品，一部挽歌式的作品，但其基调则与挽歌迥然不同。叙述者在这里通过对具体可感的点唱机的回忆和描写，寓意深刻地要把所书写的东西永远保留在可以借鉴的记忆里。在一个冰天雪地的隆冬里，叙述者在位于卡斯蒂利亚高原边缘被上帝所遗弃的角落——索里亚，艰难而执着地探寻着点唱机的起源及其发展历史。然而在他的眼里，那些被他热切感受和描写的点唱机无非都是"昨日的存在"，它们不会迎来"第二个未来"。像"疲倦"成为"我"书写自我与世界关系的形式一样，点唱机的历史经历也象征性地映现出叙事者生存的各个阶段。《试论点唱机》实际上就是叙事者借用对点唱机的描写来追寻自己走过的人生和创作历程，一如既往地反思自我与世界的格格不入和深切的孤独："圣诞节这一天，雨下得特别大，在习以为常地穿越城区时，除了他，街上只出现了一只麻雀。"

继《试论点唱机》之后发表的《试论成功的日子》寓意比较晦涩，也更具开放性。它同样采用了自问自答的叙事形式，且融入了更多的散文或杂文因素。这篇试论对幸福和成功的追问同样与汉德克在其他作品中所关注的生存问题息息相关。小说中的"我"把这个问题限定在一个一目了然的时间里:"谁曾经历过一个成功的日子呢?"在整个叙事中,"我"通过多层交织的视角、丰富多彩的图像和切身感受的瞬间,试图为之找到一个答案,因为在"我"看来,如果"我"现在不试试这一天成功与否的话,那么,"我"无疑会失去各种可能。然而,"我"又无可奈何地视成功的一天为冒险,如同"一个冬天的白日梦"(小说副标题);追寻成功的一天就像是这样的梦一个接着一个,就像是此起彼伏的大海波涛,是些"难以置信的东西"。显而易见,《试论成功的日子》是汉德克以不同凡响的艺术形式对生存困惑的深层反思。

十多年以后,汉德克又发表了《试论寂静之地》和《试论蘑菇痴儿》,"试论"从三部曲变成了五部曲。通过这种不同写作方式并存与交融的叙事形式,作者进一步描述了一种"彻底与众不同的"生存状态。《试论寂静之地》是汉德克送给自己七十岁生日的礼物。在这部作品中,厕所成为艺术表现的中心,整个叙事和议论都围绕着这个看似平常不过但却十分严肃的主题进行;在作者眼里,这个世界上最低俗和最肮脏的地方成为最崇高和最纯洁的澄明之地。汉德克借用对那些铭刻在心的厕所的独特描述向读者敞开了他人生的片段和感悟。从寄宿学校开始,"寂静之地"就始终对他有"超乎寻常或惯常的意义",是"记忆中的一种媒介",是"解决一个完全不同的苦恼的地方";只有在这其中,他"才会感受到某种安全感或者安然无恙";寂静之地使他"越发有抵抗力,也越发能够进行反抗";它们不仅仅是他的"避难所、庇护所、藏身地、保护所和隐居处","同时也是些完全不同的东西",更多的东西,多得多的东西。也正是这样的东西让作品中作为"观察者"或者"边缘人物"的"我"对人生和世界有了更加深刻的认知。在日本奈良那个寺庙的"寂静之地"里,作者感到"灵魂在那里找到真正的安宁","无与伦比的温柔真实地包围着我",让他有了"宾至如归的感觉",浑身充满令人振奋的力量。说到底,在这篇试论中,寂静之地始终被感受为喧嚣的外部世界的对立面:"在外面:沉默。保持沉默。变得无语。无言。保持无语。丧失语言。语言丧失。"然而,只要一到寂静之地,"语言和词汇的源泉就生机勃勃地迸发了,也许比之前任何时候都充满活力"。《试论寂静之地》以独到的表现风格完全超越了人们习以为常和不言而喻的东西,成为一种不同凡响的生存渴望的象征,同样也暗示着作者对现实生存的批判性反思。

《试论蘑菇痴儿》也许是汉德克"试论"系列的收官之作,更具自传色彩。这里表现的是一个蘑菇痴儿的故事,

"一个已经发生的故事，一个我时而也在近前共同经历过的故事"。显而易见，这个按时间顺序讲述的朋友的故事也是汉德克的镜像：二者成长于同一个村庄里；学的都是法律；都从小就跟大自然结下了不解之缘；都在喧嚣的现实世界里寻找"寂静之地"。可以说，汉德克既是叙述者"我"，又是蘑菇痴儿；既是冷静的主人公生存经历的见证者，又是一个渴望寻找的人。但不管怎么说，他始终是另一个，一个虚构的作者。"我"在讲述蘑菇痴儿的一生时，严肃中饱含着幽默的韵味，而幽默中也不乏善意的嘲笑。蘑菇痴儿放弃现实生存的一切，痴迷地在山林里寻找蘑菇，这段生涯成为一种生存的象征；他在山林里遇到了一个从未有任何蘑菇采摘者涉足的地方，但在他的想象中，这片地方"每时每刻都在延伸"，变成了"一片大陆"。他对蘑菇的痴迷治愈了他称为"我的时间病症"的东西，"他觉得地球上的时间好宝贵，也使他感到生命时间转变为实实在在的东西"。蘑菇痴儿是个寻找者，又是个观察者，在寻找和观察中，在感知"暴风雨或者狂风大作的"外部世界时，他似乎看到了"一幅史无前例的社会图像，一幅人性的、理想的社会图像"。他同时也"像是个被遗弃的人"，一个与现实世界格格不入的人，一个失踪的人。当叙述者"我"沉浸在蘑菇痴儿的故事里时，却听到了这个失踪的朋友那熟悉的脚步声，那个向来与他心心相印的"最悦耳动听的音乐"。在童话般的结尾中，"我"和蘑菇痴儿，还有另外两个人一起坐在饭馆里，"深夜时分，我们猜测着时间。我们四个人都弄错了。但猜得最不准的，差得最远的，就是他"。不难看出，《试论蘑菇痴儿》是汉德克借用一个虚构的人物对自己人生的回顾、反思和总结。

我们选编出版汉德克的作品，意在能够不断地给读者带来另一番阅读的感受和愉悦，并从中有所受益。但由于水平有限，选编和翻译疏漏难免，敬请批评指正。

韩瑞祥

2015 年 10 月

目　录

试论疲倦

陈民　译

祷告完了，就起来，到门徒那里，见他们因为忧愁都睡着了。

　　　　　　　　——《路加福音》，22 章 45 节

过去我只知道令人恐惧的疲倦。

过去是什么时候？

在童年，在所谓的大学时代，还有早恋的岁月，正是那时。某个圣诞子夜的弥撒中，这个孩子坐在亲属中间，在那个拥挤、炫目耀眼、环绕着熟悉的圣诞歌曲的教堂里，周围充斥着布和蜡的气味，突然感到伴随着痛苦重压的疲倦。

怎样的痛苦？

如同人们把疾病称作"可恨"或者"恶性"一样，这种疲倦也是一种可恨和恶性的痛苦。这种痛苦在于它让一切都走了样，不仅是周围环境——教堂的来访者成了紧紧挤在一起的毛毡和厚绒呢玩偶，祭坛，包括很远处熠熠发光的装饰成了拷问的场所，伴随着混乱的仪式和阐释者的套话——而且得了疲倦病的人，自己也变成了大象头的古怪形象，同样那么沉重，眼睛干涩，皮肤浮肿；被疲倦抽走了世界的物质，在这样的冬天世界里，下雪的空气中，人迹罕至，好像在夜晚星光下乘雪橇旅行，远远地走出村庄的边界，一个人，激动不已，而其他孩子渐渐消失在房子里：全然如此，寂静中，呼啸中，泛蓝的结冰道路上——"很吸引人"，人们这么谈论这种让人舒适的寒冷。但是现在，在教堂那里，这个被如同铁处女 [1] 的疲倦所包围的人具有完全不同的寒冷感受，而且，这个孩子，也就是我，在礼拜中间央求着要回家，这首先就意味着"出去！"，而且破坏了亲属们同这个地区其他住户在一起共度时光的机会，因为风俗的逐渐消失，这样的机会本来就越来越稀少（又一次）。

你为什么（又一次）自责呢？

_____

[1] 中世纪用来拷问的一种刑具。

因为那时的疲倦本身已经和罪恶感联系在了一起，甚至因罪恶感而加重，成为急性疼痛。你又一次在集体中遭到拒绝：好像太阳穴上又箍上了一个钢带，从心脏里又抽了一次血；几十年之后，突然对这样的疲倦又一次感到羞耻；只是很奇怪，虽然后来一些家人批评了我，但是他们却从不……

那么这类似于大学时代那些疲倦吗？

不。再也没有了罪恶感。在阶梯教室里的疲倦随着课堂的进行反而让我变得反叛或具有反抗性。通常很少因为恶劣的空气和塞得满满的几百号学生，而是因为授课者没有抓住该传授的内容。我再也没遇到过像大学里那些教授和讲师们对自己的职责如此毫无感情的人；每个人，是的，每个银行职员在清点那些根本不属于他的钞票时，每个修路工人在上有烈日暴晒，下有焦油烘烤的酷热中工作时，都比他们显得更有生气。像那些脑袋里塞满了锯木屑的无上高贵者们，他们讲话的内容从未使他们的声音表现出（好老师讲述他的内容表现出的）惊叹、热忱、倾心、自问、敬仰、恼怒、愤慨和自己的无知，他们更多的是在不停地胡扯、抑扬顿挫地朗诵——当然不是荷马式的风格，而是以预先设置的审查的口吻——，至多其中用一种讥笑或对知情者阴险影射的口吻，而外面窗户前已经变绿、变蓝，继而变暗；听众的疲倦变成了不满，不满变成了恶意。又一次，如在童年时代，"出去！全都从这里滚出去！"到哪儿去呢？回家，像过去一样？但是那里，在出租小屋里，现在大学时代令人担心的是和父母一起住的时候所不知道的，一种不同的、新型的疲倦：在一间屋子里的疲倦，城市边缘，独自一人；那种"孤独疲倦"。

然而对这种疲倦有什么好害怕的呢？屋子里桌椅旁边不就是床吗？

睡觉作为出路是不可行的：起先那种疲倦在麻痹中发生作用，通常由于麻痹，小指头甚至都无法弯曲，眼睫毛也无法颤动；连呼吸似乎也陷入了停滞状态，整个人麻木得连内心深处都充斥着疲倦；但是当你向床迈出了那一步时，那么事情就发生了，在很快、类似昏厥地睡过去之后——对睡觉没有感觉——，第一次翻身醒来时就进入失眠状态，常常彻夜不眠，因为在屋子里，疲倦总是在傍晚袭来，随着暮色的降临。关于失眠，其他人叙述得够多了：它甚至最终决定了失眠者的世界图像，因而他无论如何也只能将生存看作是不幸，把每个行动看作是无意义，把所有的爱情看作是可笑的。失眠者躺在那里直到拂晓露出灰暗的光芒，这对他来说意味着地狱的诅咒，超越了独自处于失眠地狱中的他，而是彻底误入迷途的、流落在错误星球上的人……

我也在失眠者的行列中（我是失眠者，一如既往，现在还是）。第一批鸟儿还在昏暗中，在早春：复活节常常就是那样——可是充满讽刺，现在却刺耳尖叫，冲进鸟窝似的小床上，"又一个无眠的夜晚"。教堂塔楼的大钟每一刻都要敲响，即使在最远处也能清楚地听得到，宣告又一个糟糕的日子来临。两只互相袭击的公猫一动不动，但却发出怒吼和尖叫，仿佛在我们世界的中心，那个残忍的家伙变得吵嚷和粗暴。一个女人所谓性感的呻吟或叫唤，在同样静止的空气中突然开始，就像正好在失眠者的脑袋上，摁下电钮，一台成批生产的机器转动起来，我们所有爱慕的面具突然都脱落了，表现出混乱不堪的自私自利（这里没有一对在相爱，而每个人都大声表示只爱自己），表现出卑鄙下流。失眠状态的片断心情——自然是那些顽固失眠者，我至少是这么理解他们的叙述，它们可能最终出现，组合成合情合理的东西。

但是你，你并不是个持续性失眠者：你现在也想要叙述失眠者的世界图像或者疲倦的世界图像吗？

在从疲倦的世界图像经由失眠的世界图像的必然道路上，或者更准确地说，采用复数的方式：我要叙述各种疲倦的不同世界图像。——比如说当年有一种疲倦就让人害怕，那可能是和女人一起产生的。不，这种疲倦不是产生的，而是出现的，是一个物理过程；裂变。我也从未单独遭遇过它，而是每次出现时都有那个女人，仿佛它就像天气骤变一样，从外面，从大气层，从空间而来的。那时我们躺着、站着或坐着，刚刚我们两个人还很自然地在一起，突然就决绝分开了。这样的时刻一直都是一个令人害怕的时刻，有时甚至令人毛骨悚然，就像骤然跌落时一样："停下来！不！不！"但是于事无补；两人已经不可阻挡地分开了，各自进入到自己疲倦的巅峰，不是我们的，而是我这里的和你那里的。也可能疲倦在这种情况下只是麻木和陌生的另一个称呼而已——但对于压迫环境的压力来说，它算是符合事物的词语了。即使发生的地点可能只是个安装了空调的大型电影院：它变得既闷热又拥挤。座椅排成弧形。幕布已经泛黄褪色。当我们不经意间触碰了对方，每个人的手就都会像被可恶的电击震颤后分开了。"在那个……傍晚……一种灾难般的疲倦如晴天霹雳袭击了……阿波罗电影院。一对年轻人成了它的牺牲品，他们刚刚还肩并肩在一起，却被疲倦的冲击波弹射开。在这部所谓的谈情说爱的电影最后，互相再也不看一眼，再也不说一句话，就那么永远各走各的路了。"是的，这种制造分裂的疲倦分别给他们带来打击，使他们无力注视和无法开口；我恐怕永远都不能对她讲"我对你厌倦了"，甚至不能简单说出"厌倦！"这个词（或许是什么东西让我们从各自的痛苦深渊里解脱了，是共同的呼喊吧）：这样的疲倦燃烧尽了我们的语言能力，我们的心灵。要是我们那时真的能走上分开的道路该多好！

不，那样的疲倦会让那些心照不宣的人必须在表面上待在一起，作为肉体。与此同时，便出现了这两个沉醉在疲倦魔鬼之中的人自己变得令人恐惧。

谁导致恐惧呢？

总是另一个人。那种方式的疲倦无法言表，始终必然如此，它迫使你采取暴力。它也许只是表现在眼神里，这眼神歪曲了另一个，并不仅仅作为人，而且是作为另一个性别：丑陋和可笑的女性或男性，带着这种已渗透到骨子里的女性步态，带着这种本性难移的男性做作。或者这种暴力隐蔽地发生在第三者身上，如同随手打死一只苍蝇，或者漫不经心地撕碎一朵花。也会出现人们自我折磨的情形：她去啃手指，而他去抓火焰；他用拳头打自己的脸，她就像个婴儿一样扑倒在地上，只是没有安全护垫。有时候，这样一个疲倦的人会突然袭击那个和他一起受到疲倦困扰的人，要把敌人（他或者她）赶跑，试着用结结巴巴的谩骂叫喊释放疲倦。这种成双成对的疲倦暴力毕竟还是摆脱疲倦的唯一出路；因为这样一来，通常至少会分道扬镳。或者疲倦让位于精疲力竭，在精疲力竭中人们终于可以重新喘口气，思考一下。然后一个人或许会回到另一个人身边，各自惊讶地盯着对方，还在为刚刚发生的事情吓得颤抖，难以理解。由此接着可能又会出现判若两人的打量，但却是用全新的眼光："我们当时到底发生了什么，在电影院里，在街上，在桥上？"（人们又找回了把它表达出来的声音，不由自主地在一起，或者年轻的男人为年轻的女人，或者反过来。）就这点而言，也许这种笼罩两个年轻人的疲倦甚至还意味着一种转变：开始无所谓的热恋状态变得严肃认真了。没人想要因为对方刚刚做过的事而指责他；取而代之的是，共同睁开双眼，为了在共同相处时，在"将要"走在一起成为夫妻时不依赖于各个人的局限性，一种局限性，人们以往称之为"原罪的作用"，而今却成了我不知道怎么来称谓的东西。要是两人能够如愿以偿地摆脱这种疲倦的话，那么他们就会在对疲倦的认识中，像两个永远摆脱了灾难的人一样，之后一生一世——但愿如此！——相思相守，这样的疲倦就不会再袭击他们了，但愿如此！然后他们幸福美满地生活在一起，直到另一些东西——相对那种疲倦，没有那么令人不解，那么令人恐惧，那么令人惊羡——出现在他们中间：日常事务，鸡毛蒜皮，习惯。

但是这种制造分离的疲倦难道只发生在男人和女人身上吗？而不会也发生在朋友之间吗？

不。每次在和朋友的相处中我所感觉到的疲倦，绝对不是灾难。我把它当成事物的过程来经历。我们终归只是暂时在一起，这段时间之后每个人又会各走各的路，意识到这种友谊也不过出现在一段无声无息的时刻之后。朋友间的疲倦是没有危险的——相反在年轻的、常常还交往不久的伴侣中间存在危险。和友谊不同，在爱情中——或者那种称作充满自信和完美无缺的感觉？——疲倦的突然爆发会让一切遭遇危险。失去了魅力；对方图像的线条一下子消失了；他、她在那恐怖的一刹那间再也产生不了图像；之前的图像只是海市蜃楼：这样可能转瞬间两个人之间的关系就结束了——可怕的是，往往一个人本身因此也好像完蛋了；你会觉得自己这么可恶，或者，是的：和另一个人一样毫无价值，但你刚才还能感觉到对方代表了一种生存方式（"一心一意"）；你想要自己，如同那该死的对方，立刻被废除或者弄走；甚至一个人周围的东西都分崩离析为毫无价值的废物（"如同快车疲惫不堪、年久失修地从旁边飘过"——回忆起一位朋友写的诗行）：那些成双成对的疲倦有被瞎扯为生存疲倦的危险，超越一个人本身的疲倦，宇宙的疲倦，树上奄拉的树叶的疲倦，突然好像流动不畅的河流的疲倦，慢慢褪色的天空的疲倦。——然而，这种情形常常只会发生在女人和男人单独在一起时，因而我多年来回避所有持续较长时间的"大眼瞪小眼"的情形（尽管这不是解决问题的办法，或者说这是一个懦弱的办法）。

现在是提出另一个完全不同的问题的时候了：难道你所叙述的那些令人恐惧的、恶性的疲倦并不只是出于义务的意识——因为这些疲倦属于你的主题——，所以也如同我所感觉到的，慢慢腾腾，没完没了，极其过分——粗暴的疲倦的故事即便不是虚构的，但也过分夸张——也是出于敷衍塞责吗？

至今不仅仅是敷衍塞责地谈起那些糟糕的疲倦，而且是冷酷无情。（这不是什么纯粹的、因为自身的缘故而泄露了一件事的文字游戏。）只是在这种情况下，我并不将我叙事的冷酷无情视为一种错误。（除非疲倦不是我的主题，而是我的问题——一个我所承受的指责。）而且我也想对其他的疲倦，对那些激励我进行这种尝试的不恶劣的、更美好的和最美好的疲倦同样保持冷酷无情：我应当满足于探究那些我对自己的问题所拥有的种种图像，因为我的问题每次都一丝不苟地使我变成图像，并且用语言将这种图像连同其一丝一毫的颤动和曲折仔细勾画，而且要尽可能地冷酷无情。身在（坐在）图像中，我足以当作一种感觉。如果我可以期望为继续论疲倦做些补充的话，那么这恐怕最多就是一种感受了：如今在利纳雷斯前这片草原外面，要把三月里这几个星期对安达卢西亚早晨的太阳和春风的感受保留在手指间，然后坐在房间里面回味着它，从而使这种留在手指间的美妙感受因瓦砾上甘菊的香气更加强烈，也过渡到那些围绕着这些有益的疲倦而生的句子；正确地评价它们，特别是要让它们比先前那些疲倦来得轻松。但我觉得现在就一清二楚：疲倦是很艰难的；疲倦的问题各种各样，将会一如既往地艰难。（那无所不在的腐尸气味也一再冲击着野白菊的香气，一天比一天强烈；只是我要一如既往地将清除这样的恶臭的责任留给那些为此负责、并最好以此为生的兀鹫了。）——因此，在一个新的早晨，起来，继续，带着字里行间更多的空气和光线，干着符合实际的事情，但与此同时总是接近地面，接近黄白色甘菊间的瓦砾，借助那些经历过的图像的和谐一致。——我过去只了解令人害怕的疲倦，这不完全是事实。在童年时代，40 年代末，50 年代初，用机器脱粒打谷还是件稀罕事。那时还不能直接在田野里自动操作——麦穗从自动收割机一边进去，一袋又一袋磨好的面粉从另一边钻出来——，而是在家里的脱粒棚里进行，租借机器，那种机器在脱粒时节从一个农家被租借到另一个农家。脱麦粒的过程需要雇合适的小工进行流水作业，他们每次都要有一个人将麦捆从停在外面的、对脱粒棚来说实在太多太高的车辆上扔给下一个人，这一个再将其递给里面那个担当重任的人，尽可能不要把错误的、不适合手握的麦穗对着前面。这个担当重任的人站在轰鸣着、让整个脱粒棚都在抖动的机器旁，来回挥动禾把，慢慢地在脱粒齿轮滚动带之间将麦穗尖推进去——每次都发出噼里啪啦的响声——，脱空的秸秆随之从后面滑出来，堆成一堆，另一个小工用一个特别长的木叉举到上面送给流水线上的最后一些小工，通常都是村子里的孩子。他们站在脱粒棚的阁楼上，将秸秆拖到最里面的角落里，四处塞得满满的，踏得实实的。草垛在他们之间堆得越高，里面就变得越黑。这一切要持续到门前的车辆重量不断减轻并卸空为止，脱粒棚里也随之豁然变得光亮。这个过程没有间歇，迅速且交叉进行，但只要一个环节出错就会很快使得这一进程停顿或失去控制。流水线上最后一位，快到脱粒最后结束的时刻，常常被埋在已经堆积如山的秸秆之中，几乎没有一点活动空间。在黑暗中，如果他不能为一直还在继续快速堆上来的秸秆在自己身边找个空堆好的话，那么也会打乱进程，他自己几乎要窒息似的逃离他的位置。可是脱粒又一次顺利地完成了，盖过一切声音的机器——即使嘴巴对着耳朵大声吼叫也听不明白——关闭了：多么安静啊，不仅在脱粒棚里，而且在整个乡村；多么明亮啊，不是亮晃晃让人眼花，而是照耀着人们四周。当尘雾落下时，我们就双膝发软在外面院子里跌跌撞撞、踉踉跄跄地拾掇，这在后来有点玩耍的性质。我们的腿和胳膊都被划破了；秸秆刺儿留在头发里、指甲缝里和脚趾间。这幅图像中最持久的就是我们的鼻孔：因为灰尘，不仅变成灰色，而且是黑色，男人、女人，还有我们这些孩子都是。我们坐在——在我的回忆中总是在户外下午的阳光里——享受着共同的疲倦，聊天或者沉默。在这种疲倦中，一些人坐在院落的板凳上，另一些在车杠上，还有一些已经躺在离得远远的草地上，的确好像聚在一起，处在一段短暂的和睦中，也包括所有的邻居，还有老老少少们。一种疲倦的云雾，一种超越尘世的疲倦，那时将我们团结起来（直到宣布下一次卸载禾把）。童年在农村的这种群体疲倦图像我还有很多。

这不是在美化过去吗？

如果过去可以这样被美化的话，名副其实，那么我觉得并没有什么不对，我相信这样的美化。我知道这个时代曾经是神圣的时代。

但你在这里所阐释的对立，在共同的手工作业和个体工作之间，在自动化机械旁，难道说不是一个纯粹的想法，而要说首先是不公正吗？

我叙述的关键恰恰并不在于这样一个对立，而在于纯粹的图像。然而，如果说违背我的意愿，非得要出现一种对立的话，那么这恐怕就意味着，我也许未能如愿以偿地叙述这纯粹的图像。接下来，我必须比以往更加小心，在描述一个图像时，别让这个图像无声无息地冲着另一个——描述这一个，而牺牲另一个，就像摩尼教的教义一样——要么只有善的，要么只有恶的。这种叙述甚至在当今占主导地位，即以原本最客观和最慷慨的方式讲述：这里我向你们讲述那些善良的园艺工人，但只有一个目的，那就是能够更多地讲述那些邪恶的猎人。——事实却是，我对那些手工业者的疲倦拥有一些动人的、可以叙述的图像，相反，自动机使用者的疲倦却（还）没有。那时，在脱粒后的共同疲倦中，我看见自己坐在那样一个民族中，一个民族，之后在我的祖国奥地利我一再如此期望并且一再怅然若失。我所说的不是"全体民族的疲倦"，压在单个人的眼皮上，一个后来者的眼皮上，而是第二个战后共和国某个小民族的疲倦的理想图像：所有这些族群、阶层、联盟、军团、天主教区修道院的全体修士们就像我们农村人那时坐在这儿一样非常疲倦，逐渐在共同的疲倦中，因它而统一，首先是被净化。一位法国朋友，犹太人，在德国占领时期必须躲躲藏藏地生活，他曾经讲述过，自然也有夸大的成分，但还是很令人信服，他说在自由后，"几个星期整个国家都光芒四射"；类似的也许还有我对共同的、奥地利的劳作疲倦的想法。但是：一个作恶者，毫发未损地逃脱了，即使常常小睡片刻，不管他是坐着还是站着，就像有些东躲西藏的逃亡者一样，即使他后来也睡得很多、很沉，而且鼾声大作——但他并不明白疲倦，更不用说那种同甘共苦的疲倦；直到最后一声呼噜，他似乎不会再因为这个世界上的任何事情而获得疲倦，除非是因为也许暗地里甚至是他本人渴望得到的惩罚。我的整个国家混杂了这样的不知疲倦者。从热衷于大吹大擂的人，直到那些所谓的精英人士；接踵而来的暴力分子和帮凶成群结队，他们哪里会形成疲倦的队伍，哪怕是一时一刻也罢，他们厚颜无耻地大出风头，和前面所描写的迥然各异。一群已经变老却不知疲倦的大屠杀-小伙子和小姑娘，他们在全国范围内从那些同样不知疲倦的徒子徒孙中精选出了新的一代。这些徒子徒孙准备着也要把子孙后代训练成搜查队。这样一来，在这个卑鄙的多数群体里，所有的少数派永远都不会有一席之地，不会成为一个疲倦的民族中如此必不可少的部分；在这个国家里，每个人独自伴随着自己的疲倦直到这个国家历史结束。末日审判，我的确有那么一阵子曾经认为，它就是针对我们这个民族而来的——我不需要说，是什么时候——，看样子，它是不存在的；或者换句话说：对这种末日审判的认识在奥地利国界内是不会生效的，而且永远也不会生效，正如在短暂的期望之后我所思考的。末日审判是不存在的。我们这个民族，我不得不进一步地思考，是历史上第一个彻底堕落的、第一个无法改良的、第一个对任何未来都无力赎罪、无力悔过的民族。

难道这现在还不明显是一种想法而已吗？

这不是想法，而是图像：因为我所想的，同样也看得到。想法，而且并不正确，在这方面也许就是"民族"这个词；因为在这个图像中，我觉得恰恰就没有"民族"，而是"不知疲倦的一群人"，顽固不化，注定缺少对其非人的罪行的认识，注定无休止地循环往复。但是显而易见，现在立刻就有其他图像与之相矛盾，而且重新要求公正；只是它们对我触动不那么深，无非缓解而已。——那些能够追溯的祖先都是仆人和贫民（没有农田的小农）；如果他们受过点教育，那总会是木匠。这个地区的木匠，也正是我一再看作的那个疲倦的民族。当时是战后初建年代，作为家中最大的孩子，我常常被家里的女人们，母亲、祖母、姊姊打发，带上装午饭的保温罐去周边不同的新建筑工地；家里所有没有在战争中阵亡的男人，有一段时间也包括60岁的祖父，在那里和其他木匠（"木工工人"）一起忙着架屋顶。在我的图像中，他们吃饭时坐在建筑骨架旁——总是以不同的姿态——部分已经被凿好的梁上或者剥了皮正在加工的树干上。他们把帽子摘下，头发粘在一起，额头呈乳白色，和黝黑的脸庞形成鲜明对比。他们所有的人都显得很结实，瘦小，同时四肢很灵巧和柔韧；我回忆不起来其中会有人大腹便便。他们吃饭很从容，而且少言寡语，也包括那个德国继父，他是个"木匠助手"，在这个陌生的国家和村庄里他平时只能通过对世界著名大城市的自吹自擂维持下去（愿他安静吧）。之后他们还会再坐一会儿，稍带疲倦地相互走到一起，他们聊起天，没有诙谐，没有咒骂，甚至从未抬高嗓门，聊起他们的家庭，几乎只这样，或者，非常平静地聊起天气——从来不聊别人的事——，一种聊天，接着就过渡到下午的工作分工。尽管他们中间有工头，但在我的印象中，没有人可以说一不二，也没有人可以做决定；在他们之中，仿佛没有任何人，也没有任何东西可以统治或者可以"占据统治地位"，这也属于他们的疲倦。与此同时，他们的眼皮看上去沉沉的，发了炎——疲倦的一个特点——，意识清醒；每个人身上都有股子机智果断劲（"拿去吧！"——一个苹果扔出去——"接住了！"）；很有生气（总是不断开始多声部、无意识、出乎意料的叙述："战前，我母亲还活着时，我们有一次去圣维特医院看望她，然后在夜里徒步走了五十公里路，穿过特里克森峡谷回家……"）。这个残缺不全的疲倦民族所拥有的图像颜色和形式就是工作裤的蓝色、大梁上用铅垂线画上的红色直线、红色和紫色的椭圆形木工笔、黄色的折尺和和水平仪上的椭圆形气泡。太阳穴上被汗水弄湿的头发干了后立了起来；摘下又戴上的帽子上没有什么标志，帽檐上不是羽毛而是铅笔。要是那时已经有了晶体管收音机的话，无论如何我可以想象得出来，那也会在远离工地的地方。尽管如此，我觉得，仿佛从各个地方的光明中出现了某些如同音乐的东西——悦耳动听的疲倦音乐。是的：那种亲身经历，又一次让我明白了，这是个神圣的时刻——神圣的插曲。——当然是属于这个疲倦的民族——和在脱粒机旁的群体不同——我不属于其中，却很羡慕他们。可是后来，快成年时，我曾经可以属于其中，这一切变得跟当年我作为一个送饭人的想象完全不同了。祖母死后，祖父退休了，放弃了农业，在这个大院里——在村里不仅仅一家如此——几世同堂的生存模式告终了，我的父母盖起了自己的房子。盖房子时，除了最小的孩子，这个家里的每个人都得以某种方式参与其中，我也被派上用场，于是感受到了一种全新的疲倦。在头几天里，首先的工作就是，把一个装满细方石的推拉箱拖到山上那个载重汽车没法到达的工地，拖过放置在泥浆上的木板，我所经历的不再是我们共同的工作经历，而是苦役。那漫长的、断断续续的、从早到晚重复向山上推的艰辛，让我感受到无法承载的重压，我的眼睛没法再去观察周围的一切，只能死死盯着前方，盯着那灰色的、棱角分明的砖块瓦片，那些在小路上来回翻滚的、灰乎乎的泥石流，特别是那些木板之间的过渡地带，我通常要在那儿把手推车稍微抬起来或者狠劲推一下，好越过那些棱角和拐弯。载重汽车在那里翻车屡见不鲜，我也一样。在这几个星期里，我才真正感受到了什么是徭役或奴役。"我累死了"，口语是这么说的：是的，这些日子结束时，我不仅手上满是伤痕，而且脚趾也被从它们中间挤出来的水泥灼伤了，我彻底散架了，蹲在那儿（不是坐着），累垮了，只有疲倦。无法吞咽，我吃不下任何东西，也不能说话。这种疲倦的特殊信号也许就在于，看来没法恢复过来了。尽管你几乎可以立马就地睡着，但第二天黎明，当你在工作开始前不久醒来时，你会感受到比之前更加沉重的疲倦；好像这艰辛的劳累从你身上驱赶走了一切尚属于那样一种渺小的生活感受的东西——晨光的感受，微风拂过两鬓的感受——，而且永远如此；似乎从现在起，那种生不如死的状态就没有尽头似的。难道我之前在烦恼时没有很快找到借口，想好这个或那个诡计吗？现在我实在太虚弱了，以那些久经考验的方式——"我必须学习，准备去上寄宿学校"；"我去给你们到森林里找蘑菇"——来逃避。任何鼓励都于事无补：尽管是关乎我自己的事——我们的房子——，可是作为一个生手工人的疲倦没有一时一刻不纠缠着我；疲倦，个别的疲倦。（再说吧，还有更多这样的工作，让所有的人都害怕，如挖水管壕沟："这个工作就不是人干的，鬼才干呢！"接着奇怪的是，久而久之，那种极度的疲倦脱离你，而让位于木匠－疲倦？不，让位于一种运动，一种创纪录－雄心，伴随着一种痛苦的幽默。）——

　　又一个不一样的疲倦经历是在大学读书期间为了挣钱干的倒班。那里人们一大早就得工作——四点我就起床赶第一班有轨电车，没有洗漱，在斗室里小便到空果酱瓶子里，免得打扰到房间里其他人——一直干到下午早些时候，在一家百货商店货物发送部那密不透光的阁楼上，就在圣诞节和复活节前几周里。我拆开旧纸盒，在锋利的裁刀台上裁出一块块大长方形，用作新盒子的衬垫和托架，此外还在流水线车间打包（一个久而久之甚至让我感觉挺惬意的工作，就像过去在家里劈柴火和锯木头一样，因为它让我的思想自由自在，可也不会因为它的节奏造成太多影响）。于是出现了那种新的疲倦，如同我们下班后出去走到街上，人人各走各的路。这时，在我疲倦的孤独中，眯起眼睛，戴着沾满尘灰的眼镜，敞着肮脏的衬衫衣领，我突然对这个熟悉的街景有了另外的眼睛。我看见自己不再和先前一样，同那些忙来忙去的人一起忙忙碌碌，逛商店，去火车站，看电影，学习。尽管我在清醒的疲倦中走去，没有困意，没有封闭在自我中，但我却觉得自己被排除在社会之外，这是一个可怕的时刻；我是唯一与其他所有人背道而驰的人，走进了无望之境。在下午的阶梯教室里，我一踏进去就如同走进了禁室，能倾听的风琴声比平时还要少；那里所讲述的东西，也不是针对我的，我甚至连个旁听生都不是。我日复一日地怀念在阁楼上面那一小帮疲倦的倒班工人，而现在，当我再次感受着这个图像时，我认识到，我在那个时代，很早，19、20岁的样子，在我真正开始写作前好长时间，在大学生中就没有了作为一名大学生的感觉，这种感觉并不舒服，更多的是恐惧。

你有没有发觉，你所描绘的疲倦图像都来自手工业者和小农，带点浪漫主义手法，可从来没有过市民的，不管是大市民还是小市民？

我在市民身上还从未感受过那些如画的疲倦。

你对此甚至都不能想象一下吗？

不能。在我看来，疲倦与他们毫不相干；他们把它视为一种不好的行为，如同赤脚走路。此外，他们没有能力扮演出疲倦的图像；因为他们的工作就不是这样的。至多他们在最后可以表现出死亡的疲倦，如同我们大家期盼的。同样，我也很难以想象一个富人的疲倦，或者强权者的，也许除了那些被迫退位的，如俄狄浦斯王和李尔王。我甚至看不到在下班时从如今全自动化的公司中走出疲倦的劳动者，而是看到一个个像统治者一样腰板挺直的人，带着胜利者的表情和巨大的婴儿小手，这些手在位于拐角的下一个自动赌博机上会马上继续抓住懒散而快活的手柄。（我知道，你现在会提出反对意见："你在说出同样的话之前，才真正会变得疲倦，目的是保持分寸。"**但是**：我必须有时变得不公正，我也有这样的兴趣。此外，当这些图像此间萦绕时，人们对我的指责无可辩驳，彻头彻尾疲倦了。）——后来，我认识到一种可以和倒班工人疲倦比拟的疲倦，这时，我终于——这是我唯一的机会——"开始写作"，每天，几个月之久。当我后来走到城里的街道上，我又发现自己不再属于那里的大多数。然而，那种随之而来的感觉在这种情况下完全不同：不是普遍日常生活的参与者，我觉得无所谓；恰恰相反，在我创作的疲倦中，近乎筋疲力尽，这甚至赋予我完全愉快的感觉：不是这个群体对我不可企及，而是我对它，对每个人都如此。你们的娱乐、节日和搂搂抱抱跟我有什么相干呢——我有的是树木、草地、电影院的银幕，那里，罗伯特·米彻姆[1]只为我上演他神秘莫测的表情，还有投币式自动点唱机，鲍勃·迪伦在其中只为我演唱他的"眼神悲伤的低地女人"，或者雷·戴维斯[2]唱着他和我的"我不像任何其他人"。

可是这样的疲倦有没有转变成傲慢自大的危险呢？

是的。我也总是突然发觉自己处于一种冷漠的、目中无人的傲慢自大，或者更恶劣，居高临下地同情所有那些正儿八经的职业，就是因为它们一生中永远都不可能产生像我那样高贵的疲倦。在写作之后那些时刻里，我是一个不可接触的人——在我的意识中不可接触，可以说是正襟危坐，哪怕是在某个根本无人过问的角落里。"别碰我！"这个疲倦的自豪者毕竟有朝一日会让人触碰，这样的情况

---

[1] 罗伯特·米彻姆（Robert Mitchum，1917—1997）：美国著名电影演员。
[2] 雷·戴维斯（Ray Davies，1944—　）：美国著名歌星和作曲家。

好像不曾发生过。——一种成为可接近的疲倦，被触碰和自己可以实现触碰的疲倦，我直到很久以后才经历。这样的情形很少发生，如同生命中只有那些重大事件一样，也已经很长时间再也没有发生过了，仿佛只有在人类生存的某个时期才可能发生，之后也只会在特殊情况下重复，战争中，一场自然灾害发生时或者其他困难时期里。有那么几次，在我身上表现出那种疲倦，哪个动词适合它呢？"被赐予"？"落在身上"？我事实上也处于个人的困难时期，而且我很幸运，在这个时期，我遇到了另一个处于同样困境的人。而且这另一个人总是个女人。只有困难时期还不够；还需要让那种带有情欲的疲倦将我们联系在一起，加上一种刚刚经受过的艰辛。似乎有这样一个规律，男人和女人，在他们成为几个小时的梦幻伴侣之前，两个人先要走完漫长而艰难的一段路程，在一个对双方来说都很陌生的，尽可能远离任何一种家乡——或者家乡感——的地方相遇，之前也还必须共同经受过一种危险或者漫长的混乱，在敌对的国家之中，也可以是其中一方的国家里。然后才有可能，在这个终于变得平静的避难所，那种疲倦使得这两个人，男人和女人，女人和男人，一下又一下地把自己献给对方，那么自然，那么亲密，如同我现在想象的那样，这样的情形不管在其他类似的结合中，即使是爱情中，也是无可比拟的；"犹如面包和葡萄酒的交换"，另一个朋友这么说道。或者，为了简明扼要地表达在这种疲倦中达到如此的一致，我想起了一句诗："……爱的词语——每一个都在微笑……"，这与短语"身心合一"相符，即使沉默笼罩在两个人的身体周围；或者我干脆换个说法，在阿尔弗雷德·希区柯克的一部电影中，那个英格丽·褒曼带点醉意地拥抱住那个疲倦不堪的、（依然）疏离的加里·格兰特时说："您就等着吧——一个疲倦的男人和一个喝醉的女人，这会成为一对很好的伴侣！"。"一个疲倦的男人和一个疲倦的女人，这会成为一对最美好的伴侣。"或者事实表明"和你在一起"是唯一的词语，如同这里在西班牙语中说"contigo"[1]……或者德语的形式也许不是说"我是**你的**——"而是说"我让**你**觉得疲倦了"。在有了这样为数不多的经验以后，我并不把唐璜想象为一个诱拐者，而是一个在不同的适当时刻，面对一个疲倦女人的疲倦英雄，一个永远——疲倦的英雄，每个女人都这样投入他的怀抱——当然不用想念他，于是情爱疲倦的神秘就实现了；因为在这两个疲倦的人身上所发生的，将会永远存在，一生一世：除了成为一体，否则两个人根本不知道有什么更

---

[1] 西班牙语，"和你"。

持久的东西存在，他们中也没有人需要重复，甚至对此产生畏惧。只是，这个唐璜怎样创造他那些总是新鲜的、令他和下一个美人能如此神奇地屈服的疲倦呢？不是一、两个，而是一千零三个这样的同时性，它们一生一世都铭刻在两个身体里，直到那些最微小的皮肤点上，每个激动都是真实的，可信的，其间没有一丝一毫的不严肃——就是一波又一波？不管怎么说，在这种非常少见的疲倦冲动之后，对于通常的身体状况和行为来说，我们这样的人便不复存在了。

那么之后你还剩下什么呢？

还有更大的疲倦。

难道在你的眼里还有比刚才那些暗示过的更大的疲倦吗？

十多年前，我坐夜班飞机从阿拉斯加的安克雷奇到纽约。这是一次非常漫长的航行，午夜过去很久，才从库克湾旁的城市起飞——涨潮时，那些大块浮冰矗立着涌进海湾，而在退潮时，它们变成了深灰色，从海湾里又迅速回到大洋里——，一次拂晓时，飞机中途降落在加拿大埃德蒙顿的暴风雪中，另一次中途降落时先在空中盘旋等待信号，然后才停在停机坪上，沐浴在芝加哥上午刺眼的阳光下，在闷热的下午，飞机才降落在离纽约市还很远的地方。终于到了旅店，我想立刻去睡觉，好像生病了——与世隔绝——没有睡眠、空气和运动的夜晚。可是过后我看见下面中央公园旁那条条街道，远离早秋太阳。阳光下，在我看来，人们都沉浸在过节般的氛围中，于是感觉到，现在待在房间里会错过什么，这吸引着我出去走到他们之中。我坐到阳光下的咖啡馆平台上，挨着一片喧嚣和汽油烟雾，一直还昏昏沉沉，内心里让这个不眠之夜置于令人担忧的恍惚之中。但之后却变了，我不清楚怎么回事，渐渐地？或者又是一波又一波？我曾经读到过，忧郁的人或许能够渡过他们的危机，因为他们彻夜都难以入眠；那些陷入一种危险的恍惚之中的"自我悬索桥"因此会稳定下来。而窘境此刻在我心里让位于疲倦时，那个图像就浮现在我的眼前。这种疲倦有点恢复健康的作用。人们不是说"同疲倦作斗争"吗？——这种决斗已经结束。疲倦现在是我的朋友。我又回来了，在这个世界中，甚至——绝不是因为这是曼哈顿——在其间。但后来还有一些东西加入其中，许许多多，一个比一个更加迷人可爱。一直到夜晚，我就坐在那儿观望着；看样子，仿佛我甚至都不用去呼吸似的。

没有什么引人注目、装模作样的呼吸练习或者瑜伽姿态：你坐着，并且在疲倦的阳光下才暂时正常呼吸着。总是有很多的、瞬间异常美丽的女人经过——一种美丽，这期间我的眼睛湿润了——，她们所有的人在经过时都掠取我的图像：我是合适的选择。（很奇怪，特别是这些美丽的女人很在乎这种疲倦的目光，跟有些老男人和小孩一样。）但没有想法，我们，她们中的一个和我，超越这一切彼此开始做点什么；我对她们无可求，终于能够这样观看着她们，我就心满意足了。这也的确是一个好观众的眼光，如同一场游戏，至少有这么一个观众在座时，这场游戏才能成功。这个疲倦者的观看是一种行为，它在做什么事，它在参与其中：由于有人观看，这个游戏的参与者会更好，更出色——比如说，他们在这样的目光面前更加从容不迫。这种缓慢的眼皮开合让她们满意——使她们发挥自己应有的作用。这样一个观看者会让自己的疲倦夺取那个自我本身，那个永远制造不安的自我本身，犹如通过奇迹一样：所有平日的扭曲、不良习惯、怪癖和谨小慎微都会离他而去，只剩下那双松弛的眼睛，终于也那样神秘莫测，如同罗伯特·米彻姆的眼睛[1]一样。接着：忘我的观看成为行动，远

---

[1] 罗伯特·米彻姆以一双睡眼为其最大的个人特色。

远超越了那些美丽的过路女人，将活着和运动着的一切都囊括在他的世界中心。这种疲倦分解——一种划分，它不是肢解，而是标明——那通常的纷乱，通过它有节奏地成为形式的善举——形式，只要眼睛可及——疲倦的大视野。

那些暴力场景、冲突和恐吓也是大视野中的善行吗？

我这里谈的是和平中的疲倦，间歇中的疲倦。在那些时刻里是一片和平的景象，中央公园也是如此。令人吃惊的是，我的疲倦好像在那里共同为暂时的和平起着作用，因为它的目光分别对暴力、争端的姿态或者哪怕只是一种不友好的行为的萌芽给予缓和？减弱？——消除，通过一种与那种蔑视的同情——有时是创作疲倦的同情——截然不同的同情：同情就是理解。

可是这个目光有什么特别吗？什么是它的特征呢？

我借助它，可以感受到别人，同时也就一起观看到他的东西：那棵他正行走在下面的树，那本他拿在手上的书，他站在其中的灯光，即使这是一家商店里的人造光；那个老花花公子穿着的浅色的西装，还有手里拿着的丁香；那些旅行者带着的行李；那个巨人连同他肩上看不见的孩子；我自己连同从公园林子里飞转出来的树叶；我们每个人连同头顶上的天空。

如果不存在这样一种东西呢？

那么我的疲倦就创造它，而另一个正好还迷失在空虚中的人，从一刻到另一刻，在自己周围，感受着他的事物的光芒。——

再说吧：那种疲倦使得那些成千上万并不连贯的过程纵横交错在我的面前，超越形式，自然形成一个顺序；每个过程都深入到我的内心，成为一个——结构细腻而神奇、连接惟妙惟肖的——讲述那天衣无缝的部分；而且这些过程在自我叙述，并不是通过词语实现的。多亏我的疲倦，世界才摆脱了种种名称，变得伟大。为此，我对我的语言自我与世界的四个关系具有了一个粗略的图像：在第一个关系中，我无话可说，痛苦地被排除在这些过程之外——在第二个关系中，嘈杂的声音，各种废话，从外在逐渐过渡到我的内在，但是与此同时，我依然无话可说，至多有了呼喊能力——在第三个关系中，生活终于走进我的内心，因为它不由自主地、一句一句地开始叙述，一种有的放矢的叙述，大多情况下针对某个确定的人，一个孩子，那些朋友——那么在第四个关系中，正像我时至今日在那种眼睛明亮的疲倦中最持久地经历过的，世界在沉默中完全无声无息地叙述着，向自己，既对着我，又对着这个头发花白的邻座观众，也对着那个从眼前晃过去的漂亮女人；这无声无息发生的一切同时已经是叙述，而这个叙述，和首先需要歌手或者编年史作者的战斗行动和战争不同，在我疲倦的眼里自然而然地组合成史诗，也就是说，我豁然开朗，成为理想的史诗：这个转瞬即逝的世界的那些图像衔接在一起，一个又一个，逐渐表现出来。

理想？

是的，理想：因为其中的一切都伴随着合理的事情发生，而且不断地还有事情发生，从一无所有中没有太多，从一无所有中也没有太少——一切都自然而然地适合于一个史诗；自我叙述的世界就是自我叙述的人类历史，也就是它可能是什么样。乌托邦式？"La utopia no existe"[1]，我在这里的一块牌子上看到，翻译过来就是：乌托邦是不存

———————————

[1] 法语。

在的。你好好想一想，世界历史开始转动。我当时的乌托邦式疲倦无论如何产生了一个地点，至少是那个地方。我觉得我的地方意识比以往任何时候都多得多。看样子，好像我尽管才到这里，但在我的疲倦中已获得了这个地方的气味，世代就居住在这儿似的。——在接下来几年里相似的疲倦中，有越来越多的东西加入到这个地方。引人注目的是，常常有陌生人跟我这个陌生人打招呼，因为他们感觉我很熟悉，或者就那么回事。在爱丁堡，我观看了普桑的《七件圣事》[1]，一看就是好几个小时，它们终归分别遵循着合适的间隔，通过洗礼、圣餐和类似的形式表现出来。之后，我坐在一家意大利餐馆里，有一种容光焕发般的疲倦，并且那样——例外，与这种疲倦息息相关——自信地可以让人服务，最后所有的服务生都一致认为曾经见过我，而且都在不同的地方：一个说在圣托里尼（我还从未到过那儿），另一个说在去年夏天，看见我带着睡袋，就在加尔达湖边——无论是睡袋还是湖边都不搭边。从苏黎世到比尔的火车上，在一夜无眠后去参加孩子们的毕业庆典，一个同样彻夜未眠的年轻女人坐在我对面，她刚参加了环瑞士自行车赛的闭幕式，她受参与活动的银行的委

---

[1] 普桑（Nicolas Poussin，1594—1665）：17世纪法国巴洛克时期重要画家，古典主义绘画的奠基人，《七件圣事》是他的重要作品。

托，在那里照顾那些骑手：献花，分别亲吻台上那些人……这个疲倦的女人叙述时没有过渡，好像我们彼此向来了解对方的一切。有一个人，他连续两届获胜，第二次获得亲吻，但已经不再认识她了；她叙述时那么兴高采烈，怀着无限的敬佩，并不失望，在她的眼里，骑手们只专注于他们的运动。现在她不想去睡觉，而且不管饿不饿都要和她的女友在比尔一起吃午饭——这时，那种让人再熟悉不过的疲倦的另一个萌芽清晰地浮现在我的脑海里：某种饥饿感。那种吃饱的疲倦不会创造这样的情形。"我们很饿，很疲倦"，哈米特[1]的《玻璃钥匙》中那个年轻女人对奈德·波蒙特叙述着梦见她俩的情形：将她们聚在一起的，正是饥饿和疲倦，后来依然如此。——在我看来，除了孩子们——一再瞪大眼睛，充满期待地转来转去观望着那个坐在这里的人——一种对这样的疲倦不同凡响的敏感好像也占有了这个跟着疲倦的人，那些傻子和动物。几天前，在安达卢西亚的利纳雷斯有个傻子，他没有牵着他亲人的手，蹦蹦跳跳地跑向前。这时，我整理好上下午的卡片后坐在板凳上。他看见我时瞪着吃惊的眼睛，好像他看到了自己的同类，或者别的什么：一个更加令人吃惊的人。这个像地地

---

[1] 达希尔·哈米特（Dashiell Hammett, 1894—1961）：美国作家，美国侦探小说"硬汉派"的开创者。

道道的蒙古人的脸，不只是眼睛，喜气洋洋地注视着我；他甚至停住脚步，非得让人拽着才继续走——他脸上露出实实在在的愉悦，就是因为一个目光感受到他的，使之发挥作用。这是一种重复：有时就是世界上那些傻子，有欧洲的，有阿拉伯的，有日本的，他们带着童稚的快乐上演着自己的演出，进入这个疲倦的傻子的视野。——当我完成了一项工作，走过很长的人行道，"精疲力竭地穿过"没有树木的弗留利平原，经过一个叫美狄亚的村子旁的森林边缘时，那里的草地上卧着一对鸭子，旁边是一只狍子和一只兔子。我一出现，它们起初拉开逃跑的架势，然后却表现出和谐的姿态，扯着草吃来吃去，四处摇摆着。——在加泰罗尼亚的波布莱特修道院旁，我在乡间公路上遇到了两条狗，一条大，一条小，好像父子俩，它俩后来跟我一起走，一会儿跟在我身后，一会儿超过我。我疲倦得连平时对狗的惧怕都烟消云散了。此外，我也想象着，似乎因为在这个地方走来走去，已经沾上了这里的气味，狗都不认生了。这两条狗也的确开始嬉闹起来："爸爸"绕着我兜圈，而"儿子"看样学样，穿过我的腿。是的，我在想，这就是真正的人的疲倦图像：它敞开心扉，它让一切都有穿透力，它为所有生灵的史诗创造通道，也为现在这些动物。——但这里也许需要有所补充：在利纳雷斯郊外瓦砾和甘菊处处可见的草原上，我每天都走出去，我成为人和动物之间截然不同的事件的见证人。对此只是简而言之：远处那些零零星星的人，他们好像要坐在废墟或者大石块的阴凉处休息，事实上却在埋伏守候，目不转睛地盯着四周射程范围内那些小鸟笼子，它们被挂在可以弯曲的棍子上，棍子插在瓦砾里，小鸟在里面几乎连扑腾翅膀的空间都没有，因此越发让笼子晃来晃去，成为那些大鸟活生生的诱饵（可是欧洲鹰的影子却远离陷阱，在我这儿掠过纸张；铅矿遗址旁的桉树林寂静，也阴森森的，这是我露天写作的地方，伴随着西班牙复活节前一周极度兴奋的尖叫声和长号吹奏）；——或者是那些孩子，他们随着日落吵吵嚷嚷地从吉普赛人住地涌向荒野，有一只瘦长的纯种狗围着他们蹦蹦跳跳，然后又是狂叫，又是兴奋不已，犹如一个轰轰烈烈的场面的观众，由一个半大小子——来表演：在热带稀树草原上撒开兔子让狗追击；这个曲棍球手很快被赶上，这条狗咬住脖子，先是玩来玩去，兔子被抛开，它又一次逃跑，它更快地被捕获，在狗嘴里被上下折腾，这样被抛来抛去，狗嘴里叼着战利品飞快地穿过原野——兔子拖着经久不息的尖叫——，随着这群孩子一同回到住地，轰轰烈烈的场面结束，狗蹦向领头者伸直的手上，兔子被夹着耳朵吊在上面，血淋淋的，虚弱的爪子还在微微颤抖，那小小的躯体呈现在队伍最前列，迎着日落，在孩子们头顶上方，可以从侧影看到兔子的脸庞，在无助和孤独中不仅超越了动物的脸，而且也超越了人的；——或者就是昨天那些半大不小的孩子，在我从桉树林写作回到城里的路上：在橄榄林边的石墙旁，拿着橄榄枝和芦苇棒，在大喊大叫中前后瞄来瞄去，将那些石块推得四处都是，用脚踢来踢去，在石头下面，现在暴露在阳光下的是那条蜷缩着的、又肥又长的蛇，除了动了动头和吐了吐信子外几乎一动不动——还难以走出冬眠吗？——，棍棒从四面八方劈头盖脸地打到它身上，要裂开的、但却重重地打去的芦苇，一片噼里啪啦声，这些半大小子又大喊大叫着前后瞄准目标（记忆中我也在场），那条蛇终于直起身来，挺得高高的，同时可怜巴巴的，没有要进攻的架势，甚至连一点威胁都没有，只是展示了一下有威慑力的颈子，这是蛇天生的架势，这么直立着，在侧影中伸着被打得不成样子的脑袋，嘴边淌着血，突然，就在它倒在投掷的石头下那一瞬间，同那只兔子一样，第三个形象，犹如一幅画着那些习以为常的动物和人的形象的幕布升起时那个片刻间出现在舞台深处的普通形象：——然而，在我心里，当你目睹了这一切时，从哪儿产生这样的反抗呢，同样可怕的事件，它们什么也没有叙述，更多不过是证实，还可以**继续**叙述，而与此同时，那些**创造统**一的疲倦所要对我叙述的东西在我的心里唤起了一种的确自然而然从很久以前开始的叙述，很久很久——唤起了那种叙述的气息？

是的，但你没有认识到，前者并不只是可怕的事件，而且原因在于，尽管你只是想把它们记录下来，却在这期间违背意愿，几乎陷入叙述中，最终只是有意图避免它的动词形式，过去时——通过一种手段？而且除此以外，比起你疲倦史诗中那些尚如此宁静的事件来，对这些可怕事件的描写则更直观，或者无论如何更具影响力？

可是我不想变得具有影响力。我不想去说服，——也不用图像——，而是让每个人回忆自己那独一无二的叙述的疲倦。它的直观性还会出现，在这种尝试的最后，立刻，也许——只要我为此在这期间足够疲倦。

那么在你的轶事和片断之外，什么是那最后疲倦的独一无二性，它的本质呢？它是怎样发生作用呢？开始该怎样来做呢？它可以使这个疲倦的人行动吗？

但是它本身已经是最大可能的行动了，根本不需要特意开始做什么，因为它本身就是一个开始，一种作为——"开个头"，口头语就是这么说的——。它的开个头是一种教诲。疲倦赋予教诲——是可以运用的。教诲谁呢？你问道。从前在思想史中，存在物"自体"的理念，此间已经过时了，因为客体从来不可能自己表现出来，而只存在于与我的统一中。但是我所说的那些疲倦，会让我更新那种陈旧的理念，因此使之显而易见。进一步，伴随着那种理念，它们使你获得这种想法。再进一步，在这种对事物的想法中，我触及一种法则，仿佛可以用手抓得住似的：如同事物在这一刻所表现的，那么它不仅仅**是**这样，而且它也**应该**是这样。更进一步，事物在这样一种基本的疲倦中从来都不会自成一体，而是始终与别的事物息息相关，即使可能只有很少的事物，最终一切都会关联在一起。"现在狗还在叫——一切如此！"最后：这样的疲倦要被分开的。

为什么突然这么多哲学味呢？

没错——也许我一直还没有真正有过疲倦——：在最后疲倦的时刻就不再有哲学问题。这个时间同时也是空间，这个时空同时也是历史。凡是存在，就会**是**同时性的。另一个同时会是我。那两个此刻在我疲倦的眼睛下的孩子，就是现在的我。那个姐姐拖着小弟弟穿过酒馆，这同时产生了一种意义，有了一种价值，没有什么东西比另一个更有价值——落在这个疲倦者脉搏上的雨点与河对岸那个行走者的目光具有同样的价值——，这简直太美好了，而且理应如此，并且要继续这样，这首先是真实的。我扶着姐姐的腰，如同姐姐扶着我这个弟弟的腰一样，这是**真实的**。而相对的东西会绝对地表现在疲倦的目光里，部分就是整体。

那么直观在哪儿呢？

我对这种"合为一体"有个图像：那些花卉静物画，通常是17世纪荷兰的，在它们的花朵上，一切都很逼真，这里一只甲虫，那里一只蜗牛，这里一只蜜蜂，那里一只蝴蝶，尽管也许没有一个会知道另一个的存在，可在这一时刻，在**我的**时刻，所有这些都相互关联。

难道没有转弯抹角的图像，你就不能尝试变得直观吗？

你这样坐下来吧，但愿你在这期间也够疲倦了，和我一起坐到田间小路旁的石墙上，或者更好些，因为更接近地面，你就和我一起蹲在路上吧，蹲在这路中间的草带上。那种"一切相互关联"的世界地图的确会让你看得出来，猛地一下，在这种色彩斑斓的反照中：完全接近这块地面，我们同时也就处在正确的距离中，看着那个猛然直起身子的毛虫，和那个形体大小像蠕虫的、分成很多节、正往沙里钻的甲虫一起，这只甲虫又和在橄榄上摇晃的蚂蚁一起，同时和树皮一起，在我们的目光下卷成 8 字形。

不是图像报道，而是叙述！

几天前，在安达卢西亚田间小路的灰尘中，一只鼹鼠的尸体十分缓慢地向前移动着，那样庄重，犹如在安达卢西亚复活节期间，那些受难和悲伤的雕像被架起来走过条条大街一样。当我把它翻转过来时，下面行进着一列闪着金光的食尸甲虫。在之前三周的冬日里，我在一条同样的田间小路上，在比利牛斯山脉，以同样的方式像我们刚才一样蹲下来，看着雪花飘落，雪片非常微小，呈颗粒状，落在地上和明亮的沙粒没有什么区别，可是融化时却留下了一片片固有的水迹，暗暗的污渍和雨滴留下的完全不一样，面积大了许多，更不规则，如此缓慢地渗入尘土中。童年时，我像现在蹲着一样高的时候，在第一缕晨曦里和祖父走在同样的奥地利田间小路上，光着脚，既接近地面，又距离尘土里那些零零星星的凹坑像太空一样遥远，那是夏季雨滴砸出的小坑，那是我第一个、反复又使之重现的图像。

终于在你那疲倦作用的比喻中，不仅有事物那一个个被缩小的尺度，而且还有人的准则！但是为什么唯独你是那个疲倦者，独自一人？

在我看来，我最高程度的疲倦向来同样是我们的疲倦。在喀斯特地区的杜特夫勒，那些老年男子深夜站在酒馆柜台旁，我曾经和他们处于敌对状态：即使我对另一个人一无所知，可是疲倦却会在他的身上勾勒出他的历史。——那两个人，头发湿漉漉地向后梳着，脸庞瘦削，指甲开裂，穿着干净的衬衫，他们是农业工人。这些工人从早到晚都在荒野里当牛做马，要步行好远的路来这里的城市酒吧，和所有其他站在那儿的人不同；就像那儿那个人，他独自狼吞虎咽地吃着饭，在这里很陌生，从利纳雷斯被当地公司派到这里的路虎汽车厂做装配工作，也远离他的家庭；就像那个老男人，他每天站在外面橄榄林地边上，脚边有只小狗，胳膊肘撑在树杈上，在那里哀悼他死去的老婆。——对这个理想的疲倦者来说,"想象变得"没有幻境,完全是另外一种,与《圣经》或者《奥德赛》里那些睡眠者不同,他们有幻境:告诉他什么是存在。——现在的我,尽管并不疲倦但还是要大胆叙述那些疲倦最后一个阶段我的想象。在这个阶段,你看到的就是那个疲倦的上帝,疲倦而无力,可是在他的疲倦中——比任何一个疲倦的人类都更加疲倦——无所不在,带着一种眼神,它恐怕真的具有一种力量,因为它所看见的人,无论在什么地方的世界事件中,都会使它变得自信和宽容。

这一个个阶段足够了!干脆就谈一谈在混乱中浮现在你眼前的疲倦吧,它是怎样出现的。

谢谢!这样的混乱符合现在的我和我的问题。——也就是说:品达罗斯[1]式的颂歌赞颂的是一位疲倦者,而不是一个胜利者!我疲倦地想象着那个圣灵降临节团体怎样接待圣灵,无一例外。疲倦的灵感与其说要做什么,倒不如说可以不做什么。疲倦:天使,他触摸着正在做梦的国王的手指,而其他国王在继续着他们无梦的睡眠。**健康的**

---

[1]品达罗斯(Pindaros,公元前518—前438):古希腊最伟大的抒情诗人,所写颂歌是公元前5世纪希腊合唱抒情诗的高峰。

疲倦——它本身就是恢复。某种疲倦者就是另一个俄耳甫斯，那些野性十足的动物聚集在他周围，最终会一同疲倦。疲倦赋予那些分散的个体以节奏。菲利普·马洛[1]——又一个私人侦探——在解决他的案件时，无眠的夜晚越是接二连三，他就越精神，越敏锐。疲倦的奥德赛赢得了娜乌西卡的爱情。疲倦会使你感觉到你从未有过的年轻。疲倦远远胜于自愧不如的我。一切都会在疲倦的宁静中变得令人惊奇——那卷纸多么令人惊奇，那个从容得令人惊奇的男人将它夹在胳膊下，穿过那条寂静得令人惊奇的塞万提斯路！疲倦的完美化身：从前，在复活节之夜里，庆祝耶稣复活时，村里那些老年男子在教堂里趴在那个坟墓前，一条红色的锦缎披肩替代了蓝色的工作服，脖子后面的皮肤由于一生的辛勤劳累而被阳光晒黑皴裂，裂纹和地上的一模一样；行将死亡的祖母以她那寂静的疲倦让一家人都平静了下来，甚至连她那个暴躁成性的丈夫也不例外；在利纳雷斯所有的夜晚，我观看着那许许多多被一起带到酒吧里的小孩子变得疲倦：没有了贪婪，手也不抓来抓去了，就是强打精神玩一玩。——谈起这一切，也有必要说一说，即使在疲倦这样的深层图像中，区别依旧存在吗？

---

[1] 美国作家雷蒙德·钱德勒创作的系列侦探小说主人公。

说得好，说得妙：不可否认，你的问题具有某些直观性（即使保留着神秘主义者那种典型吞吞吐吐的直观性）。可是这样的疲倦又是怎样创造的？人为的念念不忘？进行洲际飞行？急行军？一件赫拉克勒斯[1]的工作？试验性地参与死亡？你对自己的乌托邦有什么设想吗？用药片形式让全民保持清醒的领路者？或者采用药粉，添加到那个没有疲倦者之国中家家户户的饮用水里？

我不知道什么良方，而且对自己也没有。我只知道：这样的疲倦是不能计划的；也不可能事先成为目标。但我也知道，它们从来不是无缘无故地出现，而始终是在艰辛过后，在过渡中，在一次次克制中。——那么就让我们现在站起来离开吧，走出去，走到街上，走到人群中，要去看看，也许在这个间隔里，那里有一个小小的、共同的疲倦在向我们招手，看看它今天会向我们叙述什么。

但是属于真正的疲倦，同样像属于真正的问题一样，是站起来，而不是坐着吗？就像那个年老的弯腰驼背的女

---

[1] 古希腊神话中的英雄人物，完成了十二项"不可能完成"的任务。

人在花园里说道："唉，我们还是坐着吧！"因为她又一次被她那已经头发花白、但永不停息的儿子所驱赶。

是的，我们坐着，但不在这里，在荒无人烟中，在桉树的沙沙声中，孤零零的，而是在条条大道旁，在观看中，也许近前还有一台自动点唱机。

整个西班牙都没有一台自动点唱机。

在利纳雷斯这里有一台，非常特别。

叙述吧。

不，下一次吧，在试论点唱机的时候。
也许吧。

可在我们上街去之前，现在又出现了最后一个疲倦的图像！

好的。这同时也是我最后一个人类图像：在其最后的时刻，在宇宙的疲倦中取得了和解。

补遗:

那些挂在热带稀树草原的小鸟笼子不是为那里的山雕投放的诱饵。一个保持距离坐在这样一个四方形场地旁边的男人回答了我的问题,他将它们提到田野里,放在瓦砾堆上,为了这样四周能够听到歌唱;还有橄榄枝,插到笼子旁边的地里,不是要把鹰从空中引过来,而是招引黄雀来歌唱。

补遗二:

或者黄雀的确因为鹰蹦到高处——人们想要换换口味来看看它俯冲的样子?

试论点唱机

陈民　译

耐心等待别心急。

——西班牙谚语

然后我看到她站在那儿。

——列侬 / 麦卡特尼

为了最终开始进行计划已久的论点唱机，他在布尔戈斯火车站附近的汽车总站买了张去索里亚的票。发车平台位于一个加顶的内院里；清晨，许多汽车同一时间启程开往马德里、巴塞罗那和毕尔巴鄂方向，车上早就挤满了人；现在，午后，只有开往索里亚的车孤零零地停在那里，里面零零星星坐着乘客，几乎空空如也的行李舱呈半球状敞开着。他将箱子交给站在外面的司机，或者检票员？那人说"索里亚！"同时轻轻地拍了拍他的肩膀。这位旅行者还想多了解一下这个地方的情况，他在站台上走来走去，直到发动机启动。那个卖彩票的女人从早上就在拥挤的人群中窜来窜去，在空旷中再也看不到人影了；他想象着她在布尔戈斯市场附近某个地方吃饭，桌上摆着一杯红葡萄酒，还有一捆圣诞节博彩彩票。站台的沥青面上有一大片油迹；想必有一辆此间已经开走的汽车的排气管喷了很长时间，黑色的油迹那样厚，上面有许多不同的鞋跟和行李箱轮子的印迹交错：此刻他也特意踩过这片油迹，就是要把自己的鞋印添加到其他印迹上面，仿佛他这样做可以为自己的打算带来一个好兆头。可奇怪的是，他一方面说服自己，那个所谓的"试论点唱机"是些次要的事情，或者附带的事情，而另一方面，和通常一样，他面对行将动笔的写作感到惴惴不安，不由自主地寻求逃避到好的先兆和预示中——除非他一刻也不相信这些，宁可像现在一样，立刻禁止自己这样做，捧起他在路上正好读到的泰奥弗拉斯托斯[1]《品格论》中关于迷信者的一句话：迷信就是面对神圣的一种胆怯。但不管怎么说，这里多种多样的鞋印，连同不断变化的商标，相互重叠，黑白分明，而在油迹圈外立刻又消失了。这是一幅图像，他可以带着它踏上继续的旅程。

即便他要在索里亚开始写作"试论点唱机"，那也是早就计划好的。眼下十二月初，去年春天，他在飞越西班牙时偶然看到了一篇有关这个喀斯特高原偏远城市的周刊报道。索里亚，由于它的地形，远离交通要道，将近一千年

---

[1] 泰奥弗拉斯托斯（Theophrastus，公元前 372—前 287）：古希腊逍遥学派哲学家，亚里士多德的学生。《品格论》是其主要著作之一。

以来几乎置身于历史之外，据说是整个半岛最安静和最无人问津的地方；那儿有许多浪漫主义风格建筑，也包括留存下来的雕塑，无论在城中心还是城外，孤零零地坐落在荒野里；尽管很小，但索里亚城是个首府——同名省的首府；20世纪初，诗人安东尼奥·马查多[1]在索里亚生活过，先是当法文教师，接着是年轻的丈夫，然后很快成了鳏夫，他用自己的诗句描写了许许多多具体的事物，让这个地区为世人所知；索里亚，海拔一千多米，据说在这里非常缓慢流动的杜罗河上游环绕着它的基座，在它的岸边——经过那些马查多称之为"鸣唱着"的白杨树，因为在它们密密麻麻的枝杈里栖息着夜莺，穿过那些一再变成峡谷的悬崖峭壁之间——，根据相应的插图报道，有些漫长的路向外直通到原始不毛之地……

他打算用"试论点唱机"来说明这个玩意儿在他已经不再年轻的生命的各个阶段的意义。然而，在他过去几个月里——作为一种市场调查游戏——询问过的亲友之中，几乎没有一个人知道这玩意儿会派上什么用场。有些人，其中自然还包括一个教士，只是耸耸肩，摇摇头，这样的

---

[1] 安东尼奥·马查多（Antonio Machado，1875—1939）：西班牙"九八年一代"的杰出诗人和剧作家。

东西居然还会有人感兴趣；有些人将点唱机当成了弹球机；又有些人甚至不知道这个词，只有当你提起"音乐盒"或者"乐柜"时，他们才以为明白了这是什么东西。但正是这种无知和冷漠——在第一次失望之后又来一次，并不是所有的人都和他一样有类似的经历——更加吸引他去关注这个玩意儿，或者指责，尤其看来，仿佛点唱机的时代在大多数国家和大多数地方几乎都成为了历史（也许他本人也会慢慢地超越年龄，站在点唱机前，按起键来）。

当然，他之前也读过关于点唱机的所谓文献，自然带着意图，立刻又将其中的绝大部分忘记；写作时，首先要指望的是自己的眼光。本来相关的文献就很少，不管怎么说，迄今所看到的主要著作也许就是1984年在美国中西部偏远的得梅因出版的《沃利策点唱机指南大全》，著者是里克·博慈茨。读者从点唱机历史中获得的最终可能就是以下内容：在20年代美国禁酒时期，在"非法经营的酒吧"里第一次放置了自动音乐机。不能肯定"点唱机"这个词的出处是"Jute（黄麻）"还是动词"to jook（伴着自动唱机跳舞）"，这个词或许发源于非洲，意思是"跳舞"。无论怎么说，在那个时代，黑人们在南方黄麻地干完活后，聚集在所谓的"Jute points（黄麻地）"或者"Juke points（点唱地）"，在那里听着音乐自动机里播放的尼克·比莉·哈乐黛、杰利·罗尔·莫顿和路易斯·阿姆斯特朗[1]，所有这些音乐都不会在全部由白人把持的无线电台播放。点唱机的黄金时代随着30年代禁酒令的废除开始了，这时到处都开酒馆；甚至在商店里，如烟草店、理发店等，当时都有了自动留声机，由于那儿空间狭小，这些机器还没有收款机大，就挨着收款机放在柜台上。然后随着那次世界大战的爆发，这样的繁荣时期暂告结束了，因为点唱机的材料，特别是塑料和钢材限量配给。木材取代了金属，而在战争期间，生产完全转向了军备。于是，那些点唱机龙头厂家，如沃利策和西波尔格，那时候制造起用于飞机的除冰设备和机电零件来。——另一个历史就是音乐盒外形的发展：通过外形变化，这些音乐盒"从并不总是色彩鲜艳的环境中"脱颖而出。因此，公司里最重要的人就是设计师：沃利策音乐盒的基本结构是半圆拱形，而西波尔格通常使用的是上面带穹顶的矩形外壳，这里似乎形成了一条规则，每个新模型都只能是在之前的基础上进行改变，这样就可以清楚地辨认出先前的模型来；这样一来，据说有一次，出现了一个特别新式的点唱机，外形酷似方尖碑，顶上不是一个球状或者火焰状，而是一个装了内置话筒的外罩，从里

---

[1] 三位均为20世纪早期著名的黑人爵士乐歌手、乐手。

面传出的音乐直回响在天花板上，最终彻底失败了。因此，外形的变化几乎只有在考虑到盒子发出的灯光变幻和框架部件时才有可能：机器中央的孔雀，不断变换着颜色；塑料表面，至今只是简单色彩，现在是大理石花纹；花边装饰，至今是人造青铜，现在镀上铬了；边弧，外形新采用透明荧光管，大大小小的水泡游来游去，"保罗·富勒绘制"——与此同时，这种外形历史的读者和观察者最终也知道了这些外形主角的名字，并且注意到他当时第一次惊叹过后，不知什么时候站在某个昏暗的里屋里，对着这样一个闪烁着彩虹颜色的大家伙，已经下意识地想要知道这个名字。

从布尔戈斯到索里亚的汽车向东穿过近乎空荡荡的梅塞塔。尽管有很多的空位子，好像车里聚集的人要比外面整个光秃秃的高原随便什么地方的人都要多。天空灰蒙蒙雾茫茫，岩石和黏土间很少有田地闲置着。一个年轻的女孩嗑着瓜子，就像平常在西班牙电影里或者林荫大道上一样，一脸严肃，大大的眼睛若有所思，瓜子壳如雨点般落在地上；一群背着运动包的男孩子不断把他们新的音乐磁带拿到前面交给司机，他是非常乐意的，这样不用听下午的广播节目，每排座位上面的喇叭都在回响着这个节目；车里有一对老年夫妇默默地坐着，一动不动，男的看样子压根儿没有感觉到时而有男孩子从身旁走过时轻轻地碰到他，不是故意为之；即使有个年轻人要说话时站起来，走到过道上，讲述时靠在老人的椅背上，同时在他面前手舞足蹈，他也一动不动地忍受着，甚至都不把他的报纸推到一边，报纸的边角在这个在他头上挥舞的人的气流中翻来翻去。那个下车的女孩独自走在外面光秃秃的圆形山包上，大衣裹得紧紧的，走在一片好像无路可走的草原上，望不见一栋房子；在她空出的座位地上有一堆瓜子壳，比想象的要少。之后，这片高原时而展现出稀稀疏疏的橡树林，这些树小得像灌木，上面完全干枯的叶子灰蒙蒙的，簌簌地抖动着。过了一个几乎察觉不到的山口之后——在西班牙语中，旅行者从他的袖珍词典里了解到，这和"港口"是同一个词——，也就是到了布尔戈斯省和索里亚省的交界，山崖上是育林区，长满大片闪闪发光的罗汉松，也有不少在狂风肆虐之后，从稀薄的土壤层被拔起或劈开。于是，狭窄的路两旁同样立刻又变得开阔，出现一片不毛之地。时而有轨道交错，锈蚀不堪，是两座城市间被废弃的铁路线，往往被涂上焦油，枕木埋没在丛生的杂草之中或者彻底消失了。在途经的一个村庄里，有一栋房子墙上松松垮垮地挂着街头牌子。村子坐落在一个石丘后面，从乡间公路上看不到影子，汽车一直朝着那里拐来拐去，然后掉过头来，车厢变得越来越空了，不得不倒回去；在那个乡村酒吧的窗户后面，唯一能看到的，就是一只只打扑克的手。

索里亚天气很冷；比布尔戈斯还冷，相比下面靠海边的圣·塞巴斯蒂可谓寒冷刺骨，他来到西班牙的前一天就去过那里。但没有下雪，他曾经期盼雪花为他在这里的行动充当所谓的陪伴，然而此时下起了蒙蒙细雨。在这个穿堂风四起的汽车站里，他马上记下了开往马德里的出发时间，至少到萨拉戈萨。城外的干道上，在小小的危房、高耸的毛坯房和废墟遍布的草原（通常很中他的意）之间，车轮下泥浆四溅，一辆接一辆的长途载重货车呼啸而过，各个都挂着西班牙车牌；他看到其中有一辆挂着英文车牌，然后又看到车棚上那个打眼看去就明白无误、也无需翻译的标语，此时此刻，他简直突然有了回家一样的感觉。他以前也有过这样的感觉，他在这样一个陌生的西班牙城市逗留了较长时间，周围没有人会其他语言，也没有任何外国报纸，他有时候就躲在那里一家中餐馆里，尽管他对那里的语言更加陌生，可是却躲开了那清一色、扎成堆的西班牙语，有了安全的感觉。

暮色降临，各种轮廓变得不清晰了。方向指示牌只有遥远的首府，如巴塞罗那和瓦利亚多利德；他就这么拖着沉重的箱子——他已经出来很久了，并且要在索里亚一直待到新年——沿着马路向下走去；他经常看到，就是那些一抬眼几乎看不见的西班牙城市的中心都坐落在下面什么地方，在没有房子的草原地区，隐藏在那些河流消失的山谷里。这个夜晚，他恐怕无论如何都要留在这里；有一次，他实际上感觉这是一种责任，因为他现在到了这儿，他就需要弄清这个地方，也需要去适应它（此时此刻，走上几步就得换手去拖箱子，一再让开当地人，他们已经开始了自己晚上趾高气扬的直行，他没能如愿以偿），再说吧，只要涉及他的"试论点唱机"，他就有时间，况且实际如此——他现在重复着常常给自己的提示，这次用的是一个希腊语动词，出自泰奥弗拉斯托斯的作品：S-cholazo, s-cholazo（有时间）。

在这种情况下，他只想着逃避。为了使他实现自己的计划，这个或那个朋友给他提供了第二住房或者第三住房，因为他已经有好几年颠沛流离，东奔西跑，眼下初冬季节，都空着，周围非常寂静，同时拥有习以为常的文明，特别是童年语言，他的陪伴者（同时也是安慰他的人），就在任何时候步行都可以到达的地平线上。但他逃避的念头排除了任何回归的可能。一个德语环境现在不再适合他了，比如连拉罗谢尔这样的地方也是如此。他自然而然地说着法语，却依然觉得自己是个陌生人。他几天前就在那里，面对一望无际的大西洋，一座座低矮而明亮的房子，许许多多的电影院，一条条人迹罕至的小巷子，那座老码头上的钟塔。那个钟塔让他想起了乔治·西默农[1]，想起了他在那里成就的作品。甚至连圣塞巴斯提安也不例外，那里有更加温暖的空气，还有一目了然的半圆形海湾，就坐落在如此经常会变得狂怒的比斯开海湾里；就在他的眼前，潮水逆流而上，汹涌澎湃地拍打着巴斯克人的圣河乌鲁梅亚河两岸——相反在中间，波涛朝着大海奔去。而且在一个酒吧里，即使没有照明，也很冷，好像多年不营业了，却立着一个西班牙制造的点唱机，很粗糙，几乎没有样子。他禁止自己这样逃避，走回头路，这也许就是一种强制——也许只有远远地离去，穿过这片大陆——，或许也是一种强迫，在经过一段艰辛的付出后没有了义务和束缚，他便觉得，为了能够开始写作——这样做当然也无可厚非——，终归有必要将自己放逐到一个正好有待去征服的偏僻地区，放逐到一个同样威胁着每天的生存状态的极端境地，并且有过之而无不及，因为除了写作这件事外，还涉及第二件：一种对每个陌生地方的侦察或者测量，并且不要老师，独自参与到一种语言中，这个语言首先必须尽可能不熟悉。

---

[1] 乔治·西默农（Georges Simenon，1903—1989）：比利时法语小说家。

然而，他现在不只是想要逃离开这座城市，而且也要逃离开他的主题。他越是接近索里亚这个为写作预先安排的地点，他就越发觉得"点唱机"这个物品微不足道。1989年正好临近岁末的时候，在欧洲，日复一日，从一个国家到另一个国家，那么多的东西好像都变得格格不入，而且那样神奇地祥和，所以他想象着，有人好久听不到那些世界新闻，比方说自愿置身于一项研究工作里，或者发生意外，数月之久没有意识，那么他在看到第一份报纸时恐怕会认为是号外，其中虚构的是，这个大陆上那些被奴役、被分裂的民族的一个个梦想终于一夜之间都变成了现实。这一年，甚至对他来说是历史之年，尽管他来自无历史与童年和青年的世界，几乎无法为一个个历史事件（及其伸长脖子的欢呼庆祝）而兴奋，充其量是受到妨碍：这是曾经发生过的，好像这个历史除了它的所有其他形式外，也可能是一个自我叙述的童话，一个最真实、最有影响、既是天堂又是尘世的童话。几个星期前，在德国有一个熟人，在启程前往行将轰然倒塌的城墙时非常激动，无论如何要成为"历史的见证者"，他催促他一起去，为了让这些事件得到"一个专长于图像和语言的人亲眼见证"。那么他呢？——把自己的"工作，实地考察、必要的准备"都提前了，立刻，本能，简直就是畏惧，不假思索（就在第二天一早，在那家承载着国家使命的相关报纸上，便会刊登出那些诗意的历史见证人提供的首批诗篇，当然连同照片一起，并且体面地夹着边框，而在之后的早上，又以同样的方式，会为之刊登第一批颂词）。而现在，当这个历史作为世界和人类的伟大童话，看样子日复一日地继续演进，继续自我叙述，继续变戏法（或者这不过是那些古老的幽灵故事的变种？）时，他要在这里，在这个遥远的地方，在这个被荒原和群山环抱的、对历史充耳不闻的城市里——面对那些电视机，虽然到处回响，却在后来仅有一次的，在地方新闻中播放建筑支架砸死人的消息时，出现了共同的沉默——，试图琢磨起一个像点唱机这样举世陌生的玩意儿来，正如他此刻告诉自己的，一个"世界逃离者"的玩意儿；一个简单的玩具，根据文献记载也许是那次战后"美国人最喜爱的"，但只有那个"周六狂热之夜"短暂的时刻。那么在当下这个时代，由于每个新的一天都是一个历史的日期，还有没有比他更可笑更固执的人呢？

　　这些想法他并没有完全当真。而折磨他的则是完全另外的东西，他那小小的打算好像与发生在他夜间最深沉的梦境里的东西发生矛盾，而且随着岁月的流逝越来越强烈，越来越紧迫。在梦境深处，他的规则显现为图像，一幅接着一幅；他在梦乡里强烈地感受着，醒来后又继续思考着。那些梦叙述着，它们叙述着，即使只是以宏大无比的、常常过渡到那习以为常的梦之荒唐的断片，对他却迫切地叙述着一部波及世界的史诗：战争与和平，天与地，东方与西方，血腥谋杀与镇压，压迫，反抗与和解，城堡与贫民窟，原始森林与体育场，失踪与回乡，完全陌生的人与神圣的婚姻之爱之间胜利的统一，还有无数勾画鲜明的人物：可信赖的陌生人，那些数十年来不断变换的邻居，那些远房兄弟姐妹，电影明星和政客，圣徒和玩偶，那些在梦里摇身一变（就像他们实际上曾经活着那样）而继续活着的祖先，以及一再出现的那些孩子，这些孩子中那个作为主要角色之一的孩子。他自己通常在这个时候根本不一同出现，只是一个观众和听众。和那些图像一样，同样具有规则力量的是这个人此刻所拥有的感觉；其中有些感觉，他在清醒时从来都没有感受过，比如对一张赤裸裸的面孔的敬畏，或者对一座山峦那梦幻般蓝色的陶醉，甚或只是对"我在"的信仰（它也是一种感觉）；别的感觉他虽然也感同身受，但是在他看来，只有当史诗般的梦想的感官性使这位睡眠者激情满怀时，它们才可以变得纯洁和如画：如同他感受到**这种**感激取代了感激一样，同样还有**这种**怜惜，**这种**天真，**这种**仇恨，**这种**惊奇，**这种**友谊，**这种**悲伤，**这种**孤寂，**这种**死亡恐惧。醒来后，就像得到了这样的梦幻酣畅淋漓的滋润，来了个脱胎换骨的变化，他感到远远在自身之外那个节奏在大幅振动，他似乎要用写作来追随它。而且这不是第一次了，于是他又把这事推后，为了一件次要的事？（正是那些梦，它们促使他去思考，没有任何别的东西会主宰他。）而且他认为，像他这样居无定所，也就只能小打小闹而已——说到底，比如西默农的短篇小说，大多都是在一些外国旅馆的房间里写就的，它们似乎也没有一丝史诗的痕迹——，难道这不又是梦的延留音，是他在其间已经过期利用的借口之一吗？为什么他就是不定居呢，不管在哪儿？难道他就没有发现，他不断奔波常常无非就是四处瞎忙吗？——那时候，当"试论点唱机"仅仅还是个初步想法时，毕加索的一句名言犹如一个可能的座右铭浮现在他的眼前：作画就像王子同牧羊女一起造孩子一样。你永远都临摹不了万神庙，你永远都画不了路易十五的安乐椅，而你画的则是不大不小的茅舍、一小包烟叶、一把旧椅子。然而，这种实现越临近，你就越觉得画家这句名言难以转换到写作对象上。那些史诗般的梦幻一开始就太强大，独一无二，也太有感染力（拥有将它们转换成相应语言的渴望），也就是说，他从青年时代以来就了如指掌，让他始终惊叹不已，现在临近冬至，一夜又一夜，独一无二，绝无例外；伴随着第一个半睡半醒的图像，叙述的大门就已经敞开，这种叙述整夜地向他吟唱。而且除此之外：诸如点唱机、雕像、彩色玻璃杯和铬片究竟和一把椅子或者一个田间小屋有什么相干呢？——一点没有。——或者还是有点相干？

他不知道有哪个画家在其作品中画过点唱机，哪怕作为财产。甚至连那些通俗艺术艺术家，他们那放大的眼光盯着所有系列化的东西，所有非原创的东西，所有第二手东西，好像都觉得这玩意儿就不值得回头看一眼。在爱德华·霍普[1]的几幅画前，上面画着城市真空地带的夜间酒吧里零零星星几个人物，他对此几乎产生了幻觉：好像那些不值一提的玩意儿出现了，可似乎又被抹掉了，有一块空着的、亮闪闪的污渍。他想起来唯有一个歌手，就是范·莫里森[2]，他曾经"一直钟情于点唱机的鸣响"，可这"早就不存在了"，也就是民间常说的"已经是很久以前的事了"。

此外：为什么他把这个对象似乎可以叙说的东西想象成一本书呢，哪怕是一本小得可怜的书？在他的想象中，书这玩意儿毕竟是用来反射自然光的，首先是太阳光，一句一句地，当然不是用来描写由一个电子装置的旋转圆柱

---

[1] 爱德华·霍普（Edward Hopper，1882—1967）：美国都会写实画家。
[2] 范·莫里森（Van Morrison，1945—　）：英国歌手、音乐家。

灯闪烁进昏暗之中的人造光。（因此，它无论如何符合他那对书习以为常的、无法摆脱的图像。）照此看来，从古到今，这样一小段文字与其说适用于一家什么报纸，倒不如说更适用于那本周末杂志吗？登在那些感伤怀旧的页面上，连同那些点唱机模型的彩色照片一起。

他苦思冥想到了这个地步，便准备好干脆放弃他过去几个月里所怀念过的一切（"凡是你喜爱的，就保持沉默；凡是让你发怒和向你提出挑战的，就将它写下来！"），下定决心，一如既往，无所事事，在这片大陆上四处看看，愉快地享受时间。这时，他突然感觉到一种奇特的愉悦，他的打算可能毫无意义——自由！——同时还有几乎白白消耗的能量，即使绝对可能在别的什么地方，而不是在这座被世界遗忘的城市索里亚。

为了这一个夜晚，他在一家以西班牙中世纪一位国王的名字命名的饭店里找到了一间房子。在他不停奔波之中，几乎每个陌生的地方，打眼看去他都觉得一文不值，与世隔绝，然后他到处走来走去时，便觉得这个地方神秘地延伸开来，展现为世界的一部分；"一个多么伟大的城市啊！"他总是一再感到惊奇，甚至："一个多么伟大的村庄啊！"可是索里亚，他在下雨的夜晚漫步在一条条巷子里，走出城穿过昏暗摸索着上了那个当年的要塞小山，它却没有变得开阔；没有灯光闪烁的酒店；这个地方无非就是条条巷子拐角处几面连在一起的光秃秃的围墙。在这个夜晚，还有后来他从一个酒吧窜到另一个酒吧时，几乎到处都早早地空空如也，此刻只有那些赌博机不断重复的诱惑旋律维持着它的生机，给予他一个熟悉得让人厌恶的中欧小城市的印象。在那柔弱的图像里，更多蒙上了黑暗——斗牛竞技场上那冬天遗忘的椭圆形——，周围都被黑暗包围着。没有什么，他如此偏执地认为，可以在这里更多地被发现和被创造。不过起初不带行李走一走倒很惬意。在书店橱窗第一排只摆放着哈罗德·罗宾斯的书——为什么不呢？在旁边广场上，那些湿漉漉的、锯齿状的悬铃木树叶在午夜时分闪烁着，晃动着。两家分别叫雷克斯和艾梵尼达的电影院的售票小屋开着老虎窗，几乎看不见，好像只在西班牙才有，靠近宽阔的入口正面，正好冲着大街，在里面，似乎分别显现出了同一个老妇人的脸，半是被窗框阻隔了。而且葡萄酒也没有小城的品味。索里亚城人行道瓷砖的图样都是正方形，相互拼合在一起，棱边磨得圆圆的，而布尔戈斯城相应的铺石路面则是锯齿形的？西班牙语表示"镇静"的词叫 ecuanimidad。他喋喋不休地念叨着这个词，交替变换着与希腊语"有时间"这个词。

　　梦中出现了成百的人。一位将军，同时又是莎士比亚作品改编者，因为对世界状况感到忧伤开枪自杀。一只兔子穿过田野，一只鸭子顺流而下。一个孩子在众目睽睽之下失踪了。村民们一刻接一刻相继地死去，这是道听途说来的，牧师就只能忙着安葬（在梦中道听途说的角色好奇特——那既不是人说的，也不是听来的，简直是无声无息地穿过空气而来的。）祖父的鼻血闻起来像湿漉漉的狗皮。又一个孩子起了"精灵（Geist）"这个大名。有人宣布，此刻声音很大，在当今时代听的重要性。

第二天——天依然下着雨，报上说索里亚又要成为西班牙最冷的省份——他穿过城市走上告别之路。他无意间突然站在了圣多明各教堂正面，从规模和那些亮闪闪的、常常被吹成圆形的砂石块立刻就可以感受到它的古老。这些罗马式建筑猛地一下十分亲切地感染了他，他随之立刻在心灵深处，在肩头上，在腰间，在脚底感受到它们的比例，如同他那本原的、被掩盖的身体。是的，身体性，那是感觉，带着这样的感觉，他尽可能缓慢地，绕着圈子，朝着这个形式像谷仓似的教堂走去。就在第一瞬间，面对那平面以及嵌镶在里面的圆拱和雕像的精美布局，博尔赫斯的名言"美的兄弟情谊"已经感染了他，但与此同时，恨不得立地要把这一切并吞的恐惧也攫取了他。于是，他决定，无论去哪儿，都要把出发推迟到晚上，而且之前只要阳光还会交替照耀在那些雕塑上的话，他还要再来一次。他先只是研究了一下很快就变得亲切熟悉的群像中的变体。这些就近在眼前（他不需要找很长时间），每次看到罗马式雕像时都一样，在他看来，它们又是这个地方神秘的标志。只要目光所及，它们甚至出现在索里亚这儿：圣父慈爱地弯着腰，他这样要把刚刚创造出来的亚当扶起来；在一个地方几乎光滑的——在其他造型上完全是波浪形的——顶部，下面睡着三圣王；装饰花纹叶片，贝壳形状，像一棵树大小，矗立在那复活者空空如也的墓地后面；在大门上方的半圆里（杏仁轮廓，圣父微笑着，膝盖上坐着那个同样微笑着的儿子，掂着那本厚厚的石头书），福音传教士那些动物象征都没有蹲在地上，而是在天使的怀抱里，不仅仅有那个好像刚刚才出生的狮子和小公牛，甚至还有那强壮的山雕……他迅速地离去时，回头向远方四处张望，于是看到了那座精雕细刻的房子——那个没有雕琢的空间越发清晰——，用卡尔·瓦伦丁 [1] 的话来说就是站"在露天里"：这座建筑又宽又矮（周围所有的住宅区都要高于它），上面是天穹，尽管不断有载重汽车呼啸而过，它却赋予你那理想的想象；这座建筑与周围那些呆板的立面迥然不同，

---

[1] 卡尔·瓦伦丁（Karl Valentin，1882—1948）：德国喜剧演员，民谣歌手，作家和电影制作人。

看上去像是一个百音钟的传动发声装置，正好在它的默默无声中工作着——它在演奏着。他心想着，那时，八百年前，无论如何是在欧洲，一个形式时代之久，人类历史，个体的和普遍的，曾经神奇地清晰可见。或者这只是那个渗透着一切的形式（不是单纯的风格）的表象？可是怎么会出现了这样一个既威严又单纯的形式，这样一个默契的形式呢？

索里亚坐落在两座山丘之间，一座森林覆盖，一座光秃秃的，在一片洼地上通往杜罗河，白天这会儿看上去分外清楚，一座森林覆盖，一座光秃秃的；这条河从最后那些零零散散的房子旁流过；对岸是片开阔伸展的岩石地。那儿有一座石桥跨越过去，马路通往萨拉戈萨。同时伴随着那些拱桥墩，这个新来乍到的人记下了它的数字。一阵轻风，云彩飘飘。下面那些没有叶子的岸边杨树之间，有一只被激怒的狗在追逐着那片一会儿飞到这里、一会儿又卷到那里的叶子。芦苇被压到了黑汪汪的水里，只有一些芦苇穗露出来。这个陌生人——陌生？得到这个地方准许——朝着相反的方向，走上了那条诗人马查多熟悉的林荫道，逆流而上，行走在一条杉木根交错的土路上。宁静；风阵阵吹过太阳穴（他曾经有一次这样想象着，应该要有一家专门的公司，给脸部的这块地方提供了一种特别的润肤乳，好让那个地方的皮肤连那一丝一毫拂面而过的气息都感受得到，作为完美的化身，你该怎么称谓它呢？当下的）。

从旷野里回来后，他坐在一家名叫"里欧"的河边酒吧里喝了杯咖啡，一个年轻的吉普赛人站在吧台后面。一些退休老人，西班牙语词典里叫"jubilados"，都是完全令人惊奇、激动兴奋的上午电视节目的观看者。外面川流不息的长途运输车辆让所有人手中的各种杯子都在颤抖。在角落里竖着一个差不多齐膝高、圆筒状、上端变细的铁炉，上面垂直刻着槽纹，中间的装饰像地地道道的扇贝壳，从下面的出口火焰在熊熊燃烧。从瓷砖地面上飘起来上午刚刚撒落的锯屑味。

外面马路上，他上山坡时经过一棵接骨木，树干像巨衫一般粗壮，那鲜亮的短枝条形成了无数条相互交织、相互攀爬的弧线。没有迷信，也没有那种图像或者符号：他也许要待在索里亚，而且按照计划，在这里开始他的"试论"。这期间，他要尽可能多地去感受这座如此一目了然的小城那一个个早晚。"不，这个事情完不了，我就不离开这里！"他恐怕要在索里亚眼看着悬铃木最后的树叶怎样纷纷扬扬地飘落。此时此刻，在这片土地上也笼罩着那种昏暗而明亮的、好像从地下弥散出来的光线，一直让他铭刻在心，立刻走到一边去，写吧，写吧，再写吧——没有一个对象，或者我所指的点唱机那样的东西。从那里出去走到远方，可你在这里立刻又身在其中，因为你几乎还没有出城——在哪些大都市里会是这种的情形呢？——，他似乎每天坐下来之前都要走路，为了使自己的脑袋在衰老时得到越来越必要的寂静，以这样的宁静为基础，那些句子便会协调一致地构成；可是随后他也许会听任这座城市那闹哄哄的醒动，也包括安静些的角落；没有通道，没有墓地，没有酒吧，没有运动场可以在它们各自的特性中不会被感受。

但事实证明，眼下有一些西班牙节日相互重合了——旅游时节——，所以在索里亚到下周初才有房间。那么这对他也不错，他可以依照自己的风格，再次推迟开始；再说，他或许在出发和返回时还要获得一幅索里亚的地形图像，这样独自一人在这片高原上，还要从别的方向，不仅只从布尔戈斯西边方向，因为他为了暂时的躲避，被迫来到另一个城市里——他想象着这对即将面临的事情很有用。他之后有两天空闲，决定第一天在北部，第二天在东部度过，两次都在卡斯蒂利亚之外，先是葡萄种植地区奥哈的洛格罗尼奥，然后是阿拉贡地区的萨拉戈萨：这首先是从汽车时刻表得出来的。但他开始坐进了一家西班牙后院餐馆，他在那里感觉受到了保护，因为你可以独自待在那里，却又能够透过木板一样薄的墙和常常敞开的推拉门，同时获得外面酒吧的一切。在酒吧里，包括电视和自动游戏机，几乎到处熙熙攘攘。

　　下午时分，只有一个修女和他一起坐在开往洛格罗尼奥的车上。天下着雨，在这两个地区之间的隘口路段上，车子好像穿行在主要降雨云带里：玻璃窗外除了黑压压的云团什么也看不见。随后，车载收音机里传来滚石乐队的《满足》，一首和那个"点唱机的咆哮"几乎没有什么不同的歌，而且是那些为数不多的、在全世界的点唱机里很少能坚持几十年播放的（没有被替换过）的歌曲之一，"一个长盛不衰的经典"，这一个乘客心想着——而另一个，她穿着黑色的修道院女装，冲着比尔·怀曼[1]的吉他那充斥整个空间的、似乎令你肃然起敬的响亮度，和司机聊着一个小时之前在一条小巷近旁所发生的建筑工地悲剧，两个死者躺在铁棍和刚混合的混凝土下面。当时，他正在自己的后院里无忧无虑地吃着饭呢。收音机里接着传来杰克斯·布瑞尔[2]的《别离开我》，那是唱给情人的歌，祈求不要离开他，又是几首似乎构成了点唱机经典歌曲之一，至少他在

[1] 比尔·怀曼（Bill Wyman, 1936—　）：滚石乐队前贝斯手。
[2] 杰克斯·布瑞尔（Jacques Brel, 1929—1978）：比利时法语歌手。

法语国家所了解的情况如此，通常就摆在右边那个好像不可触摸的区域的台架上（在这个地方，比如说在奥地利的音乐盒里，大多都排列着所谓的民间音乐，而在意大利的音乐盒里，有时是歌剧咏叹调和歌剧合唱，特别是《阿依达》和《纳布科》里的犯人合唱）。但现在非常少见的是，这位旅行者继续思考着，这时那个比利时歌手唱的圣歌，从深处冒出来，几乎不成腔调，毫无保留，随心所欲——"我说这些，而且只对你！"——好像这样压根儿就不适合放置在公共场所的、投掷硬币操作的自动唱机——可是现在却来到这里，回响在这辆几乎空空如也的汽车里。汽车将要蜿蜒穿过一个海拔达到两千米的隘口，穿行在一片细雨蒙蒙的灰色无人地带。

洛格罗尼奥人行道上的瓷砖花样呈葡萄束和葡萄叶状。这座城市有一个专职的编年史作者，他在《里奥哈报》上每天也有一页专版。这里流淌的不是杜罗河，在它的上游是伊布罗河，并且不是绕着城外流去，而是穿城而过，像其他地方一样，对岸是新城。高高的雪檐团团围着这条大河，再看去时却是工业泡沫在浮上浮下。在河岸两边一座座高楼立面，蒙蒙细雨中，那些晾晒床单的绳子拍打着。尽管他也在索里亚看到过类似的情形，尽管洛格罗尼奥位于下面那个气候显然温和的葡萄种植平原上，在节日的灯光下显现为一座广阔而高雅的城市，也包括艾梵尼达和阿卡丹，然而，在想象着那片笼罩在冬日气氛中的居住区时，他突然感受到在那后面的麦西达高原上，有某种东西，犹如思乡的心情要攫取他似的。他在那里几乎还没有度过一夜和半天的时间。

第二天到了萨拉戈萨，位于东南部，离宽阔的伊布罗河河谷下面还很远，这里的人行道装饰呈现为突起的蛇形曲线，它们表现的是这条河的蜿蜒曲折，他这样心想着。在寻找市中心途中，经历了初次在西班牙已经习以为常的迷途之后，他的确觉得这是一座皇家之城，那个足球俱乐部[1]的名称也名副其实。在这里，他似乎每天都可以看到外国报纸，犹如在任何一座国际都市里一样，每天都可以看到所有刚刚上映的电影，有些也许还是原声，到了周末，只要这一个皇家球队与另外那个来自马德里的皇家球队[2]对阵时，也可以去看球赛——他行李里只有小望远镜——那个真正的埃米利奥·布特拉格诺（身着即使在烂泥里也还保持干净的运动服），人们曾经可能以为他在回答一个记者问他踢足球是不是一门艺术时这样说道："是的，一个个瞬间。"在城市剧院里上演的是贝克特，看演出的观众就像

---

[1] 指皇家萨拉戈萨足球俱乐部。
[2] 指皇家马德里足球俱乐部。

在电影院售票处一样买票。在艺术博物馆里，他或许会驻足于戈雅的绘画前，可以同样获得那些开放的行动意识，如同在索里亚外围的寂静中一样，添加上这位画家感染给你的惬意的傲慢。戈雅在萨拉戈萨度过了他的学习时代。然而，唯独另外那个地方成为考虑的对象，那里羊群在新建筑旁的瓦砾坡上踩出了它们攀爬的图案；那里也有麻雀，尽管很高，可在风中垂直上下飞来飞去——他也许会怀念着它们。（有人曾经观察过，每天观看电视里的世界新闻时，不管是在东京还是在约翰内斯堡目睹的，人们可以信赖的东西是什么呢，也许就是麻雀吧：前面是那些政治家群像，或者烟雾缭绕的瓦砾，而背景就是麻雀的叫声。）

他在这两个城市里为之所采取的行动就是追寻，顺便追寻一台点唱机；想必至少在洛格罗尼奥和萨拉戈萨各有一台昔日的点唱机遗留下来了，现在无疑也还可以用（添置一台新的是不可能的，在西班牙的酒吧里，仅有微不足道的空间才属于那些相互堆放起来的赌博机）。他相信，随着时间的推移获得了一种寻找可能尚存的点唱机地点的嗅觉。仅存的希望不在城中心，也不在改造过的城区和文物古迹、教堂、公园、林荫大道的附近（更不用说别墅区了）。他几乎从来没有在疗养地或者滑雪胜地看见过音乐盒（但也许很可能就在那些更没有名气、偏僻的邻邦，如圣莫里茨旁边的萨梅丹），在游艇港口或者海滨浴场几乎也不例外（但也许在捕鱼的港口，更常见的是在渡轮码头：多佛港、奥斯坦德港、勒佐艾米利亚港、皮雷埃尔斯港、洛哈尔什教区凯尔以及轮渡到对岸的内海布里地群岛，青森港，在日本主要岛屿本州岛的最北端，曾经被征用做到对岸北海道岛的轮渡），在陆地和腹地的饭馆里不常有，而常出现在岛屿上或者边界附近。

根据他的经验特别引人关注的是：穿越公路两旁的居民点，对于村庄来说铺得太开，然而却没有市中心，远离任何游客景点，位于周围没有湖的一马平川上（即使有河，也是离得好远，每年大部分时间是干涸的），挤满了太多的外地人、外籍工人和／或士兵（驻防地），就是在那个地方，点唱机既不会在中心——即使这里除了一大摊雨水而没有任何标志——也不会在边缘上寻觅得到（那里，或者外面更远处，在国道边上，最多的是那家迪厅），而是在那些中间地带，最有可能在兵营里，在火车站，在加油站的酒吧，或者一家孤零零地位于运河边上的饭馆里（当然是在一个声名狼藉的地方，比如在"货运轨道后面"，在那些面目全非的密集的门脸后面）。一个这样的点唱机典型之地，且不考虑它的诞生之地，他曾经在弗留利低地上的卡扎尔萨碰到了，这个地方因为周边盛产各种各样的葡萄而赋予自己"美味飘香"的称号。在一个夏日的晚上,他从那个幽雅、富裕、清除了点唱机的首府乌迪内来到了这里,也就是"塔格利亚门图之后",其动机仅仅是因为帕索里尼[1]的一句由六个词组成的诗句,他在这个小城里度过了青年时代的一部分,后来谩骂罗马的点唱机与自动弹球机结成联盟就是美国采用别的手段继续进行那场战争:"卡扎尔萨挣扎在空虚之中。(in der verzweifelten Leere von Casarsa.)"在一次试图走出边缘地带的环游之后,由于所有的出行道路交通繁忙很快就中断了,他转过身,随意走过那一家家为数不少的酒吧,几乎每一家里都有一台点唱机迎着还走在街头的他闪烁(其中有一家比较讲究,里面放着一台视频盒,屏幕高高在上,那里也发出声音来)。所有这些多种多样的音乐盒,不管是旧的还是新的,都在运转,演奏,不是一般常见的背景音乐,更多的是很急迫,声音很大;轰鸣着。那是周日晚上,在饭馆里——他越是接近火车站,人就越多——一边是告别,一边是新兵们要在那里度过午夜必须归队之前的几小时,他们中大部分看上去刚刚休完短假坐火车过来。这时,时间越来越晚了,他们中大多数不再编队,而是三三两两地出现。他们围着这样一个沃利

---

[1] 皮埃尔·保罗·帕索里尼(Pier Paolo Pasolini, 1922—1975):意大利电影导演、诗人和小说家。

策点唱机，一个经典的、彩虹色类型的复制品，闪现着让穹顶不断变换的小气泡，那么密集，那点唱机的灯光表演有时候从他们的身体之间穿过，他们向唱片抓斗弯去的脸和脖子交替沐浴在蓝色、红色和黄色的光芒中。火车站对面那条马路在他们身后划出了一条宽宽的弧线，很快又消失在黑暗中。连火车站吧台里也已经收拾完毕了。但有几个穿着灰色和褐色制服的小伙子依然站在点唱机旁，其中有人已经扛起了背包——，在这里，与霓虹灯相映的，是一个较新的、简洁的、浅色金属的式样——，每个人各自站着，同时在这个已经空空如也的空间里，伴随着推到墙边的桌子以及四散的椅子，面对着这个更加强烈地回响在潮湿的地砖上的玩意儿，犹如变成梯队一样。当其中一位士兵在拖把拖到跟前的时候迈向一边去，他的眼睛仍然睁得很大，眨都不眨一下，坚定不移地朝着一个方向转过去；另一个扭过头去，同样坚持站在过道门槛上。正是满月，在玻璃门后，一列黑乎乎的货运火车摇晃着，震动着，跳动着，持续好久，它遮挡住了后面的玉米地；吧台前那个年轻女子长着一副匀称而高贵的脸庞，露出牙齿脱落的空隙。——然而，现在在这些西班牙城市里，他的嗅觉每次都让他失望。即使在那些贫民窟的酒吧里，瓦砾堆的后面，一条死胡同的尽头，那些糟糕的照明指示让他时而从远处就加快了步子，而他所寻找的对象，压根儿连早已过期的痕迹都找不到，哪怕是一面熏黑的墙上比较显眼的轮廓。这里所演奏的音乐来自——隔着墙，他有时候会从外面使自己形成错觉——收音机、磁带，或者在那些更为特别的壁龛里，来自一个留声机。这些西班牙街头酒吧，好像每个城市里都有很多，世界上没有任何别的地方是可以与之比拟的。对这样一个几乎已经变成老古董的东西来说，它们要么太新了（并且因此在相应的方位全都缺少与这个东西相得益彰的东西，也就是后屋），要么就太老了，首先也肯定对于这些十分严肃地坐在那里打牌的老人如此——点唱机和赌博场所，不过只是出现在不太严肃的地方！——或者脑袋撑在两手之间，独自一人：而且他在想象着，那个玩具在其鼎盛时期被这里的独裁禁止了，之后就再也无人问津。当然在这样徒劳的寻找过程中，他感受也不少，随后也对那几乎确定无疑的一无所获，对那些显然如此相似的城市各个特殊的角落，各个变体感到些许愉悦。

从萨拉戈萨回到索里亚，从其东边那个省，在马路旁的铁路线上，他夜里几乎一无所获，他现在需要为他的试论寻找一个合适的空间；就在第二天，他终于想要开始了。在两座小山之一上面，或者在下面城里？上面，都已经在城外了，他恐怕又一次觉得太超脱，在房屋和街道之间又太狭小；朝向内院的房间会让他感到太压抑；冲着外面广场的房间又会让他太分心；朝北的房间或许在写作时太缺阳光；而在一间朝南的房间里，只要一有太阳，纸张就会晃眼；在光秃秃的山上风会吹进来，在森林覆盖的山上，散步者的狗会整天叫个不停；在公寓里——他打听了所有的——会离邻居太近；在旅馆里，即使他绕着他们走，可现在冬天坐在那儿写作，会太孤单。这天夜晚，他是第一次在光秃秃的小山上的旅馆过的。马路向上，尽头是一座石屋，坐落在一个黏土场上；步行进城的路——他立刻试着走了一回——越过一片青苔和飞廉草地，随之经过圣多明各的立面[1]——打眼望去，它以自己纯粹的存在同样在昭示着什么——，立刻就到了那些小广场上，山里的悬铃木也依它们的比例，剩下的叶子看上去还在舞来动去，最上面的树梢尖少见地齐整，如同灿烂的星光闪烁在夜晚一片漆黑的天空上。上面的房间也合他的意：不太挤也不太大——恰恰在空间太大的地方，他通常在那儿就找不到自己的位置。这座城市，不太近，不太远，下面也不太深，它透过这个玻璃块不太大但也不太小的窗户映现进来，他继续尝试着，立刻把桌子从镜子前移开，推到窗跟前：虽

---

[1] 索里亚的圣多明各教堂立面被认为是 12 世纪建筑中最和谐的一个。

然很小，但面积足够摆放一张纸、铅笔和橡皮。他在这里感觉好舒心；这里是他往后要待的地方。第二天早晨到来时，他试着在恰当的时间，在应急灯的照耀下，在随后开始试论时也可能出现的温度里坐下来：这个空间此刻对他来说太吵了（然而，他本该知道，恰恰在这些所谓的"安静"环境里，在这些"沉默的小客栈"里，你要集中精力，那嘈杂声要远比外面那样一条呼啸的马路更可怕，因为它们毫无规律可言，突如其来，诸如收音机，大笑，回响声，推椅子，爆裂声，唧唧声，还有从附近和房子里、走廊里、隔壁房间、天花板上传来的声音——一旦这种注意力被破坏了，图像就离写作者而去，没有图像就没有语言）。可奇怪的是，另一个房间里，要是坐久了，他会觉得太寒冷（难道他不知道，只有豪华酒店才白天也供暖，此外他在良好的写作状态时不由自主地总是要这样来呼吸，免得冻着他吗？）。而且突然也太寂静，好像这样待在里面的空间里则意味着被隔绝，畅快只存在于外面的大自然中，怎么会让这种寂静在12月这个时节透过窗户进来呢？第三个房间有两张床——对他来说多余一张。第四个房间只有一个隔门——他觉得起码少了一个……他就这样学会了西班牙语"太"这个词，demasiado，一个非常长的词。那个"对现存心怀不满的人"不就是泰奥弗拉斯托斯所说的"品格"或者典型之一吗？他被女友亲吻后说，他问自己，她是否也打心眼里爱他呢；他对宙斯发怒，并不是因为他让下雨了，而是太晚了，而且在路上找到了一个钱包时说："我可从来连一个珠宝都没发现过！"而且他也想起了一首儿童诗，说的是有个人在哪儿都感觉格格不入，他为自己对此稍许做了改动："从前有个男人，他在世时无处可以落下脚。/在家他觉得太冷了，他就走进森林里。/森林对他而言太潮湿，他就躺在草地上。/草对他而言太绿了，他就开车去柏林。/柏林对他而言太大了，他就给自己买了个城堡。/城堡对他而言太小了，他就又回家。/在家……"这现在不就是认识：他在哪儿都觉得格格不入？不，总是有过让他称心如意的地方——比如？——他为写作找到的地方——或者那个曾经摆放点唱机的地方（不仅仅在私人住宅里！）。也就是说，只有那个地方才是他所寻找的立脚之地，可是，从一开始就显而易见，那个地方久而久之毕竟也不是安身之地啊？

他最终要了这个给他的房间，而且房间挺好的；不管是什么样的挑战——他都会去应对的。"谁将会胜利呢——噪音或是我们？"他朝窗户外削尖那一根根铅笔，它们是在各个国家旅行时买的，可又常常是德国的商标：那一根已经变得多小啊，从1月在爱丁堡以来——已经过去了这么长时间吗？那些铅笔木屑彩环随风一起飘扬，和飞舞在空中的木柴火焰的烟灰片混合在一起。这时，在下面房子前，厨房门旁——从那里一出去立刻就进入飞廉、瓦砾和青苔草地——，一个学徒拿着一把长臂刀在清理一堆体形更长的鱼，那些亮闪闪的鱼鳞从它们身上颤动着，闪烁着，飞向空中。"好征兆，不是吗？"——只是在这一切之后，今天还要开始试论为时太晚。习惯了延迟他的游戏，简直又一次如释重负，并且利用这样的推迟出去到草地上转一转，也就是说，在那里探一探几条可能要走的路，看看它们的土质——既不太硬，也不太软——还有气候状况：别太遭受强大西风的侵害，但也不能太风平浪静。

这期间，在他身上发生了一些事情。当时，他突发奇想，真真切切，同时也显而易见，要写"试论点唱机"。他曾经想象这种想法就是发生在舞台上的对话：这个玩意儿，它可能对这一个人意味着什么，但对于大多数人来说则是那样古怪的东西，从而有一个人似乎作为观众的代表，硬要进入那个创造者的角色中，而第二个人，作为这个领域的"精通者"，则与那些柏拉图对话相反。在那些对话里，比起那个至少在开始被偏见-知识冲昏了头脑的答案宣布者来说，提问的苏格拉底私下里对问题知道的要多：最可能也许是这样，连这个"精通者"也是通过另一个提出的问题才弄明白了，那个道具分别在他的人生游戏中的"重要价值"所在。随着时间的推移，他打消了这种舞台对话的念头，这个"试论"作为许多不同的写作形式一种没有关联的相互并存浮现在他的眼前，在他看来就是这样，符合那些如此，他该怎么说呢？不一样的？无节奏的？他在其中感受到了点唱机方式，回想了它们：瞬间的图像会与追溯久远的、然后突然中断的叙事进程交替转换；随着几句单纯的提示，出现的便是一篇关于某个点唱机连同某个确定的地方的完整报道；从一本速记恐怕会跳跃到一本引言，没有过渡，而这本引言又没有过渡，没有和谐的连接，也许专门会给连篇累牍地记录一个特别的发现对象那一个个标题和歌唱者的名字留下位置——在这期间，作为或许会赋予整体一种关联的基本形式，他在继续想象着那个提问－回答－游戏，在其中，自然零零碎碎的，一会儿参与，一会儿躲避，一会儿又与相似的电影场景片断融合，而这些电影场景的中心分别出现另一台点唱机，以这台点唱机为出发点，要么是多姿多彩的事件，要么是静物画，以越来越大的范围围绕着它——哪怕结果是直到另一个国度里，或者只是来到某个站台尽头的黄杨树前。他期望能够让他的"试论"逐渐过渡为一首"点唱机的歌谣"，一个可以吟唱的、可谓"完美的"歌颂这个玩意儿的歌词，当然只有当这个歌词在经历了所有那些图像跳跃之后自然而然地展现出来时才能如此。在这期间，他曾经觉得，写作中这样一个过程不仅要适应于那个特殊的客体，而且也要与时代相呼应。那么以往各个时代那些史诗形式——它们的统一性，它们召唤和强占（陌生命运）的姿态，它们既无所不知又一无所知的绝对要求——此间不是作为地地道道的装腔作势还依然运用在今天的书本里，对他产生影响吗？多方面大大小小的接近，也就是说，以穿透的形式替代了通常的俘获形式，在他看来，正是它们才会是现在对待书本的态度，这恰恰是因为他最完整、最深切、能够创造统一地经历了种种对象：保持距离；围绕着；勾画着；绕过去——从边缘出发，伴随着对你的事物加以保护。——那么现在，在热带稀树草原上，他毫无目的地走在探索的道路上，在他的心里，突然开始了一种完全不同的节奏，不是交替变换的，跳跃式的，而是唯一的，匀称的，首先是一种节奏，它不再绕着圈子和绕过去，而是直截了当、一丝不苟、持续不断地走向 in medias res [1]：叙事的节奏。首先，他只是经历了所有那些他途中先后遇到的事物，它们是叙事的组成部分；凡是他一再接受的东西，同时在他的内心里得到

---

[1] 西班牙语，"事件中"。

叙述；那些当下的瞬间以过去的形式发生，也就是说，和在梦里不一样，不拐弯抹角，都是地地道道的主句，和每个瞬间一样短小而朴素："在铁丝网篱笆里飞廉在飘动。一个手拿塑料袋的老男人弯腰去捡草地上的蘑菇。一只狗拖着三条腿从旁边蹦过去，让人想起狍子；它的毛皮是黄色的，脸是白色的；灰蓝色的烟雾从一座石头小屋里冒出来。在那棵孤零零地竖立在那儿的树上，长角果刷刷的响声听起来好像划火柴盒的声音。鱼儿从杜罗河跃起，风浪逆流而上掀起层层浪花。水在对岸拍打在岩石下面。萨拉戈萨开来的火车已经亮起了灯，乘客稀稀落落坐在里面……"然而，这种对当下事物静静的叙事随之也感染到了他所面临的、想象为多种多样游戏似的"试论"：第一个句子还未落下笔，它就变成了叙事，如此有说服力，如此强大，所有其他形式立刻变得微不足道。这在他看来一点都不可怕，而是无与伦比的精彩；因为在这种叙事的节奏中，说话的是那个把一切都变得温暖的想象力，他一如既往地相信这样的想象力，哪怕它极少有机会触及他的内心深处，也是出于与之一起的宁静，甚至在熙熙攘攘的喧嚣中也是如此：大自然的宁静，无论在外面多么遥远的远方，也不会与之发生什么对抗。这种想象力的突出标志是，在它的图像中，地方和地形会共同出现，他或许就会在那儿写就这个叙述。

虽然他以往有时候也被迫去为之，那么比如说，他不过是将科隆的桦树当作意大利柏树移植到印第安纳波利斯，或者把萨尔茨堡的羊肠小道搬到了南斯拉夫，或者把写作的整个地区当作次要的东西置于背景中：可是这一次，索里亚就是要作为索里亚出现（或许连同布尔戈斯一起，还有维多利亚，一个的当地老人抢先和他打招呼），同时像那个点唱机一样成为叙事的对象。——直到深夜，那种对叙事形式的感知一直持续在他的内心里：这自然早就困扰着他——事实上，任何微不足道的事情（行人嘴里叼着根牙签，墓碑上面刻着"贝妮塔·索里亚·维达"的名字，为纪念安东尼奥·马查多用石头和水泥塞满的诗歌-榆树，碑文缺少的刻字是 HOTEL[1]）都自然而然地挤进来，想要得到叙述。此时此刻，这不再是有说服力的、给他带来温暖的图像力量，而是一种冷酷的强迫，一再毫无意义地撞向早已关闭的大门，清晰可见，从心里直涌上大脑。他问自己，难道那种首先让他觉得神圣的叙事是一种假象吗——一种对所有零零散散的、没有关联的东西的表现？一种托词？一种胆怯的畸形产物？——然而一个男人嘴上叼着牙签，大冬天里，在卡斯蒂利亚的梅塞塔，打招呼时点点头，

---

[1] 英语，"旅馆"。

这样走去时真的微不足道吗？——不管怎样：他不想事先知道明天开始的第一个句子；在他所有那些之前确定的第一批句子之后，他要叙事的第二个句子立刻就卡壳了。——但另一方面：排除一切所谓的规律性！——然后……

第二天一早。酒店房间窗前的桌子。瓦砾地上空塑料袋飞扬，这里或那里挂在飞廉中。地平线上有一座岩石山，像一个跳台，助跑道上空笼罩着一片蘑菇云团。闭上眼睛。把纸条塞进窗缝里，免得风十分猛烈地透过窗缝吹进来。再次闭上眼睛。抽出桌子抽屉，开始出现写意时抽屉把手啪嗒作响。第三次闭上眼睛。痛苦的号叫。打开窗：一只小黑狗正在下面，被拴在房子墙柱上，全身淋透了：凄惨的叫声，其间短暂的沉寂，可以看见喷向外面草地的呼吸气团。Aullar是西班牙语中的"狗狂叫"。第四次闭上眼睛。

从洛格罗尼奥到萨拉戈萨的路上，他在伊布罗河河谷那些冬日里空荡荡的葡萄园里看到了葡萄农小屋的石头块。在他的家乡，穿过庄稼地路旁，也有这样的小屋，当然是木头搭建起来的，大小像一个木板棚屋。那些房子从里面看上去也像这样的木板棚屋，光线只能从板条缝隙和节孔透进去，地上是草捆，角落里是荨麻，在那些靠在那里的收割工具之间杂草丛生。然而，在祖父那些租地上，他曾经把每个小茅屋都当作自己的领域经历过。接骨木灌丛通常就长在旁边，它的树冠为那个被丢弃在旷野里的东西遮阴，它的枝条也从旁边伸进小屋里。那里还有地方放一张小桌子和一个板凳，板凳也可以放在外面的灌木旁。果汁罐子和下午点心被包在布里，保鲜和防虫。在这些棚屋区域里，他感觉比在任何建得舒适的房子都要亲切。（在这些棚屋里，他至多受到过那种无处不在的战栗的侵袭，因为有时候，一看到一个没有窗户的储藏室，或者身临内外交界线上，你虽然在里面感到安全，可是外面的雨雪也容易吹到你的身上。）然而，他把这些田间小屋与其说看作避难所，倒不如说是停歇和休息的场所。后来在他的家乡，哪怕是在路过时偶然发现远在一片荒芜的田野上有一个风吹雨淋成浅灰色的、歪歪斜斜的风雨棚，这也会让他心满意足，而且他心底里感觉自己的心简直都跳到那里去了，片刻间在这小屋里有了家的感觉，也包括夏天的苍蝇、秋天的马蜂和冬天冰冷、生锈的链条。

家乡的田间小屋早就不复存在了；只有那些更加庞大的、仅仅用于存储干草的仓房。但就在那个时候，很早以前，对他来说，这些房子或者位置的魅力已经转移到了点唱机上。还是个半大小子时，和父母一起，他不去饭店，不喝汽水，而是去找"沃利策"（"沃利策就是点唱机"，这就是广告语），去听唱片。凡是关于他来到——哪怕只是路过而已——那些田间小屋地区并且受到关照的感觉，他所讲述的一切，字字句句都适用于音乐盒。当然，各个点唱机的外形，甚至作为首选项都比不上那从中发出的特别音响。这个音响跟在家里放在神圣角落里的收音机不一样，声音不是从上面，而是从下面发出来的，而且或许在同样大的音量时，也不是从那个通常的声盒子，而是从一个让空间全都振动的深处传出来的。看样子，仿佛这就不是自动点唱机似的，倒更像是个附加乐器，借助它，音乐——当然，他事后才有了这样的认识，只有一个明确的——才能获得它的基本声调，几乎可以与火车的咔嗒声不相上下，当火车开过铁路桥时，它又突然变成了天然的雷声。许久以后，有一次，一个孩子站在这样一个点唱机旁（里面正好播放着麦当娜演唱的《像一个祈祷者》，是孩子自己选的），他还那样小，以至于喇叭的整个冲击力在他的身体下面震颤着。这个孩子洗耳恭听，一心一意，一本正经，如痴如醉，而他的父母已经站在饭店门口要走了，一再催促他，其间也为他们的孩子向周围其他客人道歉，对他报以微笑，直等到那首歌唱到头，而这个孩子，依然一脸严肃和陶醉，从母亲和父亲身边走过，迈步走到街上。（照这么说，那个方尖碑点唱机模式不成功的原因与其说在于它那不同寻常的外形，倒不如说也许在于那音乐向上，冲向天花板的回响音效？）

可是与感受田间小屋不同，关注留声机，让他满足的不仅仅是它的存在：它们一定要能够运行，轻轻地嗡嗡响——最好别让陌生的手使之动起来——，尽可能强烈地闪现出光芒来，犹如从它们的最深处出来的；没有什么比这个深色的、冷冰冰的、破旧的金属盒子更让人绝望了，不过也有可能用一块阿尔卑斯山的针织罩子遮盖着，羞羞答答地避开了人们的目光。这当然不完全符合事实，因为他此刻突然想起了日本寺庙圣地日光市 [1] 里一个坏了的点唱机。那是这个国家的第一台点唱机，在南北之间经历了漫长的旅游辗转，被封盖在报纸堆里，投币孔立刻就被他发现了，用一条胶带封着——但无论如何，最终还是被发现了。为了庆祝这个发现，他多喝了一杯日本米酒，而在外面冬天的昏暗里，眼睁睁地看着开往东京的火车离去了。之前他去了一个被遗弃的寺院，远在高处的森林里，从一堆渐渐熄灭的、还在冒烟的篝火旁走过，旁边是一把枝条扫帚和一堆雪，在山里更远的地方，小溪里凸出一块石头，溪水从上面飞溅过去时发出响亮的声音，如同从另外某个

---

[1] 日光市（Nikko）：位于日本关东地方北部。

山涧岩石旁流过一样——仿佛你竖起耳朵聆听着一个半是歌唱半是敲鼓的演讲的实况转播，那是讲给一个遥远宇宙深处的星球上的全体大会的。随后在东京的夜晚，人们从那些横七竖八躺在火车站台阶上的人身上跨上去，再晚些，又是在一个寺庙地区，一个醉醺醺的人停留在祭祀香火前，做完祈祷后继续踉踉跄跄消失在黑暗里。

不仅是鲍赫克朗[1]让人青睐：而且他那时从家乡的点唱机里所听到的那些所谓的"美国流行歌曲"也和家里收音机里放出的迥然不同。只要在相应的节目中播放的是保罗·安卡的《戴安娜》、迪翁的《甜心小女人》以及瑞奇·尼尔森的《吉普赛女郎》，他就希望立刻把收音机开大些，可是同时也感到良心不安，他感觉自己居然为这样的非音乐所吸引（他后来上大学时终于在房间里有了个留声机，连同收音机里的放大器，这个在最初几年里只能用于公认的值得称之为音乐的东西）。然而他自觉地让点唱机发出震颤的歌唱，哀号，咆哮，格格声和轰鸣，这使他——不仅开心，而且还蒙上了狂喜、温暖和群体感觉的战栗。在那回响的"阿帕奇"钢吉他哒哒声中，那个坐落在从"1920年全民公决的城市"到"1938年大众起义的城市"主干道旁

---

[1] 鲍赫克朗（Bauchklang）：奥地利一支专门表演 Beatbox 的乐队。Beatbox 是指用口技形式模仿鼓、打碟、喇叭等声音的音乐表演形式。

的、冷森森的、乌七八糟的"咖啡小屋"连接着一个与众不同的电气装置，借助它，你可以在那齐腰高闪亮的刻度盘上选择"孟菲斯市，田纳西州"的号码，甚至可以在自身感觉到那个神秘而"帅气的陌生男人"成长起来，听到外面一辆辆载重汽车的轰隆声和刺耳的刹车声变成了一列迁徙队伍行进在"66号公路"上，发出了整齐划一的响声，于是就心想着：无所谓到何处——出发吧！

尽管在他的家乡音乐盒也是周六夜晚舞会的聚会点——通常都是绕着它们围成一个大半圆——，可是他后来似乎从来没有想起过这样的情形。他无疑也喜欢观看那些舞动的人，因为在酒馆的昏暗中，他们面对那好像从地里面轰响而出的光束变成了地地道道的剪影——只是对于他来说，点唱机就像过去的田间小屋，是一个宁静的玩意儿，或者某种使人变得宁静、让人静坐的东西，相当无动于衷，几乎连续不断，只是被那从容不迫、简直就是庄重的"去按按钮"所打断。他也从未在聆听点唱机时失去自制，不像平时听那让他觉得十分亲切的音乐一样——甚至包括严格的古典主义音乐，以及之前各个时期特别精彩的——，或者狂热，或者心醉神迷。有人曾经告诉他，听音乐的危险在于它迷惑你把才要做的事情当成已经做的：相反那个开始阶段的点唱机 - 音响使他完全可以集中心思，在他的心里独一无二地唤起它可能的图像，或者使之震荡，并且使之在其中更加强大。

那些能够让你静心思考的、没有任何别的地方可以比拟的地方，后来在大学岁月里有时候变成了避难所，可以和电影院相比；如果说他自己更多是偷偷地进入这些场所的话，那么他迈进各种不同的点唱机咖啡馆时每次都更加无忧无虑，并且自我宽慰说，这些久经考验可以集中心思的地方也是学习的理想场所。这显然是一种错觉，因为当他试图默默地温习那些在这样的公众场合接受过的材料时，比如临睡觉前，则通常所剩无几。诚然，他要感谢寒窗苦读时那样一间斗室或者栖身之地给予他的一次次经历，当他现在要把它们记下来时，只能用"奇妙"这个词来表述。在一个冬末的夜晚，他坐在这样一家饱经沧桑的点唱机咖啡馆里，他越是在笔记里使劲地勾来勾去，他就越记不住东西。这个咖啡馆所处的位置在这个地方算不上典型，在城市公园旁，而且面包柜和大理石小桌子也不适合他这玩意儿。点唱机在演奏着，但他一如既往在等待被他自己按下的号码；然后真的轮到了。突然，在换唱片的间歇之后，它，连同它的响动——咔嚓声，寻找的嗡嗡声，在点唱机的腹部里穿来穿去，猛地咔嚓响，搭接声，第一个节拍之前的沙沙声——，仿佛都属于点唱机的本质。这时，从那里深处回响起一种音乐，一听到它，他人生第一次，后来只有在爱情发生的时刻有过，感受到了那种专业语言中称为"漂浮感"的东西，那么他自己四分之一多世纪后又会把它称为什么呢："升天"？"超界"？"成为世界"？或者这样："这个——这首歌，这种声音——现在就是我；我伴随着这样的声音，这样的和声，一生中还从未成为那个就是我的人；像这种歌唱一样，我就是这样，不折不扣！"（像通常一样，对此有一个谚语来表述，但是也像通常一样，它不完全名副其实："他在音乐中升华。"）不想先搞清楚，合唱团都有谁，一把把吉他在为他们的声音伴奏，同样零零散散，相互交织，终于汹涌齐唱——他听点唱机时，至今喜欢独唱歌手——，他简直惊叹。就在接下来几个星期里，他每天都去这个酒吧待好几个小时，要坐在这个宏大的、同时又那样漫不经心的回声中，他受到其他客人的感染，沉浸在一种让人无法用好奇来言状的惊叹中。（音乐盒意外地成为"公园小屋"的中心，那里通常更多是报夹架子发出咔嚓声，唱片源源不断，只有一些没有名气的合唱组合。）可是后来，当他已经很少听广播时，有一次无意间获悉，那个放荡不羁的人称天使舌头的合唱团，他们无所顾忌地高声唱出了《我想抓住你的手》，《爱我吧》，《摇翻贝多芬》，使他忘却了这个世界的一切影响，这就成为他买来的第一批所谓的"不严肃"的唱片（他后来接二连三地几乎只买这样的唱片），后来在那个圆柱式咖啡馆里，正是他，一如既往地按下《我看见她站在那里》（也是在点唱机旁）和《我们今天说的事》[1]不断聆听着（这段时间已经信手拈来，对歌曲序号的数字和字母记得比法律文本还准），直到有一天那些拙劣而虚伪的声音像祸水一样涌来：老牌子依旧保留着，兜售的却是"当下的热门歌曲"，而且是德语的……今天他还在想，披头士最初的歌声依然回响在耳际，从那个被公园树木所环绕的沃利策里发出的：什么时候那样优美的旋律又会来到这个世界上呢？

在后来的岁月里，点唱机对他失去了吸引力——多少也许不是因为他现在更愿意在房子里听音乐，肯定也不是因为他年龄大了，而是——他自己开始忙于"试论"时，他相信自己没有看错——因为他此间生活在外国。不言而喻，只要他出现在某个殷切咕哝着和玩着色光谱的老朋友面前时，比如在杜塞尔多夫、阿姆斯特丹、卡克福斯特斯[2]、圣特雷莎加卢拉[3]等，他都会一如既往地投进硬币去。

---

[1] 以上提及的五首歌曲，《摇翻贝多芬》为美国著名摇滚音乐家恰克·贝里（Chuck Berry）的歌曲，其他四首均为披头士乐队（The Beatles）的歌曲。
[2] 英国伦敦北部郊区的一个地区。
[3] 意大利撒丁岛的一个市镇。

但这更多是一种习惯或者传统，这时的倾听大多只是一个耳朵进，一个耳朵出。相反对它们的意识立刻又回到他那一次次片断的经历中，那里本应当就是他理想的立身之地。在那里，他们在家乡的第一条道路把一些人引向"公墓"，"海边"或者"常去的酒馆"，而他，常常少不了径直从汽车站奔着音乐盒而去，彻底被它的隆隆声所震撼，但愿如此，少些陌生，不灵活地踏上他其余的路程。

　　说到这里，该谈谈外国的点唱机了，它们不只是放放唱片，而且也在更大的事件中心起作用。这样的情形同时每次都超越了纯粹的外国，发生在某个边界上；一种十分亲切的世界的尽头。如果说美国是所谓"点唱机的故乡"的话，可是在那里却没有一个地方以这种方式给他留下了如此印象——除非在阿拉斯加，那里依然如故。但是：对他来说，阿拉斯加属于"美利坚合众国"吗？——在一个圣诞前夜，他来到了安克雷奇，做完圣诞夜祷之后，在那个小木教堂门口，在所有那些不熟悉的人中，也包括他，好像笼罩着一种少见的快乐，然后又去了酒吧。在昏暗和酒鬼的乱七八糟之中，他看到在那闪烁的点唱机旁站着一个印第安女人，她是这里唯一安静的人。她朝他转过身来，一张高傲而带着嘲笑的大脸，这是唯一的一次，他在一个点唱机的节奏中和一个人跳舞。这时，就连那些平日喜欢惹是生非的人都为他们让道，仿佛这个女人，看样子与其说年轻，倒不如说样子还不老，简直就是其中最年长的。后来，他们一起穿过后门，她的越野车停在一个结冰的院落里，边窗上画着阿拉斯加松树的轮廓，挺立在一个空荡荡的内陆湖边；天上飘着雪花。他们保持距离，除了在跳舞时轻轻地拉起手外，相互就没有过身体接触，她要求他和她一起走，她和父母在库克湾对面的村子里经营着一家渔场。刹那间他明白了，在他的一生中，终于有一个不是由他独自，而是由另外一个人提出的决定成为可能：他立刻也可以想象，跟着这个陌生的女人穿过那雪地里的边界，完全当真，永远，不回头，也要放弃他的名字，他工作的方式，他的每个习惯；这儿这双眼睛，亲切的彼岸那个地方，不时地浮现在眼前——这正是帕齐伐尔[1]面对那个拯救的问题的时刻，而他呢？面对这相应的时刻，一点不错。和帕齐伐尔一样，不是因为他没有把握——他有那幅图像——，而是仿佛这一切和他融为一体，自然而然，他犹豫了，接着就是那幅图像，那个女人，彻底消失在雪夜里了。接下来的夜晚，他总是来到这家酒馆，在点唱机旁等着她，后来甚至询问和探究她的下落，但尽管很多人想起

---

[1]Parzival：德国中世纪传说中的英雄。

她来，却没有人能告诉他，她家到底在哪儿。过了十多年以后，这次经历成了契机，他在从日本乘坐飞机返回之前，特意用了一个上午申请了美国签证，然后真的又在笼罩在冬季昏暗的安克雷奇下了飞机，漫无目的地在这座白雪覆盖的城里来来去去好几天，他的心就贴在那干净的空气和宽阔的地平线上。甚至这期间连新的烹饪艺术也渗透到了阿拉斯加。那个"酒吧"变成了"小酒馆"，还有相关的菜牌，看上去蒸蒸日上，这自然就容不下在那变得明亮轻巧的家具旁放一个笨重而陈旧的点唱机，不仅仅在安克雷奇是这样。然而，这样一个点唱机的标志就是那些不是从又窄又长的棚屋里就是从最后面的角落里踉踉跄跄冲到人行道上的人——各种各样的种族——或者一个在外面冰块之间四处打来打去的人，因为他被警察巡逻队包围着——通常都是白人——，然后他被制伏了，趴在地上，肩膀和弯到大腿后面的胫骨被紧紧地捆住，两手被铐在背上，像雪橇似的蜷曲在冰雪上，被拖到后面敞开着的运输车里：这时，在棚屋里面，有一台历史悠久地占据着这个又窄又长的空间的点唱机，亲切地召唤着一个人，播放着那些相应粗狂的歌曲。这点唱机就放在前面柜台旁，柜台上趴着又是流口水又是呕吐的醉汉（有男人，也有女人，主要是爱斯基摩人）的脑袋——你似乎可以指望找到克里登斯清水复兴合唱团[1]全部的单曲唱片,马上透过那烟雾缭绕,听到约翰·弗格蒂[2]那迫切而阴沉的悲叹,让人心如刀割,还有他在自己作为歌手的迷途上"不知什么地方"失去了"关联","我要是每唱一首歌至少得到一美元该多好啊!"而从冬天只有货运列车通行的火车站下面,可以看到一辆机车的信号,它带着对北极地区来说很特别的标志"南太平洋火车",让它那轰鸣着穿过城市、拉得长长的、独一无二的管风琴声响彻大地;一只被勒住的乌鸦在通往只有夏天才开放的游船码头小桥的铁丝网旁挣扎着。

这样看来,难道说音乐盒就是无所事事的人,这些城市游手好闲的人,这些当今更摩登的世界一隅游手好闲的人的玩物吗?不。他无论如何在寻找着它们,不是在无所事事的、而是在有事可做的时间里,或者在有计划的时间里,尤其是从所有的外国回到他出生的地方之后更甚。如果说在写作几个小时之前走一走是要求得安静的话,那么之后走一走就是寻找点唱机,几乎同样有规律。——为了让自己散散心?——不。一旦他开始追寻什么东西的话,他无论如何都不愿意分心的。他的房子随着时间的推移的

---

[1] 克里登斯清水复兴合唱团(Creendence Clearwater Revival,简称CCR),20世纪60年代到70年代一支著名的美国摇滚乐队。
[2] 约翰·弗格蒂(John Fogerty,1945—):克里登斯清水复兴合唱团的主唱和灵魂人物。

确没有了音乐，没有了唱片机和类似的东西；每当听完收音机里的新闻之后，只要一开始播放音乐，不管是什么，他都立刻关掉；即使他寂寞难熬，在空虚和意识变得麻木的时刻，只要他想象着他现在并不是孤独一人，而是坐在电视机前，这就足够了。他更喜欢自己当下的状态。甚至连电影院，昔日曾经是工作之余的一种避难场所，他都越来越不想去了：这期间，偏偏就在电影院里，一种被世界抛弃的感觉常常侵袭他，他害怕再也无法从这种感觉中走出来，找到自己的东西，于是他电影看到一半就走出去，这无非就是要逃脱开这样一些下午的噩梦。——那么他要去寻找那些点唱机，是为了像开始时一样让自己集中心思吗？——也不再是这样的情形了。在索里亚逗留的那几星期里，他已经想方设法要仔仔细细地读一读圣女大特蕾莎的著作 [1]；每每伏案写作之后，他就"径直坐到"那些不值一提的玩意儿跟前，或许会用一个有点放肆的对比来解释这样的行为：这位圣女曾经受到她那个时代之前一次信仰之争的影响。这次信仰之争 16 世纪初发生在两个派别之间，关系到接近上帝的方式：一派认为应当为此"集中

---

[1] 圣女大特蕾莎（Teresa von Avila，也称为阿维拉的特蕾莎，1515—1582）：西班牙修女，天主教伟大的奥秘神学家和圣女，天主教灵修经典著作《内在的堡垒》（旧译《七宝楼台》）的作者。

心思"——那些所谓的 recogidos [1]——通过绷紧肌肉及类似的方式，而另一派，也就是 dejados [2]，被称之为"顺其自然者"或者"宿命者"，他们无为而治，任凭上帝在他们的心灵——alma——世界里任意主宰，而这位修女看来更接近听任者而不是集中心思者，这是因为，如果有人一味将自己更多地交给上帝的话，那他同时就可能被魔鬼所征服——可以说，他也就是这样坐在他的点唱机跟前，不是为了集中精力继续做下去，而是相反听之任之。他什么别的事情都不做，只是洗耳恭听那些别有洞天的点唱机里的和弦——"特别"也是因为，在一个公共场所里，他并没有遭受这些和弦的折磨，而是选择了它们，仿佛在亲自"演奏"它们——，于是在他那听之任之的内心里得以延续：当他坐在那音乐盒跟前（西班牙语：junto，心心相印）听着鲍勃·马利 [3] 的"救赎歌"，一个个早就没有生气的图像变得生气勃勃，浮现在眼前，只需要这样写下来就是了；伴随着日复一日不断重复的爱丽丝的"特别之夜"，一个完全出乎意料的女性人物进入他正在从事的叙述里，而且一再有条不紊地拓展开来；与喝了太多酒时迥然不同，他

---

[1] 西班牙语，"集中心思的人"。
[2] 西班牙语，"无为的人"。
[3] 鲍勃·马利（Bob Marley，1945—1981）：牙买加著名音乐家，世界流行音乐的伟大旗手。

这样倾听时记下的东西，第二天依然萦绕在耳际。也就是说，在那样的思考时刻（从来都不会发现它们带有什么意图，无论在家里，还是在桌旁——一种随意的思考，他无非看作是对比和区别），他之所以走出去，不单是为了走得越远越好，而且也走向那些点唱机酒馆。后来，他每每坐在那家点唱机曾经被手枪子弹击中过的皮条客酒吧里，或者坐在失业者咖啡屋里，那里面有为从附近精神病医院里随便跑出来的病人准备的桌子——一张张不声不响、一动不动的苍白面孔，唯独用啤酒送服药片时才会动一下——时，就没有人愿意相信他，他之所以来这里，并不是因为环境的缘故，而更多是为了反复聆听《嘿，乔》和《我和鲍比·麦吉》[1]。——难道这就不意味着，他之所以去寻找那些点唱机，就像人们所说的，是要偷偷地从当下脱身吗？——也许吧。然则，事情通常截然相反：除了他这玩意儿之外，凡是还存在于周围的东西，都获得了一种独一无二的当下性。只要有可能，他就会在那些酒馆里选择自己合适的位子，从那里既可以一览整个空间，又能够看得到外面的剪影。于是，与点唱机为伍，连同那联翩的浮想，没有那令他厌恶的观察，常常出现了一种自我升华，或者

---

[1] 分别为著名摇滚歌手吉米·亨德里克斯（Jimi Hendrix）和詹尼丝·乔普林（Janis Joplin）的名曲。

恰恰成了当下，也包括其他那些景象。而体现在它们身上的当下性，与其说是那些引人注目或者令人大受刺激的东西，倒不如说是那些人们习以为常的东西，哪怕只是习惯的形式或颜色。而他觉得这样升华的当下是些很有价值的东西——没有什么东西比它更珍贵，更值得传承下去；这样一种当下，平时也只有在阅读一本可以唤起你思考的书里才会出现的。简单地说，一个人走来走去，一丛灌木动来动去，一辆无轨电车是黄色的，并且拐向火车站，道路交叉口形成一个三角，女招待站在门边，粉笔在台球桌边沿上，天下雨了，如此不胜枚举，那么这一一都会**告诉**你什么。是的，事情就是这样，当下拥有了四肢！这样一来，甚至连"我们这些玩点唱机的人"那些微不足道的习惯和那些为数不多的变化都值得引起注意了。他自己按键时常常一只手叉在腰间，并且微微倾着身子，几乎要挨上这玩意儿，而另一个人则用双手去选择，他叉开两腿，保持距离，伸展双臂，像个技术员一样，接着第三个人让自己的手指在按键上飞舞，犹如一个钢琴家，之后立刻离去，一副成竹在胸的样子，或者待在那儿，好像在等待着一个试验结果，直到声音开始响起来（然后也许没有听下去就出门消失在街上了），或者他干脆就从桌旁呼喊着那些记得滚瓜烂熟的编号，让其他人帮他启动所点唱的全部曲目——

这时，他们都有一个共同特点，他们在点唱机里好像看到了什么东西，如同一个生灵，一种宠物："从昨天起，它就不乐意那么顺顺当当了"，"我不知道，它今天会怎么样，它是故意为之。"——难道他真的觉得这样一个机器和另一个一样吗？——不。它们之间存在决定性的差异，就在于鲜明的厌恶和地地道道的温柔或者显而易见的恭敬之间。——面对的是一个系列产品？——面对的是上面留下的人的踪迹。随着时间的推移，他越来越不在乎这个机器的形式本身。在他看来，作为战争产物，点唱机也可以是木制的，或者不叫"沃利策"，而叫"音乐箱子"、"交响曲"或者"军乐"，并且拥有那样一个德国经济奇迹产物的小盒子造型，甚至彻底没有光亮，由深色和不透明的玻璃构成的，没有声响，表面上看死气沉沉的，可是你一投入硬币，那多重选择的字体就会闪烁；你一按下键去，伴随着外面黑色玻璃正面的搜索光标，从里面就开始发出嗡嗡声。在这期间，对他来说，如此举足轻重的不再是那种特别的点唱机声响，而是那不同凡响的叫唤声，因为它是如同从许多无声的深层里面发出来的，你常常只有洗耳恭听才可以听得到，他曾经这样想到，与威廉·福克纳在其小说中描写的那条"大河"一样，在那片被淹得一望无际的土地上，让人在那无声而平静的河流深处可以听到它的声音，如同"密西西比河的哗哗声"：必要时，他可以满足于挂在墙上的盒子，因为声音从那里发出来要比从袖珍收音机里更平淡，或者更细弱。而万不得已时，在酒馆的嘈杂声中，声音变得听不见了，甚至出现了某种有节奏的空气振动，他要从中听出那个——唯一的前提——他所选择的乐曲的副歌或者仅仅是节拍，由此在他的耳朵里，从振动到振动，整个歌曲在演奏着。相反他面对那样的点唱机时很反感，因为那里所播放的歌曲不是独一无二的，也不是依照"风格"分类排列起来的，而本身是一个系列的部分，从一个地方到另一个地方，贯穿整个国家，千篇一律，没有变化，由一个无名的中心规定甚或强加给各个酒馆。这样的中心，他只能想象为一种黑手党，点唱机黑手党。这样——在所有国家里，此间几乎只有这样的东西——一些系列组合没有演奏形式，只有在适应当下的前提下才有选择的可能性，人们对此已经洞察秋毫，即使它们被镶嵌进这历史悠久的沃利策模式里，显现在不再是用打字机打出来的、而是预先印制好的节目单上，除了那一个个写着歌手名字和歌曲名的小牌子外，预先做好了全面而周到的准备。然而奇怪的是，他也回避那些点唱机，因为它们的节目单如同一些餐馆的菜单，从上到下，从左到右，显示出唯一的个人手迹，尽管通常恰恰在这里，每个独立的唱片就像是专门为他所确定的：对他来说，一个点唱机的节目不应该体现任何意图——更何况如此高贵的——，任何专长，任何知情，任何和谐——它只需要向他表现出一片混乱不堪，连同它那令人陌生（随着岁月的逝去会越来越多）的部分，以及许许多多让人避之唯恐不及的曲目，其间当然愈加珍贵的是，要确切地寻找出那些此刻适合他的方式（从那漫无头绪的范围里能够找出来几个就足够了）来。而且这样的音乐盒，你可以从它们的选择面板上看得出来；机打和手写的大杂烩，特别是那些经常从曲名牌到曲名牌不断变换的手迹多种多样，一个是用墨水写的大写印刷体，下一个则是随随便便、几乎像是用女秘书的速记手法写上去的，但绝大部分不管衔接还是字母方向多么千差万别，可看样子却显得特别认真仔细一丝不苟，有些如同小孩子的字体，涂涂画画的样子，在所有那些错误百出的字迹当中却往往是拼写完全正确的（包括重音符号和连字符），而对那个相关的女招待来说，这些歌曲名无疑带有异域色彩，那纸张不是这儿就是那儿已经变黄褪色，字迹变得暗淡，难以看懂，或许也被刚写上另一个曲目的纸片盖住了，不过，透过光线，尽管已经无法辨认，却也给人一种强烈的预感。久而久之，如果仅有一个点唱机的话，那么他的第一目光越来越看重的是其选择范围，而非"它"那些用这样的笔迹所标记的唱片。于是就出现了这样的情况，他偏偏就倾听起这个点唱机，哪怕他对它之前很陌生或者完全不熟悉。就这样，有一次，在巴黎一个郊区的北非人酒吧里，站在点唱机前（从它那地地道道的法国式统一编码牌立刻就可以看得出是黑手党提供的），他在边上发现了一个标签，手写的，字母又大又不规则，各个都像惊叹号；他选择了那首走私进来的阿拉伯歌曲，然后不断重复，并且此刻在这里还有那个悠远回荡的西迪曼苏尔[1]陪伴，那个从他沉默中清醒一会儿的酒吧侍者这么说，这是一个"特别的、不同凡响的地方"的名字，那个从他的沉默中清醒片刻的酒吧侍者这样说道。（"人们可不那么容易就能去那儿的！"）

难道这意味着，他为自己心中那些点唱机的消失，这些昔日的物品的消失，也许没有未来的复兴感到遗憾吗？

不。他只是想要在它从自己的目光中消失之前牢牢地把握住它，承认一个东西对一个人会意味着什么，而且首先是从一个单纯的东西里会散发出什么来。——萨尔茨堡城边一个体育场的客栈。外面。一个明亮的夏夜。那台点唱机立在露天，在敞开的门旁。露台上一张张桌旁坐满形形色色的客人，荷兰人，英国人，西班牙人，他们用各

---

[1] 突尼斯最有名的一首歌。

自的语言在聊天，因为这个酒馆也招揽相邻的机场前露营地的客人。那是 80 年代初，这机场还不叫"萨尔茨堡机场"，最后一个航班在太阳落山时降落。在露台和体育场之间全是白桦和杨树，在暖融融的空气中，树叶在那深黄色的天空前不停地颤动着。在一张桌前坐着当地人，"马克斯格兰工人体育运动俱乐部"的会员和他们的妻子。那个当时尚属于奥地利乙级联赛的球队，下午又输掉了一场比赛，也许会降级了。可是这天晚上，这些同心一意的人谈论着，而酒吧间的小窗旁总是人来人往——从帐篷里来来去去——，也有一次是从树丛里来的。他们同时看着那些树：它们如今长得多么高大，多么挺拔啊。他们，也就是这些协会成员，当年共同亲手把这些小苗苗从那边黑沼地里挖出来，一排排地移栽到这里的棕色黏土上！这天晚上，外面的点唱机反复把那首歌播放到渐渐变得昏暗的大地上，间歇中伴随着树叶的唰唰声和沙沙声，弥漫着各种和谐的声音。这首歌是海伦·施奈德[1]用富有活力的声音演唱的，名叫《盛夏夜》。与此同时，酒馆里面空空如也，白色的窗帘迎风飘进敞开的窗户。然后有个人却坐在一个角落里，一个年轻女子，无声地哭泣着。——多年之后。一家酒店，

---

[1] 海伦·施奈德（Helen Schneider, 1952— ）：美国歌手、演员，其演艺活动主要在德国。

一家 gostilna [1]，坐落在南斯拉夫喀斯特地区一个圆形山包上，远离从斯坦尼基（或者桑丹尼勒德卡索）通往公路的干道。里面。一台巨大的老式点唱机立在柜子旁，就在通往洗手间的道上。透过窗户玻璃，可以看到唱片圈和唱盘。要使之运转起来，不是投硬币，而是筹码，光按键也不行——只有一个键——而是之前需要转动刻度盘，直到你想要的编号与刻度线相吻合。机械臂随后将唱片优雅地放上去，可以与一个非常彬彬有礼的侍者端上菜肴时肘部弯曲的姿态媲美。这家 gostilna 很宽敞，有好多空间，在这个早秋的夜晚——外面从北部山区掠过这片高原的 Burja 或者 Bora [2] 丝毫没有减弱——坐得满满的，几乎全是年轻人：来自南斯拉夫各个共和国的许多班级的学生举行毕业联欢；在这里他们第一次相聚好几天。喀斯特火车那特有的信号由山岩向上顺风传过来，拖着一个山间渡轮般沉重的鸣响。在那张司空见惯的铁托画像对面的墙上，挂着一个陌生人的画像，同样是彩色的，不过要大得多：这是当年那个店主的画像，他自杀了；他的太太说，他不是本地人（即使是从那个最近的山谷村子来的）。这天夜晚反复回响在大厅里的那首歌被当作一首充满自信的、同时天真烂漫的、甚

---

[1] 斯洛文尼亚语，"酒店"。
[2] 布拉风，亚得里亚海域寒冷强劲的东北风，常见于冬季。

至在一个民族的想象中可以伴舞的齐唱来歌唱；这些学生一个接一个地按着键钮。作为重唱句，它仅有一个词："南斯拉夫！"——多年后又一次。又是一个夏日的夜晚，还是在黄昏前，这次是在意大利这边的喀斯特地段，更准确地说，就在很久以前从海里抬升起来的石灰山包到没有岩石的低地平原的边界上，这里的标志就是蒙法尔科火车站的轨道：铁轨那边立刻就是缓缓上升为高原的石头荒漠，这段铁路被一片小松林遮挡着——这边是车站大楼，掩映在截然不同的雪松、棕榈、悬铃木和杜鹃花等各种植物之中，也包括与之相关的水，龙头无忧无虑地大开着，从站台喷泉里喷涌而出。那台点唱机就立在酒吧里，在白天酷热之后敞开的窗户下面；门也大开着，向外看去就是轨道区。除此之外，这家酒馆几乎没有什么家具；寥寥无几的家具已经被推到边上，而且擦拭得干干净净。在那湿漉漉的水磨石地面上映现出点唱机的光亮，一种伴随着地面变干而慢慢消失的光芒。酒吧女招待的脸十分苍白地映现在窗户里，恰恰与那对正在外面等待的旅行者晒成古铜色的面目形成鲜明的反差。在的里雅斯特开往威尼斯的快车发出后，这座楼看上去空空如也；只有两个半大小子在板凳上闹腾着相互扭打在一起，火车站成了他们此刻玩耍的地方。夜蛾已经从那边喀斯特松树之间的昏暗中嗡嗡飞来。

一列长长的封闭货车丁零当啷开过去，车厢外面那唯一闪亮的东西就是随着其系绳而飘动的小封铅。伴随着接下来的寂静——这是最后归去的燕子和最早飞出的蝙蝠之间的时刻——，那点唱机的声音开始在这个地方响起。那两个年轻人依然继续扭打了一会儿。有两个官员从他们的办公室走到站台上，不是来听点唱机的，或许更多是巧合吧，从候车室里走来一个清洁女工。突然间，在这个区域到处都出现了直到此刻被忽视的身影。在黄杨树旁的板凳上睡着一个人。在厕所后面的草地上有一大队士兵安营扎寨，看不到任何行李。在开往乌迪内[1]的站台上，有一个强壮的黑人靠在一根柱子上，同样没有行李，只穿着衬衣和裤子，埋头在看一本书。从后面郁郁葱葱的松林间，有一对鸽子在空中盘旋，一只紧跟着另一只。看样子，仿佛它们在这里都不是过客，而是火车站地区的常住居民似的。火车站的中心就是喷泉，饮用水从中哗哗地喷出，在微风中泛起涟漪，并且四处喷溅，在周围的沥青路面上留下了许多湿漉漉的脚印，这个最后喝水的人此刻十分鲜明地把自己的脚印融入其中。稍远一点，沿着轨道，可以走路过去，映入眼帘的就是那条地下喀斯特河，名叫蒂马莫，形成三条

---

[1] 意大利东北部城市。

支流，而在维吉尔时代，根据《埃涅阿斯纪》记载有九条；它很快就变得宽阔，然后流入地中海。点唱机此刻播放的那首歌吟咏的是一个年轻女子的信，她背井离乡，流落远方，远离所有熟悉和梦寐以求的东西，她此时此刻就是一个无所畏惧的、或许也是悲伤的惊奇，米雪尔·夏克那柔美的唱腔响彻在蒙法尔科内[1]火车站区的夜晚里，这首歌名叫《安克雷奇，阿拉斯加》。

在索里亚的几周里，他有时候对自己所做的事情有所思考："我干我的事情。它适合我。"此外有一次，我想到了那"我有时间"的日子，没有任何习以为常的别有用心，就是这样一个伟大的想法。喀斯特高原上几乎每天都下雨刮风，他用铅笔将窗帘固定在窗缝里。那喧嚣声越来越折磨着他。下面厨房门口从刮鱼鳞变成了每天肢解动物，用斧头砍，各种各样的动物，外面山坡草地上那条条如此蜿蜒崎岖的道路成为摩托车越野的路段。（他听说，索里亚甚至申请举办欧洲锦标赛。）他在电视里看过这项运动，那些弹跳到空中的英雄犹如录像中的游戏角色，是些值得钦佩的人物。但此刻坐在桌旁，一只大黄蜂冲着他的脑袋嗡嗡叫，他觉得相比之下是一种惬意。他一再从旅途

---

[1] 意大利东北部城市。

116

上精神抖擞地——他独有的精神抖擞——回到工作上，立刻又在这嘈杂中丧失殆尽。这喧嚣声不仅仅是片刻破坏了什么，而且是永远。令人忧虑的是，他此间陷入了危险的境地，开始蔑视一种像他感受图像并且相应付诸话语一样的活动，因为它需要那么多的孤独。另一方面，他在寂静中确实时而迷失过，而且他刚刚才从软弱——怀疑，更多是无望——中彻底解脱出来了，变得强大了，无视环境，开始自己的行动。他每天都要绕道从圣多明各教堂正面走过——不，与后面那些新建筑相比，那不是正面。宁静从中弥漫出来，他只需要去接受它。令人惊奇的是那些雕像故事的叙事方式：夏娃被上帝带到亚当面前的同时就已经和她的男人背靠背站着，他在下一个场景里仰望着智慧之树，耶稣复活的消息是由人群中一个女人传给那些排成长队的人中排在头一个的使徒，与此同时继续向后传下去，从他们说话的身体姿势就可以看得出来；唯有最后一个一动不动，好像对此还一无所知。在工作前他小步走路，接着迈起大步，不是出于胜利的感觉，而是因为他头昏目眩。爬山会使他更深地呼吸，更清醒地思考，只是不能坡度太陡，否则他就觉得那些思考变得太激烈。同样他宁可逆流而上，也不愿意顺水而行，这有点迎上前去的架势，而且带着从中而来的能量。如果他要摆脱冥思苦想的话，那么就走在那条废弃的索里亚—布鲁克斯铁道枕木上，或者更远地走到城外，来到黑暗中，那里他每走一步都得非常当心。当他之后从草原的昏暗中回到大街上时，由于刚才摸索行进，他变得如此紧张，以至于他要在圣多明各的人物塑像前放松自己，揉一揉那僵硬的面孔。他重复着自己的路，只是每天增添一点变化而已；与此同时，他觉得好像所有其他的路也在等待着他去走似的。在安东尼奥·马查多林荫道旁，到处是多年堆积的纸巾和避孕套。白天里，这些草原上除了他的身影，几乎只有年老的男人忙来忙去，常常是孤零零一个人，穿着磨坏的鞋子；他们擤鼻涕之前，不厌其烦地将折叠好的纸巾掏出来抖一抖。在工作之前，他给自己定了一个规矩，至少要向他们中的一位打招呼，也打算得到回应；要是他经历不到这样微笑的瞬间，他就不想进自己的房间；有时候，他甚至特意停住步子，要让人家超过他，就是为了说声"嗨！"和互相点点头。他之前还要每天坐在索里亚中心酒吧一扇大窗户前，借助词典读报纸。Llavero 是"钥匙串"：一个女子举起一串钥匙参加布拉格的游行；dedo pulgar 是拇指：美国总统将拇指指向空中，示意巴拿马的血腥之行取得成功；puerta giratoria 是旋转门（通过它，塞缪尔·贝克特当年走进了巴黎的"丁香园咖啡馆"）。关于齐奥塞斯库夫妇被处决的消息[1]，他不是带着心满意足的感觉拜读的，而是面对历史怀着一种古老而复苏的恐惧。无论事情发生在什么时候，他都继续在泰奥弗拉斯托斯的《品格论》中寻找答案，而且喜欢上他们之中的许多，至少他们的一些特征——他也许把这些看成自己的——；他觉得他们的弱点和愚蠢是所有孤独人的标志，他们与社会，在这种情况下与希腊城邦格格不入，但为了以某种方式属于其中的一员，他们鼓起绝望的勇气玩起可笑的游戏；如果他们过分热心，格外青春，夸夸其谈，或者十分显而易见，总是充当那些"不合时宜的人们"的话，常常随之而来的不过是，他们在其他人之中，也包括他们的孩子和奴隶，就找不到自己的位置。其间，他抬起头来，通过窗户望着外面一棵悬铃木——依然挂着稀疏的树叶——，旁边是一棵已经光秃秃的山槭，上面卧着一群像蓓蕾似的麻雀，反而几乎可以高枕无忧，除非刮起狂风，那么安静，仿佛那些就在旁边摆动着、飞舞着、晃来晃去的锯齿树叶更像鸟儿似的。到了下面那座跨河的桥跟前，他对这个地方有了极为强烈的感受，与其说是面对那些石拱和那浑浊而缓缓流去的冬天河水，倒

---

[1] 尼古拉·齐奥塞斯库是罗马尼亚政治家，独裁者。1965年—1989年任罗马尼亚国家领导人。1989年罗马尼亚爆发革命推翻了齐奥塞斯库政权，并将其本人与妻子枪决。

不如说是因为桥顶上那块牌子：杜罗河。桥头有一家酒吧叫"Alegria del Puente"，意思是：桥的快乐。他一看到这牌子，马上就绕弯儿四处转转，然后走进去。这里的河岸斜坡不是赤裸裸的岩石，而是从泥土里冲刷出了磨成圆形的冰川石块。远在外面那片荒原上的城墙残垣旁，多少世纪的风吹在那些黄色的沙石上留下了纵横交错的沟纹，形成了错落有致的图案，他看到马约尔广场旁几座古老的宫殿就坐落在自然凝结的卵石基座上，沉降在昔日那些冰川湖底上。路过时能够通过浮光掠影稍微领略一下这片大地，他了解到，在西班牙，地理曾经长期是历史的仆从，那些征服和划定边界的仆从，直到现在才更多地重视"各个地方的信息"。有时候，偏偏在冬天里，色彩才有生机。天空烟雾弥漫时，下面的垦荒地却郁郁葱葱，连穿过废墟地区的小径也呈现出青苔绿。在其他一切都早已黯然无光时，野蔷薇灌木则形成了亮红色的虹。一对喜鹊叽叽喳喳地飞起来，它们的翅膀又一次在空中闪亮，犹如快速旋转的车轮。在这个没有下雨的日子里，扬起的灰尘围绕着这座城市飘扬，他预感到这里的夏天就要来到。云彩的影子掠过光秃秃的高原，好像从它的怀抱里撕裂出来似的——看样子，仿佛云彩的影子虽然到处都是，可喀斯特地区这儿才是它们的故乡。一天清早，一丝风也没有，在明媚的阳光下，第一次清晰地看到在皑皑白雪之中北边和东边的山脉，尽管这两条山脉相距甚远，可他却看到那熠熠发光的山坡被云影罩得斑驳，光影一动不动，一丝风也没有。他的思绪如此沉浸在那皑皑白雪之中，因而在房门前不由自主地拍打起鞋上的雪。有几个夜晚，当他在外面摸索着穿过荒野时，夜空间或也晴朗无云（他特地把自己打发到那里），而且随之让人感到更加惊奇的是，北河二星和北河三星之间保持着兄弟般的距离，金星闪烁着，毕宿五星闪耀着阿拉伯式的色彩，仙后座的 W 字形远远地伸开双腿，大熊星座折断了它的弯斧，在猎户前逃跑中的天兔径直朝苍穹冲去。银河和它那无数的三角洲分支是宇宙初次闪耀的白茫茫的映像。他 12 月在索里亚逗留期间，极少拥有这种"时间漫长"的感觉：就在写作的第一天之后，他望着下面的河流思绪万千："它就在眼前，那条古老的杜罗河！"；他觉得，当他有一个周末错过了那次途经里约酒吧的环游后，后来站在它那小小的铁炉前，他好像"已经好久好久再也没有"拜访过这个灰色的圆柱体了；他心想着，他到达这里还不过一个礼拜，就绕来绕去地走过公共汽车总站："我当时在这里拖着箱子走进雨中！"在暴风骤雨中，下面的荒草地里有一只蟾蜍笨拙地爬行着。悬铃木的树叶落下前，叶茎先折断了，散开来，像流苏似的旋转着。在那泥泞的园子里，那只公鸡抖动着它的尾羽，因为那里散落着还未成熟的西红柿可以吃，或者那是风的缘故？他的象征动物当然是那些狗；他晚上看到它们拖着三条腿，一瘸一拐地找不到回家的路：他走了一天路后，通常也感到膝盖弯曲，难以支撑。有一次，据报纸说，索里亚不是西班牙最冷的城市，他感到很失落。有人在主街上扛着一盆红艳艳的圣诞花，上面是那绿油油的、还没有掉落的、始终湿漉漉的悬铃木树叶；在那几个星期里，根部低洼的积水没有干涸过。迷雾灰蒙蒙的，使得那许多孕育着食叶蛾虫的白茧从山松里更张狂地钻出来。圣诞节这一天，雨下得特别大，在习以为常地穿越城区时，除了他，街上只出现了一只麻雀。后来，从那座省城监狱里走出一个矮小的女人和她高大的儿子，没有打伞。他们穿过那泥泞的原野，前往一座搭建在那里的临时板房。他想象着，他们或许刚才在那高墙深院里看望了他们的亲属，一个绝食的巴斯克人[1]，然后在这里宿营，直到他被释放。到了晚上，雨帘中突然有一道闪光，重重地击中他的额头和下巴，当他看去时，一辆车顶映出白光的轿车从外地开过来，夜色中天空纷纷扬扬地飘下雪花来："下雪了！"他心想着，不由自主地用西班

---

[1] 巴斯克人（Basque）：西南欧民族，是欧洲最古老的民族之一。

牙语说出第一句话。从一家酒吧里传来了响声，不是那司空见惯的吉普赛人的无望之声，快乐，自信，带着使者的表情，一首弗拉明戈歌曲，他心想着：这终于是恰当的方式了——唱的不是"Christmas"，更多的是"Navidad"[1]，也就是"降生"；一个牧人如此叙述着他在那个神圣的夜晚所经历过的一切，他的叙述自然也是歌舞。和世界各地一样，他在这里也看到过路人，只要一开始滴雨，他们就撑开了随时备用的伞，而且时髦也渗透到梅塞塔[2]，年轻的姑娘们踏入酒馆时也把头发吹向额头两边。狂风在杜罗河旁的杨树林里呼啸，犹如飞机起飞时的轰鸣（这样的轰鸣在这座城市上空真的几乎从来都听不到）。一只大母鸡十分体贴地给一只小公鸡清理着鸡冠，小公鸡一条腿站在污秽中。一棵光秃秃的杏树上，个别树枝上已经长出了白色的花蕾。他从自己那熟悉的环境中所看到的种种弊端，也存在于他自身之中，绝大部分都远离这里，如同他又一次放下自己的工作，有了生存的感觉，可是久而久之，一种他在索里亚认识到的生存感觉是不会从不存在的东西中产生的。树根上结了霜，它们将一条纹路分成了阶梯状。有一次，他坐在桌前时，外面什么东西爆炸了，他以为是寺院的

---

[1] 西班牙语，"圣诞节"。
[2] 梅塞塔高原，该地名在西班牙语中意为"中央高原"。

钟声。

　　最后，他相信自己几乎已经走遍了这座城市的角角落落（他记得这些"角落"，仿佛那都是些单词）。也许他进入过上百家房屋，因为伴随着一丝不苟的漫游可以证实，在这个小小的索里亚有上百家酒吧，坐落在一条条偏僻的小巷里，往往没有酒馆招牌，这样的情形在西班牙各地比比皆是，初来乍到难以看得出来，只有当地人熟悉——仿佛专门为他们保留着。他总是在墙上，也就是在狩猎季节的公告和斗牛士画像旁边发现安东尼奥·马查多的诗歌，也有用作挂历的，又有几首被涂得乱七八糟，甚至有一首被画上一个卐字。然而，在他看来，这并非出于那些众所周知的原因，而是因为它们表现的是大自然，无论如何那些被选作墙饰的是如此。令人惊叹的是，只有小伙子出入的酒吧虽多，但老人专属的酒吧甚至更多，也毫不含糊地禁止其他人进入（角落里有一张专门为那些老妇人准备的桌子）：从表面上看，存在着一种比任何政治派别更强烈的区别。这个省的绝大部分退休人员都在首府这里颐养天年；他们在自己的酒吧里不打牌时，就独自静静地坐在桌旁，或者翻来找去，不停地在这些空间里探寻着什么东西。不管是年轻的还是年长的，也包括他这个异乡人：他们个个都把冬日的双手放在柜台上，同样苍白，而在路灯的照耀下，外面比如说在一面混凝土墙上显现出钢脚手架倒塌时留下的刮痕；他当时来到这里时，有两个路人被砸死了。

除了他对这些显得如此千篇一律的地方的变化感兴趣外，驱使他的还有，就是要在索里亚找到一台点唱机，首先大概又是出于强迫，可是后来越来越自觉自愿，因为现在似乎正是寻找自己这玩意儿的最佳时刻：工作，冬天，大雨中经过长途跋涉之后的那一个个夜晚。有一次，已经到了外面很远的地方，在通往巴利亚多利德[1]的公路旁，他听到从那儿的街头酒吧里传来一个深沉的声音，这无非来自拥有魔鬼宫站的弹球机；在一个加油站酒吧里，他看到了"沃利策"标牌——贴在一个自动售烟机上；在索里亚的市区一座破败不堪的、周围只有废墟瓦砾的房子里，他在那家贴着安达卢西亚式瓷砖的酒吧里瞥见了一个非常古老的马可尼机器的选择盘，它就是点唱机的前身，纯粹作为墙饰；唯一有一次，他在索里亚看到了自己的目标，是在"君王"电影院上演的一部英语电影里，那是60年代初：它片刻间出现在那儿，在后室里，当时男主人公在去卫生间的通道上从旁边经过。对他来说，那个在西班牙唯一尚在运转的点唱机来自安达卢西亚的利纳雷斯。而且

---

[1] 西班牙西部城市。

当时正值春天，他急需要有这样一个玩意儿：工作，复活节周的怒号。那个点唱机，他是在出发前不久才偶然碰到的，他早就放弃了寻找，它却在一条小巷的半地下酒吧里给了他一个惊喜。一个仅有储藏室大小的酒吧，没有窗户，只有门。不定期地开门，就是开门，也只是晚上，可是招牌也常常不亮——你要在门口看一看，是否有可能破例在营业。店主是个年迈的男人（只有客人来，才会把主灯打开），大多时候与点唱机相依为命。这个点唱机很特别，所有的选择牌都是空的，就像一座高楼下面的门铃牌，上面一个名字也没有；看样子，整个酒馆好像歇业了；这条空白带的上头只有字母-编号组合。可是取而代之的是，墙上到处横七竖八，直到天花板上，贴满唱片盒，标题是手写的，都是相关的密码，那么当这个自动点唱机根据需要打开以后，那个所期待的唱片——这个好像被清空的玩意儿的腹部原来似乎装得满满的——才能够运转起来。突然间这么多空间，伴随着钢体深处那单调的隆隆声，在这个小小的掩体里，那么多的安静在这个地方弥漫开来，在这种西班牙式的喧嚣中，在这种自我的喧嚣中。这是在利纳雷斯的塞万提斯街上，对面就是那家正在营业的电影院，连同"Estreno"，也就是首映字迹残余部分，遍地都是报纸团，装着栅栏的前室里到处可以看见老鼠。那时，城外的荒原上，那些倔强的草原野菊竞相吐艳，三十多年过去了，在利纳雷斯的竞技场上，被叫作马诺莱特的马努埃尔·罗德里格斯[1]命丧在一头公牛的角下。在那个名叫"El Escudo"，也就是"徽章"酒馆下面几步远的地方，是利纳雷斯的中餐馆，有时候对这个外来者来说，是一个类似的宁静之地，就像点唱机一样。后来在索里亚，令人惊讶的是，他也偶尔发现了一家好像隐藏起来的中餐馆，它看上去没有营业，但门却打开了，当他走进去时，那些大红灯笼都跟着亮起来。这天晚上，他始终是餐馆唯一的客人。他在这座城里从来都没有看见过这个亚洲家庭，他们坐在那长长的角桌旁吃饭，然后消失在厨房里。唯有那个女孩留下来，默默无声地服务着他。墙上到处都挂着长城画，酒馆也由此而得名。好奇怪，仿佛当你把瓷调羹沉入那深色的浓汤碗里时，豆芽就探出一顶顶闪亮的脑袋来，在这片喀斯特高原上，一切都如一部动画电影里的种种形象。而与此同时，在夜里的风暴中，杨树枝条在窗前咔嚓作响。那个年轻姑娘无事可做，便在隔壁桌前在一个本子上写着汉字，密密麻麻的，字迹要比他在这几个星期里写的工整（自从他忙

---

[1] 马努埃尔·罗德里格斯（Manuel Rodriguez Sánchez, 1917—1947）：西班牙历史上最伟大的斗牛士之一，他的父亲和祖父也都是斗牛士，祖孙三代都以"马诺莱特"为艺名。

于写作以来，常把笔记本带到室外，不仅仅是风暴和雨水，还有昏暗的光线把字迹弄得如此走样），他一边持续地观望着她，因为在这个地区，在这个西班牙，她肯定比他要陌生得多，一边惊奇地感觉到，他现在才真的从自己所来的地方出发了。

试论成功的日子

——一个冬天的白日梦

陈民　译

守日的人是为主守的。

——《罗马书》, 14 章 6 节

冬日: 马背上冻住了影子。

——日本"俳圣"松尾芭蕉

画家威廉·贺加斯[1]的自画像，在伦敦，18世纪的一个瞬间，还有一块调色板，上面分成两部分，大约在中间，一条柔和的弧线，可谓"美丽优雅的线条"。书桌上放着博登湖岸边一块扁平而磨圆的石头。在这块昏暗的花岗石里，有一条灰白色的岩脉形成对角线，上面呈现出一条精美而纤巧的曲线，正好在恰当的时刻偏离开直线；岩脉将这块砾石既划分为两半又合拢在一起。在巴黎西部塞纳河丘陵之间那次乘坐郊区火车的途中，在那天下午那个时刻，由于清晨动身时的新鲜空气和自然光线已经消耗殆尽，就不再有什么是自然的了，只有夜晚慢慢临近，也许吧，可以帮着你从白天的困境中解脱出来，那么轨道突然偏离，形成一条长长的弧线，十分罕见，令人惊奇，高高地在整个

---

[1] 威廉·贺加斯（William Hogarth, 1697—1764）：英国油画家、版画家和艺术理论家。

城市的上方，又突然在河谷低地上自由地伸展开来，也包括它那些似真似幻的标志，高高地耸立在大约从圣克洛德到叙雷纳之间的高空上，一条多么让人始料不及的曲线，从隘口穿出来，一天的进程流逝在从睫毛凝滞到睫毛抖动的过渡瞬间里，重新获得了方向，那个几乎已经被搁置的"成功的日子"的念头又复燃了，伴随着那种让人热血沸腾的激情，再次试图去描述，或者枚举，或者叙述这样一个日子的点点滴滴和种种问题。威廉·贺加斯调色板上那"美丽优雅的线条"好像真正要为自己开辟一条通向那奇形怪状的色彩的道路，看上去被埋没在这些色彩之间，同时好像投下了一条阴影。

谁曾经历过一个成功的日子呢？绝大多数人首先也许会这样谈论起自己来。那么就有必要追问下去。你指的是"成功"还是单纯的"美好"呢？你说的是一个"成功的"日子，还是一个——事实上同样罕见的——"无忧无虑的"日子呢？对于你来说，一个成功的日子仅仅就是毫无问题的日子吗？你看到幸福的一天和那个成功的日子之间的区别吗？依靠回忆谈起这个和那个成功的日子，或者现在立刻，之后直接，没有时间间隔的转化，在这一天的晚上，同样也不会存在什么"完成了"或者"度过了"作为它的修饰词，只有"成功了"，这对你来说有什么不同吗？那么在你看来，这个成功的日子与一个无忧无虑的日子、一个幸福的日子、一个充实的日子、一个没有虚度的日子、一个熬过去的日子、一个被长久的历史美化的日子——一个具体的东西就足以了，而一整天却在荣耀中飘飘然——，以及与任何一个对科学、对你的祖国，对我们的民族，对地球上各个民族，对人类而言的伟大的日子迥然不同吗？（此外：观看——向上看——，那儿高处的树上那只鸟儿的轮廓；对此在保罗的信中 [1]，希腊语"阅读"这个动词得到原原本本的翻译，似乎就是"向上-看"，直截了当地说，就是"**向上-感知**"，"**向上-认识**"，一个没有特殊命令式的词已经成为一种要求或者呼唤；而且还有南美洲丛林里那些蜂鸟，它们离开自己的栖息树时，为了迷惑凶猛的秃鹫，便模仿着树叶掉落时的晃动……）——是的，这个成功的日子对我来说和其他所有人不一样；它对我则**意味着更多**。这个成功的日子意味着更多。它远远超越了一个"成功的言论"、一步"成功的棋"（甚至一盘完美而成功的比赛）、"冬天里成功的首次登高"；它不同于一次"成功的逃跑"、一次"成功的手术"、一个"成功的关系"，不同

_____

[1] 保罗（Paulus, 353—431）：罗马基督教拉丁语诗人。保罗同当时名人有书信往来，现存约 50 封。

于任何一个"成功的事情"；它也与成功的一笔勾画或者句子毫不相干，甚至跟那首"经过一生的等待之后就在一个唯一的时刻取得成功的诗歌"也没有什么关系！这个成功的日子是无可比拟的。它是独一无二的。

单个日子的成功能够成为谈论的对象（或者指责的对象），这是不是和我们这个特殊的时代有关呢？你想一想，先前曾经更多是对那个真正被捕捉到的"瞬间"的信仰在起作用，因为它自然可以代表"整个伟大的人生"。信仰？想象？思想？无论怎么说，昔日毕竟有什么东西起了作用，不管是在品都斯山脉上放羊，还是在雅典卫城下四处徜徉，或者在阿卡狄亚石头高原上分层堆砌堡垒，就像这样一个成功的瞬间或者时间微粒的神灵，当然是一个对此既不存在图像，也不存在故事的神灵，与希腊诸神灵截然不同：这个神圣的时刻本身时时在创造着自己迥然不同的图像，并且同时在叙述着自己，此刻，此刻，还是此刻，叙述着那个"Kairos"[1]，作为故事，而且那个瞬间神灵当时无疑比所有表面上永恒不变的神灵形象更强大——始终是当下，始终存在，始终发挥作用。但是它最终也被剥夺了权

---

[1] 希腊语，"时间"。

力——或者？谁知道？——，你们"此刻！"的神灵（**和**一双眼睛这样彼此相遇的神灵，**和**这片刚才还无形无状的、此刻却获得了形象的天空的神灵，**和**那块模糊不清的、却如此突然地闪烁着绚丽色彩的石头的神灵，等等），从这个随之而来的信仰——事实上现在既不再是想象，也不再是思想，而是"由爱而生"的信仰——相信新的创世是各个瞬间和时间的实现，通过上帝之子入世、死亡和复活，由此而相信那所谓的永恒；一个福音，它的宣布者一方面自己这样说，它不再是按照人的规范，而另一方面，那些相信它的人在哲学那纯粹的瞬间得以超越，恐怕会如愿以偿地相信万古永世，甚至达到宗教的永恒。消解了瞬间的神灵和永恒的神灵，尽管没有使两者失去作用的热情，但随之而来的阶段是第三种力量，一种纯粹此岸的、完全世俗的力量，它——你们的时间崇拜，古希腊人，你们的天堂幸福，你们这些基督徒和穆斯林，这些对我来说会意味着什么——寄希望于其间某种东西，我的此岸的成功，那个别成功的人生时刻。信仰？梦想？幻想？最多无疑是一种幻想，至少在这个阶段的初始是如此：那些从无论什么信仰之中认清了任何概念的人；一种无所畏惧的白日梦。由于超越我之外再也没有什么东西可以思考，所以我将会尽我人生之所能。于是这第三种力量的时间在言语和行动中过去就是最高级的时间，赫拉克勒斯工作的时间，世界运动的时间。"过去是"？这意味着它的时间已经过去了？不，关于一个通过勤勉而成功的整个人生的思想，当然会继续产生作用，而且永无止境。只是在这期间，好像对此几乎再也没有什么可以说的了，先驱者的那些史诗和冒险小说已经叙述过了，因为他们坚定不移地牢记着关于生存行为的最初梦想，并且也为那些当今要成功的生存提供了楷模——每次都是那些熟悉的模式的变化："种棵树，造个孩子，写本书"——在这件事上可以叙述的，至多还可以找到为数不多的、小小的变体或者杂文。顺便说一说，比如一个年轻男子，刚满三十岁，娶了一个他确信一生一世会爱到底的女子。他是郊区一所小学校里的老师，时而也会给学校的月刊写些戏剧和电影评论，对未来也没有什么别的打算（不栽树，不写书，不要孩子）；他当着自己亲朋好友的面，眼睛里闪烁着节日般的喜悦，突然说道，并且斩钉截铁，他觉得自己的一生是成功的，并不是年满三十岁时才这样说，而是在最近这几个生日时都如此（更为罕见的自然是那句法语原文，"j'ai réussi ma vie"——"我经受住了人生的考验"？"把握住了"？）。难道在这位同时代人身上，那个时代对成功人生的幻想依然在起作用吗？或者这又是一种信仰呢？这个句子已经讲出来很久了，但在现在的想象中，无论那个男子从此以后发生了什么事，只要有来访者提问，他恐怕只会自然而然地重复。就是信仰。什么样的信仰呢？——从这个年轻的"成功人生"中会产生什么结果呢？

难道你想要以此来暗示，你所谓成功的日子和那些成功的人生并不相同，如今比起赤裸裸的杂文或者抄本或者讽刺式的改写来，会有更多新的东西吗？难道这里涉及的是什么与罗马黄金时代的座右铭如此不同的东西吗？就是那个"carpe diem"[1]，两千年之后，如今它似乎同样可以用作葡萄酒商标、T恤衫上的标签或者夜总会的名字。（又一次取决于你怎样去翻译它："珍惜每一天"——就像这个充满行动的世纪所理解的——？"收获每一天"——这一天因此会成为一个独一无二的、伟大的、富有裨益的瞬间——？或者"让每一天硕果累累"——贺拉斯这句古老的箴言突然看上去真的很接近我现在的问题——？）那么这个成功的日子到底是什么——因为你直到现在一味试图要搞明白它不是什么——呢？而你不断地偏离主题，绕来绕去，繁文缛节，无止境地犹豫不决，哪怕是开始出现一

---

[1] 拉丁文，"抓住今天，及时行乐"。

丝的飞跃便立刻又中断了，没完没了地从头开始，可那条美丽优雅的线条在哪儿呢？如同你曾暗示过的，它表现的是那个成功的日子；之后又信誓旦旦，它要引导这试论成功的日子。你什么时候才会不在那些外围圈子里迟疑不决地绕来绕去，不在这样一个显得更加空洞的事情上颤颤抖抖地划来划去，终于一句一句地开始着手进行那如此简单而锋利的剪接，穿过那混乱不堪而进入叙述呢？这样一来，你那模糊不清的"成功的日子"便可以开始清晰地变成为一种形式的普遍性。你是怎样想象这样一个日子的？向我勾画出第一幅图像，向我描述对此的种种图像吧！叙述这个成功的日子吧！让我感受这个成功的日子在舞动。为我这个成功的日子唱赞歌吧！

真的有一首歌，它可能就叫这个名字。是我喜爱的歌手范·莫里森唱的（或者是另一个歌手），事实上不是这个名字，它的名字出自美国一个很小的、通常也无人问津的地方，并且叙述的是一个周日的汽车旅行，是的，种种图像——在这周日里，这天的成功好像比在其他所有的日子都更加困难——，有两个人，无疑和一个女人一起，以我们－形式（以这种形式，这天的成功比起孤影相伴来是一个更大的事件）：在山里钓鱼，继续行驶，买周日报纸，继续行驶，来些点心，继续行驶，你的头发在闪光，夜晚到达，最后一句大约是这样："为什么不能每天都像这个日子呢？"这是一首非常短的歌曲，也许是有史以来最短的歌曲，持续正好一分钟，唱这首歌的人是一个差不多上了年纪的男人，脑袋上仅剩下几缕头发，叙述着这个日子，与其说在歌唱，倒不如说在讲述，可以说没有歌唱，没有声响，没有音调，仿佛过路时的喃喃自语，同时却发自一个铿锵有力的胸腔里，而在最大可能延伸的那一刻突然中断了。

也许那个美丽优雅的线条——可是"grace"[1]恐怕也可以翻译成别的东西吧？——现在几乎不会再获得像18世纪贺加斯所用的那样柔和飘逸的曲线，因为那个时代不言而喻地号称为地地道道的尘世，无论如何在富裕而自治的英国是如此。难道它现在不适合我们这样的人，就是因为这样一个形象一再中断，陷入结结巴巴、吞吞吐吐、无声无息、沉默不语，从头开始，另辟蹊径——但最终却一如既往地瞄准一种统一和什么整体吗？这样不就像到了20世纪末的今天，适合我们的，与其说是任何有关永恒或者完

_____

[1] 英语，"优雅"。

满成功的人生思想，倒不如说是那些有关个别成功的日子的思想在发挥作用，当然不仅仅在"现在就是现在"这个意义上，更加不是在"干脆无忧无虑地过日子"这个意义上，而是特别抱有希望——不，渴望——不，需要——，在探讨那一个时间空间各个要素的同时，要为一个更大的、一个越来越大的、直到那个大到极致的时间空间预想出一个楷模吗？因为我那无忧无虑的生存在所有那些迄今的时间－思想悄然离开之后，现在一天又一天，没有规矩（尽管只是要**放弃**什么样的生存），没有关联（和你，和这个路人），没有丝毫的把握（今天这个快乐的时刻明天或者什么时候就会再现），在年轻时可以忍受，有时甚至由无忧无虑陪伴（引导？），在这期间越来越经常地转变为困境，并且随着岁月的流逝上升为愤怒。由于这种愤怒与青年时代不同，既不会针对上天，也不会针对当下的尘世状况，同样也不会针对任何第三者，所以我就向自己宣泄怒火。该死的，为什么我不再看到我们有什么共同之处呢？该死的，为什么我觉得下午三点钟那条狭路上的灯光，铁轨上火车的咣当声，还有你的脸都不再是它，今天早上毕竟还是的，而且在遥远的未来依然是的事件呢？该死的，为什么我与那日益衰老的熟悉图像截然相反，比任何时候都难以抓住那一天天的生存瞬间，领会并珍惜它们呢？该死的，为什么我彻彻底底心不在焉呢？该死的，该死的，该死的。（顺便看看吧，外面那双运动鞋，要晾干，放在山墙房子的顶层窗台上，是邻居半大小子的，我们昨晚在郊区广场的泛光灯下看到他正在拉扯针织紧身衣缝呢，当时他在等着传球。）

因此，对你和现在来说，继那些有关成功的瞬间、永远成功或者一次成功的人生的思想之后，这个成功的日子的思想会被看成仿佛是第四种力量？那么它催促你赋予这个成功的日子以魅力，这种魅力不会悄然逝去，而是无论你明天遭遇什么，都会以这样或那样的方式持久存在？于是又到了要提问的时刻：你是怎么具体地想象这种成功的日子呢？

我对这个成功的日子没有什么具体的想象，一点都没有。只有那个思想，这也让我几乎不抱希望，使一个可以辨认的轮廓成为图像，让这个图案透射出光芒，追寻那本原的光的踪迹——简单而纯粹地叙述我的日子，如同我开始所梦寐以求的。因为只有这个思想存在，所以叙述也就只能涉及它。"我想给你叙述一个思想。"可是一个思想——它怎么可以叙述呢？这让人为之一震（人们一再指责我这个词的"丑陋",可是它又无法被别的词所替代)。变得明亮了？变得宽广了？触动了我？颤动？吹起热乎乎的风？变得清晰？这一天结束时又明白了？不，这个思想，它拒绝我叙述的渴望。它不给我展现任何可以逃避的图像。尽管如此，它却是真实的，比任何一个图像或者想象都要真实，因为有了它，身体所有那些涣散的感觉才汇聚成能量。思想则意味着：没有图像，只有光明。是的，这个思想不是对某些童年美好岁月的回想，而是无可比拟地预先映照着未来。事情就是这样，如果说可以叙述的话，那么就用将来时态，是未来的叙事，比如："在这个成功的日子里，你将会又一次在这天明白过来。它将会使我为之一震，为之再震：超越我，彻底进入我的内心。在这个成功的日子结束之时，我将会硬着头皮说，我理所当然地活了一生——如此硬着头皮，它将会成为我天性的对立面。"是的，这个思想涉及的不是那些童年的日子，那些从前的日子，而更多的是一个成年的日子，一个未来的日子，它的确是一个行动，它在行动着——影响着——超越那简单的未来，是应有的形式，范·莫里森的一首歌似乎就可以采用这样的形式翻译如下："在这个成功的日子里，卡兹奇山就应当是卡兹奇山，拐进停车场就应当是拐进停车场，周日报纸就应当是周日报纸，夜晚降临就应当是夜晚降临，你的光芒在我身边就应当……"只是不言而喻：怎样实现这样的东西呢？为此我自己的舞动就足以了，或者不用"Anmut"，不用"Grazie"[1] 来替代"grace"，而应当特别称之为"仁慈"吗？而当这个成功的日子的念头首次在我的心里"预先滑出第一道轨迹"时，这不仅仅是一个短暂的时刻，而是一个几乎绝望的阶段，这又说明了什么呢？（或者应当用"一闪而过"或者"倏然一闪"来替代预先滑出第一道轨迹？）"无语"这个怪物让步于沉默。在光天化日之下，那个关于干草垒成的鸟巢之梦复苏了，就在下面的地上，里面是那光秃秃的、正嗷嗷待哺的幼鸟。人行道上的花岗石云母碎片就在眼前闪烁。回想起有一天母亲怀着多么大的热情给了他一些钱买条新表带；回想起书上的那句箴言："上帝眷顾快乐的施予者。"那只乌鸫飞行在远处的林荫道上，翅膀掠过灌木丛，同时也掠过他。在伊西—布莱纳郊区车站的沥青站台上，千百双各种各样的鞋跟在昨天的雨水中留下了相互交错的图案，显得又亮又硬。从那个陌生的孩子身旁走过时，他头顶的发旋儿随之萦绕在他的脑海里。圣日耳曼德佩区教堂的塔楼坐落在咖啡馆、书店、电影院、发廊和药店对面，同时沉醉在一个那样不

---

[1]Anmut 和 Grazie：均为德语，"优雅"。

同的日子里，既被排除又自绝于那"当下的日期"及其变化无常之外。昨天夜晚的死亡恐惧就是它本来的样子。那个破碎的橱窗就是它本来的样子。高加索山区那边的骚乱就是它本来的样子。我的手就是我的手，她的腰就是她的腰。那是通往凡尔赛的铁道旁的路上弥漫出各种土色的温暖。那个关于博大精深的、全知全能的书的梦早已不复存在，早就梦到头了，它猛然又复苏了，或者是"重复"？此时此刻，在光天化日之下，此时此刻——只需要记下来就是了。一个蒙古族女人，或者圣人，背着背包，在奔跑，陷入沉醉或者恐惧中，穿过斑马线。可在另一个郊区车站的酒吧里，这天晚上站着一个孤独的客人，而店主则在擦拭着杯子，那只酒吧猫咪在桌子之间玩着弹子球，在那满是灰尘的玻璃上，那些残余的悬铃木树叶的锯齿状阴影晃动着，因为在铁路路堤上方的树叶后面，一列列灯火通明的火车司空见惯地"闪闪发光"，于是寻找另外一个词语的欲望油然而生——仿佛只要发现一个接近这个事物的词语，这整个一天似乎就取得了成功，在"一切自我呈现（翻译成我们今天的、世俗的说法就是：每种形式）"这个意义上说，"就是一种光芒"。

是的，终于正好有第三个声音，一个叙述的声音介入我们对这个成功的日子的试论中，不顾及逻辑顺序和正确的瞬间，朦胧不清，图像模糊，结结巴巴，踉踉跄跄，仿佛来自下方，来自矮林丛里，来自偏房里。——终于？或者可惜？有损于它？

　　幸或者不幸：一个"可惜"首先无论如何是少不了的；因为接下来肯定会倒退回钻牛角尖的地步。范·莫里森那首歌叙述的是一个成功的日子，还是一个仅仅只是幸福的日子呢？因为在这里，属于成功的日子，同样也是一个危险的日子，充满障碍、关卡、圈套，遭受折磨，步履艰难，可与奥德赛回家迷途上的日日夜夜相提并论。在对此叙述的结尾，人们每次都领会到，对于那个夜晚来说，理所当然要庆祝一番，又是大吃大喝，又是"绝妙地"爬上一个女人的床。只是在我当今这个日子里，危险既不是那巨人的投石器，也不是其他熟悉的东西，而危险的东西对我来说就是这个日子本身。虽说这无疑向来如此，特别是在那些好像远离战争和其他苦难的时代和世界区域里（有多少日记，无论出自哪些所谓的黄金时代，它们每天早上以种种打算开始，而晚上则通常注定以失败告终）——可是如此陷入失败，如此到了可以决断的时候，那么什么时候才会是这个日子，这个无非是我的，你的，我们的日子，之前什么时候的日子呢？它的问题在一个或许更加辉煌的未来变得更现实，更急迫，难道这没有可能吗？那些特殊的"对这个日子的要求"，且不说其义务，奋斗，游戏：这些日子完全自成一体，这些自由自在的日子，每个瞬间都可以当作可能来把握，至少此时此刻对我们这样的人来说，在我们这些还算得上和平的地区里，它们变成了挑战，变成了可能的朋友，变成了可能的敌人，变成了赌博？当然，对在你和日子之间这样一种冒险行为，或者决斗，或者就是较量的存在、输赢和结果而言，还要取决于有没有任何第三者对你起到决定性的帮助，无论是工作，还是那些最美好的打发时间的方式，更不用说范·莫里森那摇摇晃晃的汽车旅行——事情就是这样，好像甚至连"小小的远足"这样一次行动都难以和这个要成功的日子相容——仿佛这个日子本身就是任务，要由我来实施（要带回家来，要收藏好），最好是当场，无一例外地在躺着、坐着、站着和最多稍微来回动一动时，懒洋洋的，就剩下看看和听听，或者也许根本只有呼吸，可这也完全是无意识的——没有意志的帮助，如同在这样一个日子里每每迈出别的生命步伐时一样——，仿佛这彻底的不由自主恰恰是某种对其成功起决定性作用的东西。这样一来，事实上恐怕会从中产生出一种舞动？

那么现在就可以勾画出每个人在这个日子的冒险行为截然不同的两种说法：一个说法是，比如在苏醒的时刻，成功地从那一个个梦中剔除那让人转移梦的踪迹的负担，只带上那些也许让日子变得缓慢、在世界事件中经久保持的重量；在清晨的空气中，世界各个不同的区域连成一片：同时伴随着最初的雨滴，这个清晨在火地岛上一丛灌木的叶子沙沙作响；下午那陌生的光芒会随之失去魔力，从一个时刻到另一个时刻，从而认识到一个从你自身产生而又欺骗你的海市蜃楼；接着属于成功的还有，用你辨别双重光芒的眼睛，干脆让黑夜降临，之后便可以叙述你这一天取之不尽的东西，尽管什么都没有发生过。啊，那个瞬间，最终除了那个穿着蓝色围裙的老年男子站在屋前花园里，什么都没有发生！而那个截然相反的说法呢？它必然很简短——比如说最有可能是这样：已经被黎明弄得晕头转向，一连串的不幸驱使着你，在出海的瞬间，他那命名为"冒险的一天"的船只倾覆在上午的汪洋中，甚至连中午的宁静都意识不到，更谈不上其间的时间，最后就停留在那个我们的主人公"大清早"本来要启程的地方，死死地停滞在黑夜里——而且也没有词语和图像继续描述他在这一天的失败，无非就是那些陈腐和干枯的比喻，像刚才的情形一样。

因此，从苏醒直到入睡的每个瞬间都不可小看，也就是说，它每每都描绘着一次经受过的考验（危险），这样一个日子对你来说才可以称为成功。可是与此同时，对绝大多数人来说，通常就把唯一一个时刻看作成功的日子（而你对此的概念则与那个人人皆知的、有点自命不凡的概念不同），这难道不引人注目吗？"当我黎明时分站在窗前，一只小鸟倏地从我身旁飞过，发出一声鸣叫，就像冲着我似的——这就是一个成功的日子"（叙述者一）；"今天在这个时刻，当电话里——尽管你只是打算把这本书读下去——你的声音把旅行的兴致感染给我时，这个日子就成功了"（叙述者二）；"为了可以对自己说，这个日子是成功的，我永远都不需要什么特别的瞬间——醒来时只要有呼吸，有气息，有 un souffle [1]，我就心满意足了"（叙述者三）。难道你也没有注意到，总体说来，关于这个日子的成功，在它还没有真正开始之前，就已经盖棺定论了吗？

_____

[1]法语，"一丝气息"。

我们不想，至少在这里，将单个瞬间，那个如此重要的瞬间，看作一个成功的日子！（我们只能认可整个一天。）然而，那些提到的瞬间，尤其是一夜睡醒之后最初那些完全清醒的时刻，无疑要为那美丽优雅的线条提供开端，或者起奏。当你为这个日子确立了第一个起点时，那么事情就要以这样的方式一点一滴地继续下去，并且形成一条高高的弧线。在我倾听一个声音时，它就向我展现出了这完整的一天的音调。这个声音不需要什么音量，它可以随便是哪一个，甚至就是纯粹的噪声，关键是我幸福地觉得自己聚精会神地倾听了。当你今天一早从椅子上轻轻地触摸那衬衫时，它的纽扣发出的咔嚓声不也有点像这样一种音叉声吗？是的，当我昨天早上不是盲目慌张，而是从容不迫地睁开双眼抓住我的第一件东西时，这样的情形不也是演示给我一种节奏，且这一天接下来的一个个东西恐怕也要以同样节奏去把握吗？对水或者风的感觉，一再如此，天天清晨都在脸上——或者适合于这里的不是"感觉"，更好是"领悟"或者干脆就是"发现"？——在眼睛上，在太阳穴上，在两手的脉搏上：难道不是每次都会成为一种合奏吗？为我与这个日子那些未来要素的共同行动合奏，我在它们之中升华，它们对我产生作用（回答首先被取消了）。这样成功的瞬间：旅途中的口粮？动力？——

升华，相伴相随，始终如一，对精神而言，是气息，就是为了这样一个日子的持续；因为这样的时刻给予力量，所以对下一个时刻的叙述就可以以"在眼睛的投射中……"开始，又是依照一个对"瞬间"直译的说法，又是出自保罗的一封信里：在眼睛的投射中，天空似乎变蓝了，在眼睛的再次投射中，绿油油的野草似乎变成了绿油油的一片，并且……谁曾经历过一个成功的日子呢？到底谁曾经历过一个成功的日子呢？那么为此需要不辞辛劳地描绘那条线的活力！

从那条狂吠的狗嘴里喷出的气息穿过栅栏的缝隙，但却看不见狗。树上残留的几片叶子在雾蒙蒙的风里颤动着。郊区火车站后面不远就是森林。两个正在擦洗电话亭的男子中，外面那个是白人，里面那个是黑人。

当我错过这样一个瞬间时，这似乎就意味着我这整个一天失败了吗？这最后一个苹果，不是小心翼翼地摘下来，而是茫然地从树枝上拽下来——那么这个日子和我之间所有之前的协调一致都一无是处了吗？对一个孩子的目光没有感觉，避开这个乞丐的目光，承受不了这个女人的目光（或者干脆就是这个酒鬼的目光）——节奏中断，这一天就毁了？那么新的开始在今天就不再可能吗？在这个日子里不可挽回地失败了？结果对我来说，这个日子的光芒不仅减少到和其他绝大部分人一样的地步，而且还面临着从形式的光亮中堕入无形的地狱，这恐怕就是它的危险所在吧？所以，比如说，在这样一个不成功的日子里，纽扣碰到木头时发出的那种音乐般的咔嚓声，或许现在又会反复，我也会不可抗拒地当成噪音来听？或者我没有抓着一个玻璃杯，在一个心不在焉的时刻，"茫然无措"，它因此打碎了，那么这就意味着这远远不止是一个祸事，而是一场灾难——即使我周围的人自然都说，这不是什么灾难——死亡突然降临到这个正在逝去的日子里？我注定要认识到自己是众生灵中最胆大妄为的，因为我伴随着这个成功日子的行动，执意要变成像神一样？因为这样一个日子的思想——一刻接着一刻继续活动在其高度上，同时也带着一缕又一缕的光芒——毕竟只是一个像那个不幸的路西法[1]一样的魔鬼所拥有的东西？这样一来，我试论成功的日子每时每刻都可能转化成谋杀和故意伤害的故事，滥杀无辜、破坏、蹂躏、毁灭和自我毁灭的故事？

---

[1] 路西法，撒旦在被逐出天堂堕落成为魔鬼之前的名字。

你将这个成功的日子与那个完美的日子混淆了。(对于后者我们要三缄其口,如同对它的上帝一样。)可能有一天,像任何一天一样,并不那么完美,可在它逝去时,你不由自主地默默喊道:"成功了!"。可以想象,在这样一个日子里,你同样痛苦地意识到,瞬间一而再再而三地失败了,而你在晚上还要那样详详细细地叙述一个**戏剧性的成功**,无论是对什么人也罢。那本书,正如你第一眼就感受到的,给这个日子扬起了正确的帆,你不久前把它落在了火车上,这必然不会意味着,与这个日子的天使的斗争已经输定了;即使你再也找不到那本书,但那种充满希望的阅读则有可能以其他方式继续下去——也许更加自由,更加不需要依托。此外,这个日子的成功还取决于我对种种与那条线的偏差所进行的权衡,不仅是我自己的,而且也包括那些女人赐予世界的(又是这样一个不美的词语,但它展示给了这个苦思冥想的人——"分类"?"斟酌"?"分配"?——没有更适合的)。"成功的日子"之行的前提看来对我自己是某种宽容,对我的天性,对我的执迷不悟,同样也是对每天所发生的事情的审视,甚至在最有利的情况下:客体的险恶,邪恶的目光,错误的时刻的一句话(哪怕只是被什么人在拥挤中偶然听到)。因此,在我行动时,关键取决于我让给自己的底线。我在多大程度上允许自己慢慢腾腾地走在路上，疏忽大意，心不在焉？在怎样无法镇定和不耐烦的情况下，在怎样重新错过的正义感的情况下，从我哪一次错失的举手之劳，哪一次冷酷地或者也只是那么随便说说的句子（也许根本久没有说出来）开始——从哪一次报纸头条，哪一次侵犯我眼睛和耳朵的广告开始，从哪一次刺痛开始，从什么样的痛苦开始，却依然保留着对那种闪耀的开诚，而依靠这种闪耀，与野草和天空那陪衬的绿色和蓝色相呼应，也呼应着偶尔一块石头的"灰色"，在这个相关的日子里，那"黎明破晓"似乎冲着我和这个空间飞奔而来吗？我对自己太苛刻，在不幸中对事物太不冷静，对这个时代要求太多，过于相信今天的一无是处：我没有节制地赞成这个日子的成功。是的，看样子，仿佛有一种特别的讽刺属于其中，面对我自己和那些日复一日的规律及事件——出自善意的讽刺——，还有，哪怕是一种以绞刑架命名的幽默。谁曾经历过一个成功的日子呢？

他的日子充满希望地开始。在窗台上，几支铅笔和一把椭圆形榛子像长矛似的堆放在一起。甚至连这些和那些东西的数量都使这个人感到惬意。在梦中，有一个孩子躺在一个光秃秃的空间里那光秃秃的地上，当他朝着孩子弯下腰时，孩子对他说道："你是一个好爸爸。"在街上，邮差像每天早上一样吹着口哨。隔壁房子那个老妇人又关上了阁楼的窗户，要这样度过一天剩下的时光。开往新建筑区路上的卡车装载的沙子是飞沙的黄色，这个地区的丘陵就是由此构成的。掬水撩在脸上，伴随着郊区这儿的水一起，他意识到了"在品都斯山脉那边有约阿尼拉的水"，"马其顿莫拉斯提的水"，"桑坦德清晨的水"，那里的大雨看上去倾泻而下。伴随着耳边书页的翻动声，他远远地听到那一个个花园后面郊区火车缓慢进站时的叮当声，听到房顶上乌鸦叽喳和喜鹊格格的吵闹中有一只麻雀在鸣叫。当他抬头望去时，他还从来没有看到过远处山丘森林边缘上方那棵光秃秃孤零零的树，透过它那好像在风中闪闪发光的网络，那片高原的光亮向下直透射进房子里。这时，在他读书的桌子上，那个织到桌布里的字母 S 连同一个苹果和一个黑色光滑的弧形砾石一道显现出一个图像。再次抬头望去时——"工作有时间，我有时间，我和它，我们都有时间"——现在因为这个日子乱哄哄的，他发现自己并没有寻找过合适的词语，而是在默默地思考着："神圣的世界！"他走出去到棚屋里，要为炉火弄些劈柴来，对他来说，这炉火与其说用来过夜，倒不如说更适合这样一个白天。就在要锯开那根又粗又硬的树干时，锯子卡住了，当他中断了节奏用力一拉，它被彻底夹住了；事情干到一半，他只能把锯子拽出来——更多地是"扯"——又从别的地方重新开始。这个过程重复着：锯条卡在那坚硬的树心里，拉来推去，直到它几乎没法再退出来……，接着就是使尽浑身力量，随之而来的更多是撕裂而不是锯开的木块就滚到这个日子那自以为了不起的英雄脚前。然后，当火苗正要燃起火焰来，却又连同那才噼啪作响的劈柴一起熄灭的时候，便是对这个神圣的日子的诅咒，用的恰恰是昔日那个令乡下的祖父扬名全村的说法：住嘴，你们这些鸟人，太阳，滚蛋吧。后来铅笔尖断裂也足够了，不仅仅这个日子，未来也面临危险。当他明白过来，正是伴随着那些不幸，这个日子本来会变得顺顺当当，早就又是另一个日子了。这徒劳的、深思熟虑感知到的点火——熊熊燃起的炭火噼里啪啦并变成炭黑不也同时意味着联合的神秘时刻吗？——对他来说似乎显现为一个化身，一个所有并不仅仅是个人的徒劳的化身，并且当他意识到这一点之后，恐怕为了容忍而中断了。同样，大块劈柴迸到他的脚趾上毕竟也从来不仅仅是痛苦。因此让他也有了对另外的东西的感触，在同样的地方：好像是某个动物友好的嘴巴。这又是一幅图像——在这幅图像里，所有从他儿时起直到眼下的瞬间的一块块劈柴不是聚集在他各种各样的鞋尖、袜子和不同尺寸的儿童和成年的脚上，就是更多地滚动、翻转、飞舞、散落：因为那种不同的感触充满一种非常神奇的柔和，只要他在这片刻间留意的话，他就会惊讶。而且以相似的方式，于是他事后就意识到，过了一段时间，那些在锯木头时令人讨厌的东西毕竟在向他讲述一个完整的譬喻，或者寓言？为了他这个日子的成功。首先有必要轻轻地推一下，为锯齿找到开口，然后在锯口里继续锯下去。之后锯树干就进入了它的节奏，有一阵子很容易，也让人很开心，一下又一下：伴随着两边飞溅的锯末，那棵黄杨树上，一片片细小的叶子卷成小圈圈，从上面掉落的叶子沙沙作响，融入锯齿的嚓嚓声中；伴随着垃圾桶的咕咚声传来了高空之上喷气式飞机的轰鸣。接着，通常渐渐地，只要他依然全神贯注，就会提前感觉到，锯子陷入木头的另一个部分。到这里就意味着要改变节奏——让它慢下来，但是，如果在这种情况下不中止或者没能来回松一松锯条，那是很危险的：即使节奏在不断变换，但整个锯的动作要保持一致；不然的话，无论如何，这个家伙就会卡在正当中。如果确实还有可能的话，就得把它抽出来重新开始，而后者，寓言这样教诲他，最好不要在同样的位置，也别离得太近，而是在一个全新的地方，因为……在第二次尝试时，一旦位置变换成功了，那么最终就能在树干的下半部那儿锯开了，因为在这里，对这个轻松拉锯的人来说，早已看不见锯齿了——他已经思绪万千，心不在焉，不是在制订晚上的计划，就是在将一个人类的仇敌锯成两半，而不是木头——，可是这样一来就会面临危险，如果不是这个被忽视的枝杈，就是（经常正好距离那个地方一指宽，在旁边锯开那么宽的木块，锯木人反而不费功夫）那个十分狭窄而越发坚硬的层面，在这里，钢锯一下子碰到了石头、钉子和骨头，而这个行动可以说在最后一个节拍上失败了：简而言之，对第三者的耳朵来说，是一次歌唱——对锯木人本身来说更多是一种刺耳的音乐——失败了。与此同时，他毕竟似乎就要到达这样的地步，锯木头本身对他来说理想地代表着对纯粹的快乐的梦想，因为此刻与木头待一起，相伴在一起，连同它的曲线、它的芬芳、它的花纹，是专心致志在测量着这个物质，同样也在探索它的特性和阻力。同样在这个日子里，那根折断的铅笔似乎也表明了……如此种种，不胜枚举。也就是说，他事后这样想到，在试论成功的日子时，恐怕关键在于，每次在不幸的时刻，痛苦的时刻，放弃的时刻——错乱和离题的时刻——，要表现出为这个时刻的其他游戏形式所应有的机智果断，使之转换，只有通过那种使人从狭隘之中解脱出来的意识，现在，刻不容缓，翻掌之间，或者干脆深思熟虑，才使得这个日子——仿佛这是为"成功"所要求的——或许会得到推动和鼓舞。

在经历了这一切之后，你这个成功的日子看来几乎就是个儿童游戏吧？

没有回答。

中午了。夜里的白霜自行融化在园子的阴暗角落里，青草从蜷缩和僵硬中直起身来，轻柔的风掠过它们。一片寂静，它变成了图像，沐浴在阳光下，正行走在中午一条空荡荡的公路上，伴随着那些成双成对的、色彩斑斓的蝴蝶，它们突然从空虚中冒出来，看样子向后在靠近，每次都贴着那个行走的人那样近，以至于这个漫游者——在这些瞬间，他确实把自己看成这样一个人——以为在自己的耳际听见了翅膀的振动，同时也传递到他的脚步上。他走进那家几乎没人住过的房子里的时候，继那座郊区教堂正午的钟声之后，首先也听到了从西边那个邻近的地方（和这里其他地方一样，它没有什么过渡和间隔空间，从大街的另一边就开始了）传来了那样的响声，听上去真真切切：在召集四面八方所有零零散散的人。一个梦想图像又浮现在眼前，一座座荒芜的石山包围着坐落在盆地深处的大城市巴黎，从所有圆形山顶和山坡那无声的朦胧中，突然传来了那些宣礼员[1]洪亮的呼唤声，回响在这座城市上空。他不由自主地从他正在书写的字行上抬头望去，并且和外面那只猫一起穿过花园，穿过一条长长的、呈弧形的对角线，这时他想起来，曾经有另外一只猫每次都提示天开始下雨了，因为哪怕是最细小的雨点滴在它身上，它都会从很远的地平线上疾奔到屋檐下。他的目光四处巡视着，好几个星期以来一天又一天地观察着，那只硕大的梨子作为花园里最后的果实依然挂在那空荡荡的树上，手掌立刻就可以感受到这果实的沉重；在马路那边，在那个邻近的地方，一个黑发中国女孩背着色彩鲜艳的书包，穿过栅栏也不疲倦，抚摩起那只浅蓝色眼睛的阿拉斯加犬（他并没有听到那狗的呜呜声，可在他的想象中，那叫声越发持久）；再放眼看去，透过两条大街联接点上的房子间隙，一辆开过去的火车瞬间反射着阳光，长短像一个单词，"单音节"似的照耀着路基上的小草。这时，他瞥见车厢里有一个空位子，座位被刀子划破了，并且被精心修补了，在那个僵硬的塑料制品上一针接着一针地绣着十字花，接着

---

[1]宣礼员，伊斯兰教教职，负责每天按时呼唤做礼拜的人，也音译为"穆安津"或"鸣教"。

又缝合起来，他觉得自己被那只绷紧线的手抓住了。于是，他的死亡掠过他的额头；他盯着他们看，他们也盯着他这个无所事事坐着的人，神情充满理解，和他们生前迥然不同。在一天里，还能够做什么，发现什么，认识什么，重新找到什么呢？你们看一看：没有永恒之王，没有生命之王（哪怕只是一个"秘密的"）——却有日子之王！只是奇怪的是，在这点上，一件微不足道的事就足以把他从那专横的皇座上拉下来。那个路人从巷子里逍遥自在地走出来，将大衣搭在胳膊上，停止了拍打自己的衣兜，并且很快又掉头回去。面对他，他的同行突然变得难以自制。停下来吧！但是毕竟处在心醉神迷之中，他无法再求得内心的平静：瞧那儿，乌鸫那黄色的鸟喙！林荫路尽头的棕色边缘上，锦葵花依然在独自绽放！那片用一条看不见的线牵动着的物体在降落时仿佛又要向着太阳升去，原来是一只熠熠发光的风筝！地平线上黑压压地堆满了如此巨大却又不知所云的词语！停下来，安静！（心醉神迷对他来说就是恐慌。）但是句号，结束，它——阅读、观看、同在图像中、这个日子——不再继续了。现在是怎么回事呢？突然间，在心醉神迷中形式和颜色的跳跃行列之后，夜晚尚未到来之前，死神阻断了通往这个日子的道路。一发命中，瓦解所有狂言妄语。照此说来，还有比成功的日子的思想更愚昧的吗？难道试论成功的日子不是要以一种完全不同的态度，即名副其实的黑色幽默态度彻底从头开始吗？难道为这个日子的成功连根线条，甚或是迷宫式的线条都画不出来吗？但这不就意味着，这种试论如此一再重新开始也是一种可能，它特有的可能吗？这种试论是必不可少的。这个日子（"日子"这个物）在当下这个阶段成了我不共戴天的敌人，不可能转换成一个对我富有裨益的志同道合的人，一个闪闪发光的楷模，一种持久的芬芳，那种对"成功的日子"的指责更多是些魔鬼般的东西，是恶魔，是混淆一切；一种纱巾舞，其后却什么都没有；一种引诱人的绕口令游戏，可之后随即就会被打上结；一种指引方向的箭头，可一旦跟从就会陷入圈套：或许吧，情形就是这样，只是它对我来说是不可想象的，因为时至今日我也许在试论这个日子的成功时经历了这一切失败，我没法说，现在也无法说，始终都无法说，有关成功的日子的思想是空想或者胡闹，所以，这也有可能就不是那么回事。但无疑我可以说，这个思想事实上就是一个思想，因为它不是我从书本里信手拈来或者冥想出来的，更多地是浮现在我的脑海里，在艰难困苦的时候，生机勃勃，每一次都使我深信不疑，那种充满幻想的生机勃勃。这种幻想就是我的信仰，而且这个有关成功的日子的思想就是在它那炽热的瞬间成形了，同它一起经历了无数次沉船，而每一次过后的第二天早上（或者下午），它都会富有生机地照亮我向前，就像莫里克[1]那首诗歌中一朵玫瑰"向前照亮"一样，而我借助它就能够一再重新开始，一定要尝试这个日子的成功——哪怕最终表明，这种结果是空洞或者干瘪的；因此，至少对所有的未来而言，这徒劳而执着的努力成为多余，那么这条道路也许对完全不同的东西会畅通无阻？再说这个经验也会持久存在：正是这个日子中的一无所获（在这里，甚至连变换的灯光都没有参与其中，也包括风，包括天气）却预示着最大的收获。一无所获，又是一无所获，还是一无所获。那么这个一而再再而三的一无所获有什么意义呢？它的意义非同小可。它与其说跟一无所有息息相关，倒不如说对这个日子而言有更多的可能，很多，非常多，对我，同样也对你。这里关系到：我们这些日子的一无所有，现在有必要让它"硕果累累"了。从早到晚（或者也包括午夜？）。我重申：思想过去是光芒。思想现在依然是光芒。

那个无名森林池塘的幽暗。雪云飘浮在巴黎大区的地

---

[1] 莫里克（Eduard Friedrich Mörike，1804—1875）：德国浪漫主义诗人。

平线上。铅笔的味道。落在"宝塔电影院"公园岩石上的银杏树叶。韦利济火车站最上层窗户里的壁毯。一所学校，一副儿童眼镜，一本书，一只手。太阳穴上嗡嗡作响。在这个冬天里，鞋底下第一次响起了冰冻强有力的咔嚓声。他看到了铁路涵洞下的光线那特殊的材料。坐在靠近草地的禾草堆上看书。在将树叶耙成堆时，突然嗅到了一丝类似于这衰退年份的气息。当火车驶进站时，它发出的响声一定是"碰击"声（而不会是"敲击"声）。最后一片从树上落下的叶子不是"沙沙响"，而是"啪"的一声。一个陌生人和他下意识地互相打了声招呼。那个老太婆又拉着自己的购物车去郊区周末市场。一个外地司机在这个偏远的地方很常见地不知道该怎么继续走下去。然后在森林里是那条路慢慢变绿了，昔日他和父亲走在这条路上，每次都要商量点事，在父亲的语言中，它甚至有一个名字，zelena pot，就是绿色大道。再就是临近郊区乡村教堂旁边酒吧里那个退休的人，祖父的表链从他的肚子上伸进裤兜里，呈一条弧线。而且有一次，他故意对一个年老的当地人那恶狠狠的眼光视而不见。这就是众所周知的"感谢打扰"（而不是不满）：这样的转变一下子就成功了。可是后来，为什么在愉快的下午里，突然对接下来的日子，对这个日子彻头彻尾地感到恐惧呢？仿佛对面临的时刻来说再也无法渡过难关了（"这个日子将要和我一刀两断！"），再也没有出路了？那梯子靠在秋冬之交的树上——然后呢？各种蓝色的鲜花深陷在铁路路堤的草丛里——然后呢？停滞，惊慌，一种毛骨悚然，而无止境的缄默驱赶走了那明朗的宁静。伊甸园在燃烧。与之相反，或者为了这个日子的成功，现在又表明了，没有什么办法。"噢，早晨！"惊呼，没有效果。阅读结束了，日子到头了？话语表达到头了，日子到头了？而这样的缄默也排除任何祈祷，除非有那样一种诸如"让我回到早晨"、"使我回到当初"、"叫我重新开始"不可能的话语。谁知道，是不是有些谜一般的自杀暗暗地成为这样一种尝试日子成功的结果呢？这种尝试是以高涨的热情开始的，并按照那臆想的完美-线条在进行。然而，我的这个日子的不存在，它不是从另一方面告诉我什么了吗？我的内心里存在着一个错误的秩序？我天生就不适合这整个日子？我不许在夜晚去寻找早晨？或者允许？

　　他曾经让一切重新开始。这个日子过去整体上是什么样呢？当时，在高高位于巴黎大区上方的郊区火车外切道上，那个有关成功的日子的思想在他的心里又复活了。那样的炽热之前是什么，之后又出现了什么呢？（"Ausculta, o fili [1]，听着吧，噢，儿子"，博登湖畔教堂里的天使说，在那儿，黑色砾石上的石灰线已经为他临摹了贺加斯那"美丽优雅的线条"。）——先前所发生的，他这样回忆道，是一个噩梦的夜晚，那是在巴黎南郊一个平时完全空着的房子里的床垫上度过的。这个梦看上去就存在于一个彻夜的、静止的图像中。在这其中，伴随着始终不变的暮色和无声无息的空气，他发现自己被放逐到一个光秃秃的摩天山岩上，孤苦伶仃，要度过余生。随之所发生的，独一无二，而且它持续不断，心跳接着心跳，被世界遗忘的状态，笼罩在这个星球上的麻木不仁，是一种愈加炽热的渴望风暴，在自己的心里。但是终于苏醒过来时，看样子，仿佛正是这样一种彻夜的渴望将他的失落感燃烧殆尽了，起初无论如何如此。在那半是枯竭的花园上方，天空一片蔚蓝，很久以来第一次这样。他踩着舞步使自己从眩晕的感觉中得以解脱，"这个眩晕者的舞蹈"。他觉得眼前变得郁郁葱葱：花园围墙边的柏树。在悲伤和绿色的征兆中，他开始了这个日子。"没有花园我会怎么样呢？"他心想着。"没有花园，我就再也不想苟且人生了。"痛苦一直还在胸口作祟，一条龙，它在那里吞食着。麻雀落在灌木丛里，又一

---

[1] 拉丁文，"听着，儿子！"

次恰到时机的鸟儿。他看到一架梯子，想要爬上去。在排水沟里，泥瓦工的标准木杆在游动，后面远处街道上，一个年轻的女邮差推着她带有黄色邮包的自行车。他没有读出"私人住地，禁止入内"，而是看成了"……禁止爱"。那是上午晚些时候，他让这个地方的寂静在行走时钻过那张开的手指。太阳穴，鼓起来的风帆。他今天还要结束一篇关于翻译的文章，终于也有了这样行动的图像："这个译者感觉自己不知不觉地取得了成功。"工作还是爱情？去工作，就是要重新找到爱情。在那家北非酒吧里，那个站在柜台后的男人正说着："噢，愤怒！哦，绝望……"，而一个女人进来时说"今天这里闻着不像蒸丸子，而像五香杂烩"，店主回答着"不，那不是五香杂烩，那是回归的太阳——感谢太阳。"赋予我这个日子，让我融会于这个日子。经过漫长的乘车路途，先是穿越城市南郊，然后又是西郊，漫步走过克拉马尔和默东森林，坐在露天一张桌子旁，停留在森林池塘岸边，翻译的草稿已经完成，而他写完最后一句时就宣布对此弃之不顾了："不要自信满满地盯着这本业已存在的书，要向前看，把目光投射到那没有把握的事物中！"看样子，仿佛马路边上的草莓在注视的目光下变得通红似的。"风接受了它。"他想起了那只乌鸦，它嘶叫着进入他那孤独的梦中，"犹如一个反坦克导弹发射器"。到了下一个森林池塘边，他在钓鱼者酒吧的露台上吃了一个三明治。天下起了毛毛细雨，像纺线一样，仿佛它自得其乐。然后，就在正下午，开始了那次绕着巴黎外围高处的火车旅程，先是朝东，之后迂回往北，返回时又迂回往东——就这样，他仅仅在一天里就几乎绕着这个世界都市转了一圈——，其间，那个有关成功的日子的思想又复苏了，不，"复苏了"不是正确的词语，而必须称作"转变了"：其间，对他来说，那个有关成功的日子的思想已经从一个生存的思想转变成写作的思想。这个同时还在依然遭受那个噩梦夜晚之痛的心变得无比宽阔，就像俯瞰着"塞纳河高地"的情形一样（突然可以感受到那个行政区叫什么了）。幻想？不，真实的生活元素。那然后呢？现在，半年之后，秋冬之交，他回想起来，在经历了那样一个"目光投射"无比明亮的光芒之后，拉德芳斯区[1]旁边那个阴暗的、地下的路段简直就让他欢欣不已。在圣拉扎尔站[2]的回廊——用法语标识，直译出来叫做"孤独的脚步大厅"——里，他轻松愉快地听凭下班人群的拥挤和冲撞——事实上，他有一种处在下班高峰的感觉。在歌剧院旁美国运通公司的办公室里，他为自己争取到尽可能

---

[1] 巴黎首要的中心商务区，位于巴黎西郊上塞纳省。
[2] 在巴黎地铁全网中，该站客流量仅次于巴黎北站。

多的现金，之前一条长队里等着，怀着一种少有的、并非感到不快的耐心。他对这个办公室洗手间的宽大与空旷感到惊讶，在里面多待了些时间，四下看了又看，仿佛在这样的地方有什么可以发现似的。作为人群中的一员，他站在圣丹尼斯大街一家酒吧的电视机前，那儿正在放世界杯比赛，而此时此刻，他才想起自己心里不是滋味，因为他没有真正地如愿以偿，每每避免目光投向街道两侧房子的走廊深处和后院，那里聚集着成群结队的女人——看样子，好像这个可能忽视的行为也属于这样一个日子不可分割的部分。那后来呢？看样子，好像对接下来所发生的一切，他都失去了记忆，唯有这样一个时刻还留在心里，那是晚上晚些时候，他膝盖上坐着一个孩子，在一张类似的学生书桌旁，时而忙着修改自己翻译草稿中的词句——记忆中浮现出一个双手变幻出不同凡响的图像——，而且对夜晚的时刻产生了影响。当时，我坐在一家花园酒馆里，和你对面的人无意间进入叙述中，而这种叙述成为可能最柔和的敞开心扉，或者是从另外的你出发，与我自己同行。这个日子始终铭刻在心，无论是那时还是现在，像是火车那巨大的 S 弯道，只能够俯瞰，但在整个内心里感受到了，是所有弯弯曲曲的道路中最美妙的，平行于下面深处塞纳河的蜿蜒，只是蜿蜒得更加广阔；一个月后，在泰特美术

168

馆[1]一个寂静的角落里，又在贺加斯调色板上的褶皱里找到了；又一个月后，在秋季波涛汹涌的博登湖岸边，出现在砾石的白色纹路里；此时此刻，又与我桌上的铅笔一起朝着一个方向奔去：这就是那个日子留下的轮廓。它的颜色半明半暗。它的修饰词，如同它给予我的那个思想，不言而喻就是"神奇"，这个词，在孤独地经历了那个夜晚的磨难之后，它的主导词就是"同在"。

那么试论成功的日子这个思想本身就是个成功的日子吗？

那是夏天前，燕子飞翔在花园上空，"那么高！"，我感染着一个年轻女人拉一拉草帽弧形帽檐的愉快，圣灵降临节[2]已经生动地展现在郊区夜晚的风中，樱桃树立在轨道两旁，上面挂着红彤彤的果实，那熟悉的公园得到了"胜利脚步公园"的美名——现在是冬天，比如说，我可以证实，它就显现在昨天那一再反复的行车曲线上，显现在铁道的护栏上，是浓雾弥漫的埃菲尔铁塔前那林间葡萄藤

---

[1] 位于伦敦泰晤士河南岸，英国最著名的美术馆之一。
[2] 也称五旬节，基督教节日，在复活节后第 50 天。

开着的灰色的花，是从拉德芳斯远处的尖塔旁一闪而过的白浆果，是从圣心教堂穹顶那只可感受而模糊不清的白色旁一闪而过的金合欢刺。

又一次：这个日子因此就是成功的吗？

没有回答。

我认为，不，我明白，凭借想象：有多少事情会和这个日子息息相关呢，唯独和这个日子。而现在，在我的生命中，在你的生命中，在我们俩的时代，就存在着它的时刻。（"We lost our momentum"[1]，一个棒球队队长这么说，这支球队差点就赢了他们的比赛。）这个日子在我的掌控之中，就我的时间而言。如果我不是现在对这个日子进行尝试的话，那么我就永远地错失了它的可能，毕竟我这样认识到，越来越频繁地，怀着越来越大的怒气，针对我自己，随着时间的推移，我所度过的那些日子有越来越多的瞬间要告诉我什么，可我却越来越少地去捕捉它们，特别是珍惜它们。我不得不再次重申，我对自己感到愤慨，因为我

_____

[1] 英语，"我们失去了自己的气势"。

没有能力抓住地平线上会让我抬头远望和心灵平静的光芒
（进入平静，致信人保罗这样写道）；因为写字台上杜鹃花
的蓝色，开始阅读时还是中景，而翻过几页后已经成为辨
不清位置的一个模糊的点；也是因为黎明破晓时，在花园
灌木丛里，乌鸫那寂静的身影刚刚还是"那汪洋大海上这
个日子之后夜晚小岛的轮廓"，可在钟摆滴答的瞬间就再也
什么都不是了——没有意义，被遗忘了，被背叛了。是的，
事情就是这样：随着岁月的流逝——那一个个瞬间越使我感
到自己富有，就越强劲地冲着天空叫喊——，我看到自己
是一个背叛我这个日子的人，日复一日。忘记日子，忘记
世界。我一再重新打算要忠实于这个日子，依靠帮助，借
助那些瞬间之力——"珍爱"，占有，这就是你用于"现在"
的词语——，因为我想要抓住它们，思考它们，保存它们，
而且天天如此。当我还没有避开它们时，就已经将它们完
全忘记了，如同是要惩罚我否认它们，而这种否认无非就
存在于我对它们的回避之中。这个日子意味深长的时刻越
多，那么对我产生作用的时刻就越来越少，是的，就是这
样的表述。今天一大早在狭路上听到那些孩子声音的时刻：
它什么作用也没有产生，它在下午此刻，在带来降雪的云
团涌向大陆时也没有什么效应——于是我觉得，那冬天的
森林让它们"变年轻"了……难道这样说我要试论这个成

功的日子的时机不就逝去了吗？我错过了那个时刻吗？我或许倒"应该早点起身"吗？这也许符合这样一个日子的思想，与其说是试论，倒不如说是赞美诗形式，一种也许事先徒劳的祈求？日子，对我产生些许作用吧，越多越好，穷尽你的所有。让我听到那柳叶长矛在穿过空气后落下时的嗒嗒声；让我看着那个左撇子窗口官员吧，他埋头在自己的书里，又一次让我等车票；让我领略门把手上的阳光吧——让我有所作为吧。我成了自己的敌人，毁灭了我这个日子的光芒；毁灭了我的爱情；毁灭了我这本书。这期间，我的一个个时刻越发经常地听起来像一个个纯粹的元音——"元音"：还有另外一个词语用于这样一个瞬间——，我就为之越发稀少地找到那个相应的辅音，因为在我看来，有了它，那些元音才会使这个日子生机勃勃地继续下去。那条沙子路尽头好像通向那个无名的池塘：啊！立刻就慢慢消失了，好像从未有过。神圣的东西，或者你，那个"比我强"的东西，它昔日是"通过那些预言家"说的，然后是"通过子子孙孙"，你在当下不是也完全通过这个日子说吗？那么我为什么不能把这种如此通过这个日子所说的东西抓住、领会、继续传下去呢？我相信这样要依靠想象，我知道随着每个时刻都要重新开始说。"它现在存在，它曾经存在，它将来依然存在"：为什么就不能像当年谈论"上帝"一样来谈论我今天的日子呢?

在这个成功的日子里 —— 试论这同一日子的编年史 —— ，那一粒粒小露珠落在乌鸦羽毛上。和往常一样，有个老妇人站在售报亭里，说着心里话，尽管和昨天不是一个人，并且早已买好了报纸。花园里那个梯子有七根横木，它是应当走出自身的完美化身。郊区那些载重汽车上的沙子显示出圣日耳曼德佩区门面的颜色。一个年轻女读者的下巴碰到了脖子。一个铁皮桶拥有了自己的形式。一个邮筒变成了黄色。那个市场里的女人把自己的账单写到手心上。在这个成功的日子里，一个烟头在排水口里滚动着，同样，一只杯子在树墩上冒着热气，在昏暗的教堂里，一排椅子被阳光照得通亮。咖啡馆里那几个男人，甚至连那个爱吵闹的孩子，都沉默了好一阵子，那个外地人也和他们一起沉默了。在我的工作中变得敏锐的听觉同时也敞开了我对周围的嘈杂声的心扉。你的一只眼睛比另一只小，那只乌鸦跳过丛林灌木，而我在最下面的树枝向上弹起时则想到了"上升气流"这个词语。最后甚至是什么都没有发生。在这个成功的日子里，一种习惯将会停止，一种想法将会消失，我将会感到吃惊，因他，因你，因我自己。并且除了"同在"还会有第二个主导词占上风，就是

"和"。在房子里，我将会发现一个直到此刻被忽视的、"人们可以居住！"的角落。在拐进一条巷子里时，"我在哪里呢？我还从未来过这里！"将会成为闻所未闻的时刻，同样，面对矮树篱里那半明半暗的中间部分，将会出现"新世界！"开拓者的感觉，在一小段超越了那习以为常的东西的路途上，回首望去，将会发出"我从未见过它！"的呼叫。你的平静同时将会是一种惊讶，如同有时候发生在小孩身上一样。在这个成功的日子里，我将会完全充当它的媒介，和这个日子朴朴实实地共同走去，我将会被太阳照耀，被风吹拂，被雨淋湿，我的动词将会是"听任自便"。你的内心同样将会变得多姿多彩，犹如在这个日子进程中的外部世界一样，而奥德赛的修饰词，也就是那个"四处漫游的人"，你将会在这个日子最后把自己翻译成那个"多层面的人"，这样的多层面将会在你的内心里舞动。在这个成功的日子里，这个主人公也许会"嘲笑"他的不幸（或者至少在第三次发生不幸时开始笑起来）。他也许会处于那些形式的包围中——哪怕只是落在地上各种各样的树叶也罢。他的我－这个日子也许会敞开为世界－这个日子。每个地方也许会获得了它的瞬间，他也许对此可以说："事情就是这样。"他也许会和他的死亡达成了默契。（"死亡从未破坏过这个日子的兴致。"）他对所有东西的修饰词也许会是一个永久的"面对"，面对你自己，面对一朵玫瑰，面对沥青路，而物质，或者"物质性"？也许会向他呼喊着创世，没完没了。他也许会欣然为之，也许会开心地什么也不做，而在这期间，也许背上的重负会给予他温暖。一瞬间，"投去一个目光"，说出一个词语的工夫，他也许会突然变成了你。在这个日子最后，你也许会呼唤着一本书——远远超过了一本编年史:《成功日子的童话》。到了最后的尽头，也许还会出现那伟大的遗忘，也就是这个日子必须成功……

你曾经历过一个成功的日子吗?

每个我认识的人都经历过一个，通常甚至经历很多。对一些人来说，只要这个日子不是太长就满足了。而另一些人则会说:"站在桥上，天空在我头顶上。早上和孩子们一起笑，观察。没有什么特别的东西，观察能带来幸福。"对第三种人而言，那条他刚刚穿过的郊区马路就意味着这样一个"成功的日子"，因为他的行走伴随着外面钳工车间那巨大的钥匙上挂着的雨滴，伴随着一家院里那根竹子的愤怒，伴随着一家厨房窗台外面三个装着橘子、葡萄以及削了皮的土豆的盘子，伴随着那个又停在司机房前的出租车。对于那个"渴望"这个词时刻不离口的神甫来说，在他听到一个友善的声音的时刻，日子就被看作是成功的。而他自己不也总是不由自主地向往那样一个时刻吗？在这个时刻里，只有一只鸟儿围着树打转，一个白色的球卧在灌木丛里，那些学生坐在站台上沐浴着阳光："此时此刻，这就是一整天了"。当他晚上将这个逝去的日子呼唤到记忆中时——是的，这是一种呼唤——，通常仅仅一个瞬间那些东西或者地点就会作为相应的名字浮现在他的脑海里："就是这样的日子，那个男人推着童车在树叶堆里蜿蜒前行"，"就是这样的日子，那个园艺工人的钞票夹杂着草茎和树叶"，"这是那个咖啡馆空荡荡的日子，里面的灯光随着冰箱的轰隆声跳闪着……"那么为什么不满足于这个成功的唯一时刻呢？为什么就不能断然地将这个时刻宣布为这个日子呢？

翁加雷蒂[1]"我照亮自己／用那个无法比拟的东西"诗句的题目叫"早晨"：这两行诗也可能描写的是"下午"吧？完成的瞬间或者完成的时刻真的足以让你在最后会忽略那个永恒的问题，即你这个日子是否又一次失败了？试

---

[1] 翁加雷蒂（Giuseppe Ungretti, 1888—1970）：意大利诗人，隐逸派创始人。

论这个成功的日子是不可能的——为什么我们就不能满足于试论"这个不算完全不成功的日子"呢？难道有你成功的日子吗——难道那幻想，无论他在其中多么富有和神奇地驰骋，不是都有那种如同面对一个陌生星球的恐惧相伴吗？在你看来，通常你那失败的日子对你来说就是地球这个星球的一个部分，作为一种方式，是一种或许令人可恨的家园。这样说来，仿佛这里就没有什么东西可以成功的；即使有的话，在优雅中？在仁慈中？在优雅和仁慈中？毕竟会有的——这样的成功如今恐怕造就的不是某些不该得到的东西，受之有愧的东西，也许彻底建立在牺牲他人为代价的基础上？为什么我在试论"成功的日子"时，此时此刻却想起了濒临死亡的祖父呢？他在弥留的日子里只是一个劲地用手指在房间墙上抠来抠去，一个时刻接着一个时刻，越抠越深？一种个别的成功，在持续和共同的失败和遗失中，它算作什么呢？

并非一无是处。

这个日子，对此我可以说，它是"一个日子"，而那个日子，我就是那样煎熬过来的。在漆黑的清晨。人们迄今是怎样度过了自己的日子呢？在那些古老的小说中，怎么会这样常常来描述"许多日子逝去了":"许多日子成为现实了"？这个日子的背叛者:我自己的心——它将我从这个日子里驱赶出来,敲击着,把我从中捶打出来,集猎人和猎物于一身。安静！再也没有隐藏的想法。那双花园工作鞋里的树叶。挣脱那个思考的牢笼,保持沉默。在那棵苹果树下弯下腰,走进禾草堆里。这个禾草堆里的读者。这些东西齐膝高为他围成了一方天地。而且他准备好每天受到伤害。脚趾叉开。"花园的七天",《堂吉诃德》那没有写完的结局会这么叫。存在于花园里,存在于地球上。地球旋转的进程是不稳定的,所以那些日子也不一般长,首先是要分别看山脉对风的阻挡。这个日子的成功和放任;将放任当作行动:他让雾霭在窗前飘去。他让屋后的草随风飘荡。让阳光照耀着自己也是一种行动:现在我让它温暖我的额头,现在让它温暖眼球,现在让它温暖膝盖——然后便是肩胛骨之间毛茸茸的温暖！向日葵的脑袋一味追随着这个日子的光芒。将这个成功的日子与约伯的日子比较一下吧。不是"珍惜这个瞬间",它应当更准确地叫做"牢记"。这个日子的进程,正好连同它的狭隘,已经让人意识到了——这不就是一种转变吗？——,对我来说则意味着我是什么样儿！没有别的什么东西可以比拟。中断你没完没了的不安,在逃遁中会安静下来。由于在逃遁中安静下来了，那么就会去倾听。我在高处倾听着。是的，"在耳朵里的高处"，一只麻雀的叽喳声穿透了那噪音。一片树叶落到远处的地平线上，悄然无声，在我的心底里听成了铃声。仔细聆听：犹如那些开锁匠聆听着用自己的万能钥匙打开锁子时的碰撞声。我此刻觉得那只变慢飞行的乌鸦在矮树篱笆上的三级跳好像嗡嗡地发出一种旋律。同样有这样一些人，他们在阅读一本书时也会陷入哼唱中。（从读报读者那儿，你最多可以想象出一声口哨，穿过牙缝。）"你们在倾听中变得迟钝了"，充满热情的保罗在一封致全体教徒的信中这样呵斥道，而在另一封里："词语较量是完全无用的，对听者是场灾难。"这个纯粹的声音：要是我一天里能如愿以偿地达到这个纯粹的声音多好啊！可是比起倾听来，更多要牢记的也许是那纯粹的在场，就像毕加索最后一任太太所称道的，她什么都没有做过，无非就是在他工作时"在场"？成功的日子，艰难的日子！在耙花园落叶时，突然有一根毛茛闪现出光芒，从那褐色的落叶堆里，闪现出蜡烛光一般的黄色。颜色变暗，形式变亮。在那个依旧冰冻僵硬的阴暗角落里，我听见自己此刻在行走，就像当年杂草丛里一样。抬头仰望时，天空显现出拱形。什么叫"雪云"呢？白茫茫一团，其中夹着一道淡蓝色。欧洲榛子在手掌里互相碰撞出咔嚓声，三个。在希腊语中，曾经有一个词语用于"我存在"，这个词语不过是个拉长的 O，比如在这样的句子中就可以找得到它："只要我存在于世界上，我就是世界之光。"那个用于正好穿过柏树的东西的词语，就是"光波"。用正确的词语眼睛去观看和继续观看。开始下雪了。下雪了！Il neige[1]！沉默。它在沉默。他在那些死者的影响下沉默。不是"他（她）死去了"一定得这么叫，更多是："他，她，那些死去的人，只要我对他们置之不理，他们就会让我死去！"同时还有对结结巴巴的愿望。他执意要结结巴巴。在郊区，一切都是那样"独有特点"（一个郊区行人的词语）。在那辆卡车后面，那个垃圾工单腿站立着。马路上那些有规律的拱起叫做"减速带"。也许这样一个日子期限根本就不构成一个影响广泛的模式，不过是自成模式而已，——这会让人高兴？午间休息时，我和屋顶上的工人一起从屋脊上踩着木板走下来。我甚至不该一整天都待在家里，蜗居在里面无所事事？这个纯粹蜗居的日子的成功？蜗居：坐着，阅读，抬头望，在无所作为中引人注目。你今天做什么了？我听到了。你听到什么了？哦，房子。啊，在书的帐篷下。你为什么现在走出房子呢？你不是有书陪伴着待在合适的地方

----

[1]法语，"下雪"。

吗？为了在露天里牢记那些已经读过的东西。看看房子里那个角落吧，它就叫做启程：一只小箱子，一本法语字典，鞋子。那个乡间教堂的塔楼里又响起了钟声：它的音量现在正好与正午不相上下，在那昏暗的小窗里，只能感觉到它们忽闪忽闪的影子，好像从轮辐里发出的一样。在地球深处，有时会发生地震，那种所谓"缓慢的"地震，而正像人们所说的，这个星球在其中反射；"钟摆运动"，地球的鸣响。一个男人和一个背书包的孩子的剪影晃动在铁道涵洞里，就像一个男人骑着一头驴似的。又是歌德那句格言，人生苦短，但日子漫长，玛丽莲·梦露不也有一首歌吗？她这样唱道："One day too long, one life too short..." [1] 还唱道："Morning becomes evening under my body ." [2] 那个明快的省略句，那些最后落下的悬铃木叶子这样描述它：在我这个试论过的成功的日子行将结束时，它应当赋予那样的线条——缩写！贺加斯那"美妙的线条"事实上并没有刻画进调色板里，而更多是绷在上面，犹如一条成弧形的曲线，或者一条鞭笞的绳索。这个成功的日子与那简洁性。（此外想要推迟结束——仿佛我，恰恰是我自己，伴随着每每添加的日子，可以从试论中学到更多的东西。）这个成

---

[1] 英语，"一天太长，一生太短……"
[2] 英语，"在我的身下白天变成了夜晚。"

试论成功的日子

功的日子与那愉快的等待。这个成功的日子与发现的自我迷失。早晨的寂静生活——下午的纷乱：只是一个假象规则吗？千万别让这样日复一日的假象规则所左右！再次引证保罗的话：在他那里，"这个日子"就是审判的日子——在你那儿呢？这个有尺度的日子；它不会是矫正你的标尺，而是让你引以为戒；你是它的臣民。谁在这儿对谁说话呢？我在对我自己说。下午那乌黑的寂静。孩子们在奔跑，依然如故，在风里。一如既往，在那高高的上方，在那里，那些悬铃木球形花摇来摆去："心与之相印"（出自法语）。一如既往，你我现在会身处那沙沙声中，比如那枯萎的橡树灌木丛。如果没有这沙沙声，那我们会是什么呢？什么样的词语适合它呢？赞同（无声的）。沙沙声，留在我们这里吧。伴着这个日子同行——和这个日子一同说话（同源性）。在全巴黎最高处的那条弯道上，在圣克洛德和叙雷纳之间，大约在黄金谷车站附近，那个日子发生了什么呢？它变得摇晃不定。当时那半明半暗的闪光，在夏日的天空上燕子掉头的情形，而现在是黑白蓝相间的时刻：喜鹊和冬日的天空。几天前，在圣日耳曼德佩大街凯旋门上方，最后的晚餐上，又是福音传道者约翰的肩膀、脖子和脑袋上那个 S 线条，他整个上身紧挨着他的主耶稣，俯在餐桌上——和所有的石刻人物一样，他的脸也被革命给敲掉了。这个成功的日子与再次对历史的伟大遗忘：取而代之的是那个菱形图案，那个无边无际的菱形图案，人的眼睛的菱形图案，在大街上，在地铁通道里，在火车里比比皆是。沥青的灰暗。夜空的深蓝。我这个日子的颤抖，那持续不断的东西？把你的脚印留在站台雪地里的鸟足印旁。有一次，当一滴雨滴进我耳朵里时，一个艰难的日子浮现在眼前。太阳落山时木头台阶上的鞋刷。一个第一次写出自己姓名的孩子。直走到第一颗星星出现。不，范·莫里森在他的歌里唱的不是在山里"钓鱼"，他唱的是观察鸟儿，歌名叫"out all day"[1]。他让自己的舌头歌唱，他的歌，刚一开始就已经结束了。溅满泥巴的森林作业汽车排在其他干干净净的汽车行列里的时刻。那片森林的大门嘎嘎地打开了。这个成功的日子的旋转门：里面的事物和人作为众生一齐闪耀。这个成功的日子与分享它的愿望。持续而野蛮地要求公正。噢，艰难的日子！成功了？或者"被拯救了"？出乎意料的是，即使在黑暗中，欢乐的推力还继续着。一个变化了的词语——用于这个日子的词语－矫正："推力"替代了你习以为常的"猛一推"。要在夜晚行走时遵守：这条路亮起来了——你终于可以说"我

---

[1] 英语，"整天在外"。

的"路了——，并且是对隐秘的领悟，"你看一看，它与那些云彩并肩而来"，与风并肩而来。那只小猫头鹰的三声鸣叫。在一个森林池塘里小船的蓝色时刻，在下一个池塘里小船的黑色时刻。第一次在郊区，在遮挡住巴黎的光线的塞纳河丘陵后面，发现了猎户座，跃入冬天的夜晚里，下面是那些从烟囱里冒出的平行的烟柱，再下面是五级石头台阶，向上通到一个城墙大门前，英格丽·褒曼，她在《火山边缘之恋》[1]中经历了一个几乎致命的夜晚之后，在那个被冲刷成黑色的火山斜坡上昏倒了，太阳落山时苏醒过来，并且对生存发出了无比的惊叹："多美啊。美丽无比！"在开往凡尔赛的171路夜车里，唯一一个乘客，站着。那个烧毁的电话亭。两辆车在沙维尔角相撞的情形：从一辆里跳出一个人来，持着手枪。在罗杰·萨朗格罗林荫大道窗户正面，电视发出强烈的光亮，那里的门牌号码已经超过了2000。维拉库布莱军用机场轰炸机起飞的轰隆声，就回响在丘陵森林的后面，一天比一天密集，战争日益临近。

——那么你现在最终完全失去了那个线条。回到书里

---

[1] 又译为《荒岛怨侣》，意大利导演罗伯特·罗西里尼导演的影片。

去，去写作，去阅读。去看那些元文本，比如那里这样说道："让这个词语发出声音来，挺住它——有利的时刻，或者不利的。"你曾经历过一个成功的日子吗？成功的瞬间、成功的生存，也许甚至成功的永恒终归会同什么样的日子融为一体呢？

——还从未有过，不言而喻。

——不言而喻？

——要是我经历过这样的情形的话，哪怕只是接近也罢，那么我可以想象得出，我无疑不仅会害怕接下来的夜晚做噩梦，而且也害怕死亡的汗水。

——这么说你成功的日子根本就不是一个思想，而是梦吗？

——是的。区别在于我不是拥有了它，而是在这里的试论中做过的。你看看这块已经变得如此又黑又小的橡皮，你看看窗户下那一堆铅笔杆。短语接着短语，空洞无物，一再白费力气，一无所获，想到某些第三者的东西，某些无法把握的东西，可是没有它，我们两人都会毫无希望。在他的信里，不是致全体教徒的，而是致个别人的，即他的拯救者，那个被关押在罗马的保罗一再这样描写着冬天："加快步伐吧，赶在冬天之前过来，亲爱的提莫西亚斯。把我落在卡尔波什附近的特罗斯大衣给我带来吧……"

——那件大衣现在在哪儿呢？离开梦吧。瞧，雪片绕过那空空的鸟巢落下来。为了变化，起程吧。

　　——奔向下一个梦？

试论寂静之地

王雯鹤　译

很久之前，我读过英国作家 A. J.（如果我没记错的话，应该是"阿希博尔德·约瑟夫·"）克朗宁一部翻译成德语的小说，名叫《群星俯视》[1]。那是一本相当厚的书，书里的细节我现在几乎一点也不记得了，但这并不能怪在作者和他讲述的故事头上。当时那个故事很吸引我，令我振奋。关于这部小说，除了那些一直在俯视人间的星星，留在我记忆里的是：一个英国矿区和一个贫穷的矿工家庭的编年史，其中也穿插着富有的矿主们的家族史（"如果我没有记错的话"）。很久之后，面对约翰·福特导演的电影《青山翠谷》[2]，从褒义而言，那些人物形象和情景不禁让我觉得，这部电影与其说是把李察·勒埃林的小说《青山翠谷》，倒

[1] 小说 *The Stars Look Down*，出版于 1935 年，讲述了英国经济大萧条时期矿工的苦难生活和他们的反抗精神。
[2] 电影 *How Green Was My Valley*，上映于 1941 年，改编自英国小说家李察·勒埃林的同名小说。影片获得第 14 届奥斯卡最佳影片奖。

不如说是把克朗宁的《群星俯视》搬上了银幕，尽管我心里更明白是怎么回事。然而，从那些俯视人间的星星的史诗里，我仅仅记住了一个细节，它至今一直萦绕在我的脑海里。也正是它，构成了我几乎一生都围绕着那个寂静之地和那些寂静的地方转来转去的出发点，而现在与之相应，对此的试论便要由此开始。

或许在我的记忆中，或许在我的想象中，那个细节讲述了如下的故事:《群星俯视》的主人公之——在我看来，有两个主人公，他们都是孩子，后来长成大人，一个来自富有的家庭，另一个来自贫穷的家庭——养成了一个动不动就上厕所的习惯。只要他对其他人的聚会，不管是大人还是家庭，感到厌倦——感到厌烦——，成为他的负担，成为他的痛苦，就会发生这样的事。他把自己关在厕所（"就像这个名称已经告诉你的"）里，一待便是很久，就是不想再听那些闲言碎语。

这个故事，或者现在是复述? 想要描述的是，正是那个富裕人家的孩子被驱赶到那个寂静之地，远离庄园的所有客厅和起居室，而这小子在那儿什么也不做，只是聆听着寂静。可以确定的是，与其说这个故事，这部小说，倒不如说它的复述现在想要描述的是，少年主人公在这个与世隔绝的地方和近在咫尺的远方产生了一种想法，也有了一种感觉，因为它们，这本书才名副其实：天上的星星在那儿俯视着他。他的寂静之地没有屋顶，向天空敞开。

对这儿的我来说，这个寂静之地同样有一个故事，一个在有些方面不同的，与这个正好被复述的故事可以比拟的故事；考虑到那个压根儿就不"单调无聊"的地方，便是一个生动而丰富多彩的故事。我想试着勾勒这个故事，现在，并非专门详述，同时也对比从别处得到的断断续续的故事和画面。

正是在从孩子到成人过渡的那个年龄，这个寂静之地开始对我有了一些超乎寻常或惯常的意义。当我今天，在这儿坐在书桌前，远离童年生长的地方，远离童年时代，想回忆起"二战"后东柏林、柏林的尼德舍豪森区、潘科区的厕所和之后奥地利南部克恩滕州外祖父农舍的茅房时，脑海中仅仅浮现出寥寥无几的画面——对这个大城市连一个画面也没有——，此外，而且尤其是，我本人并不存在于它之中，不是作为孩子，不是作为一个人；在它们中缺少一个自我或者我自己；这些画面是空洞的。

无非是些平平常常的东西：剪成或多或少有些厚的一摞摞报纸，打了孔，挂在木板墙上用钉子绷起来的绳子上，各式各样，这些纸片的语言大多都是斯洛文尼亚语，大都是外祖父订的周报 Vestnik（《使者》）。蹲坑的竖井下方是粪堆，这粪堆是下面牛圈的一部分——或者它会不会继续通向一种渗坑里？——，有个细节是，竖井超乎寻常地长，或者至少在还是孩子的我眼里是如此。这茅厕位于村子中心一面陡坡上的农舍的二层楼上，在一条很长的木制长廊的尽头，在长廊通向粮仓的过道里，既是长廊又是粮仓的部分或者角落，完全不引人注意，与长廊的厚木板和打谷场的木板一样，显现出灰暗的、风化了的颜色，很容易被人视而不见，几乎让人看不出来是个独立的地方，连棚屋也不像，更别说是个"茅厕"了，尤其是茅厕门上也没有农村厕所门上常见的心形 [1]，而且门也像是一扇门——无非是长廊和打谷场之间微微突出的一块木板，在陌生人眼里也许就是放置祖父木匠活工具的小隔间。但是，极少有人来光顾这所房子，每年最多也就有一次，即普通保险公司"Assicurazioni Generali"的地区代表。对这位代表来说，发

---

[1] 在欧洲国家的农村，茅厕的木制门上经常镂空一个心形作为厕所的标志。

生火灾或雷击时，一所这样的房子几乎会被忽略不计。显而易见，这样或那样，那个农家的茅厕则远离平常的一切，无论是日常生活还是节日；与下面平原上的市民集镇不同，在斯塔拉瓦斯这个斯洛文尼亚的农村里，一个像17世纪一些荷兰风俗画上所画的那样的公共厕所是难以想象的。

然而，我现在又想起了那个寂静之地的某些特别之处：那个小棚屋里的光亮，甚至是两重光亮（当然没有开关，我不知道这个人丁兴旺的家族的人在晚上是怎么穿过昏暗的长廊找到这儿的。拿着煤油灯？手电筒？蜡烛？摸索着？）：上面，也就是当场的第一种光亮——它是怎么穿过木棚屋的缝隙透射进来的？不，祖父是足够专业的匠人，他做木匠活儿时恐怕连一个缝隙也不会留下的——这光亮更多是透过木板之间和从木板本身钻出来的，好像过滤过一样，呈点状分布，透过这些细小的、针尖一般大小的洞眼，因为被锯成木板的树干上本来都有或多或少呈圆形的节孔，它们在干燥的环境里也许比树干缩得更厉害。不寻常的间接的光亮，房子里哪儿都没有的光亮；间接的光亮，这就是说没有窗户，因此更加实在；周围的光——人们在这寂静之地觉得被它包围着——人们？——我，那时在那儿就已经是"我"吗？

那么第二种光亮呢？从长长的竖井往下看，就是粪堆一小部分上的光亮，似乎在深处。这是一种从竖井照上来的光亮——你们可别期待着"同时伴着臭气"，没有这样的记忆，也没有说过这事——，不会照到这个人，照到从蹲坑向下张望的"我"，而最多只能照到竖井的一半，不，绝对不可能，几乎不到半个手臂的高度，集中在下面那里，与上面包围着这个张望者的光亮迥然不同，是一种实实在在的闪亮，一种闪亮，它似乎被深处与牲畜粪便混在一起的秸秆的黄色加强了，并且使竖井的内壁呈立体型，因为它旋绕出竖井的形状，旋绕出环形：生动的几何学，自然的几何学。此时此刻，我为什么又想起了那个我母亲讲述过的当地轶事，说有一个孩子拿了满满一篮大小相同闪闪发光的梨子献给乡村牧师，并说道："牧师先生，我的父母让我转达他们对您的问候并献给您这些从长在茅厕的梨树上摘下来的梨子！"

不管为什么，也不管怎样：不同于《群星俯视》中的少年主人公，我童年时绝对没有一次需要把厕所当作避难所。从那时起，我只是作为观察者，也作为一个张望的人，把这个寂静之地，这些寂静之地，如果它们确实存在的话，当作记忆中的一种媒介。在这样的地方，我压根儿就没有感受过寂静——既不寂静也不隐蔽，也不是别的什么：声响，无论是什么样的，过去和现在都无关紧要。（更不必说气味会怎样，极少，或也无关紧要。）张望者？过路驿站？边缘人物，无形的，不可见的，地方空荡荡的，不过是一瞥而已，过去和现在都是。

后来，远离农村的家乡——是的，曾经这样称之为家乡——，我第一次在这样一个寂静之地把自己看作一个中心人物，有血有肉，活生生的——是的。这是在寄宿学校那几年间。印象最深刻的是，这件事就发生在我刚到那里时，在我入学的那天下午（或者我应该如此称之）。那是20世纪50年代9月初的一天，天下着大雨，很早就黑了；当时，在我们这个纬度地区还没有引入夏令时制。在大约三百名寄宿生第一次共进晚餐前，我们必须全体站立在那个无比巨大的餐厅里——我还从未在一个大厅里吃过饭，根本一次都没有到过这样一个大厅，除非是在体育馆里——跟着年长的神职学生一起做感恩祷告。

这祷告十分漫长，或者只是我感觉如此，大概之所以如此，因为自从下午早些时候到了寄宿学校以后，我就一直想去厕所。在那宽大的、曲里拐弯的大楼（一个当年的城堡）里，我却没有找到厕所，压根儿也没去找。问一下？怎么到那里去？我们这些新生，来自最偏远地方的野孩子，站着，跟着做祷告，还是跟着做祷告，傍晚冰冷的雨水越来越猛烈地拍打着紧闭的餐厅大门和外面城堡院子里的石子路，在那里，或者是我听错了？还伴随着城堡喷泉的潺潺水声，要是我们能坐下就好了，坐在长长的餐桌前的长凳上。但是不能：还是站着，继续做祷告。当我们终于坐下时，有什么东西涌出来，正如我认为的，不可视而不见的东西，被所有桌边的少年们所看到的东西流在城堡那被许多吊灯照亮的、古老而漂亮的石板地面上，在所有人的目光下，蜿蜒地从一个凳子腿流到另一个凳子腿，又从一个桌子腿流到另一个桌子腿，又湿又冷地流过双腿，从"起点"开始，流过为人生新阶段而准备的新裤子，也流过脚上那双还算全新的鞋。

就这样，我直坐到晚餐结束，僵直地，假装吃饭的样子，假装若无其事的样子。之后便不言而喻，刚一出门，我就立刻脱离开拥挤的人群，走开，远远地走进廊厅最昏暗的角落里。在记忆里，我终于！站在黑暗中，靠在一个柱子上，在这样一个陌生的地方——我，这个自小就习惯这个或那个陌生之地的我——不知道该何去何从。出去是不可能的，不仅仅是因为大门紧锁和倾盆大雨，而回到其他人中去，回到我的同龄人中去，去自习室，之后去寝室，也是不可能的：我再也没有脸看见他们了。

　　然后，这个新生听到了背后响起一阵响声，显然感到不同于雨声。响声显然来自门后，门是开着的，通向寄宿学校最偏僻和隐蔽的厕所，也许是访客或者园丁专用的，或者外来的工人，平时总是锁着，这天晚上偶然可以进去。我进去时没有开灯，没有去找开关，只是在一片漆黑之中站着，被那响声包围着，一方面来自男厕所，另一方面来自一两个马桶漏水的隔间。我一动不动地待了很久。我内急的苦恼好歹已经在别的地方解决了。但是现在这里是解决一个完全不同的苦恼的地方，待在这里就把这个烦恼，渐渐地，经过一个小时左右，消除了，至少是暂时地——在刚到寄宿学校的这天。第一次，是我，是我这个人，在这个寂静之地成为关注的中心。第一次，这个寂静之地让我开始倾听，一种对这样一个地方，也对将来而言十分独特并决定我的人生的倾听。这样所能听到的，不只是各种各样的沙沙声，在这不变而冷冰的墙内和墙外，更多是因为这个原因，或由于远离而受到阻滞的喧闹，或者楼上同学们发出的响动，这种响动在我听来不再是喧闹，不再是尖叫和吼叫，片刻间几乎是些亲切的东西，几乎如此。在那个没有光亮的寂静之地，这响声乃基调。但是，那真正算数的声音则是另一个，远在背景之中。

　　在教会寄宿学校这几年间，厕所，不仅仅是这个地方的厕所，对我来说则意味着一个可能的避难所，即使我更多也是逃到那儿的。我不知道，为什么更常去的忏悔室如今在做神圣的弥撒过程中会越来越像某些可以相提并论的东西浮现在我的眼前，当然只是在一定程度上。怎样相提并论呢？因为它使我脱离其他人，脱离教堂长凳上的同学们，说到底脱离整个社会，进入旁边一个地方，而不必向那个看不见的"告解神父"忏悔什么罪恶，更何况没有什么特别的罪恶——相反只是按照教义问答手册，从反省目录里随便挑上几条。这个忏悔室，这忏悔的小房子确实位于旁边，按照记忆，它远在教堂后面。动身去那里，挺惬意的。自由自在，至少是比较自由自在。之后，回到伙伴中，回到仪式中，通常几乎会令人欢欣鼓舞，然而，似乎并不是因为在忏悔室的黑暗中，冲着那个向来都看不见的告解神父耳朵边，良心变得轻松了——那时候，"良心"究竟是什么呢？

这两个地方，寂静之地和忏悔室，二者是不可相提并论的，再说，它们也迥然各异。考虑到那些预先浮现（是的，浮现，而且会继续浮现）在我脑海里的东西，既那样不确定，又那样迫切，既是这篇试论的主要的事件或主线，又是我主要着眼的对象：在长凳间，在同学们中间，在弥撒仪式中间站起来，独自走向后面的忏悔室，这二者绝对不是出于一种冲动，更不用说出于一种苦恼了。每次都纯粹是出于无聊。当然：无聊也可能变成，或是发展成一种苦恼，变成一种什么样的苦恼。但是，这种无聊，这种成为痛苦的无聊，这种成为另一种，即相反的时间紧迫感的无聊，当时还是少年的我还不甚了解，或者我现在自以为如此，或者，在这里专注于这篇论寂静之地的试论时，假装好像是这样。

虽然我有时候学习热情很高（"充满学习热情"，这个词依然有效），但也出现过不少的时刻，我盼望着躺在寄宿学校的病房里，远离自习室和书桌，病得不严重，但可能真的发着高烧，而且首先是烧退之后还可以再在那儿躺几天康复，从早到晚除了看看病房洁白柔软的床单上的几何图案或者其他什么图案外，什么也不想，什么也不琢磨。这样的愿望在那些年期间几乎从未实现过。即使有一次发烧了，反正也是少之又少，那么从来也不太高，就像别人建议的，摩擦体温计，可似乎在我这儿完全不起作用：我向来只是在做游戏时才能充当一个好骗子，只要事情不关痛痒。只要一涉及什么，比如一个好处，一个骗局，我就会被逮住，甚至经常是无辜的——事实上，骗人的人是我前面、旁边或者后面的人。

但是有一次，我走了运，可以在病房里躺上几天，别问我为什么，是那里唯一生病的学生，被一位圣洁的、像亲姐姐似的修女悉心照料，从早到晚目光从床上透过高大的窗子望向与有着小窗的教室、书桌离每个窗子都很远的自习室完全不同的方向和地方：一个地方，有森林，有草地，也有正在吃草的奶牛，一个熟悉同时也新鲜的地方，没有寄宿学校或者别的什么界限存在于它与这个病房之间。这个病房很小，与那个当年的城堡里所有的房间，自习室、餐厅、寝室不同。

一直待在这个小房间里。然而，有一天早上，好像一下子变样了：起床，穿上衣服，回到生活中，回到健康人的集体中去。从白色的床单，窗前在反刍或睡觉的牛，一个又一个既井然有序又形成毫无变化的视野的杉树树梢的无聊中走出来。（与此同时，在病房那些天里，胸口上带着不知是什么电子设备，看着窗外一块拥挤的墓地，我压根儿就没有觉得无聊过，同样很久以后又一次待在病房里也是如此。如果说有过的话，那么，在这里有发言权的记忆则会说：没有。）有可能，在形影相吊的这段日子里，我想念这个或那个同学，更想老师。只是离开医院病房之后，我压根儿就没有被吸引到他们那里。当然，我似乎应该马上去报到，去城堡顶层的教室上课。相反，我只是漫无目的地在早晨空荡荡的走廊上走来走去，然后躲进了，或者更确切地说，悄悄地溜进了同样空荡荡的公共厕所。距离下一个课间休息还早，我又一次走好运，久久地待在那里，没有受到打扰。只不过离开了有暖气的医院病房以后，在这个空间躲避时或者在这个躲避空间里感到冬天般寒冷，四周持续的水声似乎又加重了寒冷。我感到越来越冷。之所以这样，是不是因为我发了几天烧之后体温变低了？我发抖，我哆嗦，我打颤，这正合我意。我恐怕要待在厕所里，直到可能加重的烧退下去。我把自己关在距离半开的窗子最近的隔间里。我站在那儿，直到过了课间休息，等着下一个课间休息。还没人找我，还没有。别让牙齿格格打颤。拿出你的本事，寒冷的地方，让我发烧吧。但没有再次发起烧来，直到这冰冷的上午末了也没有。

后来，我仅仅还有一次在这样一个寂静之地坚持待得更久。那是在我的学习生涯结束后漫长的几个月空闲时间里。最后两年是在一家公立学校上的，过得如此愉快，也算圆满结束，就像从来没有上过寄宿学校一样，不过是个幻影而已。新同学很快就成了一个亲密的团体，我，或者说"当时的我"，是其中的一员，虽说不是大家关注的中心，有时也是自鸣得意的一个，受关注的，时而会是这个，时而又会是那个，班级异乎寻常地小，男孩又少之又少——也许正因为如此，大家才团结一致？

现在，学习时代结束，其他人，这个班，我的班，所有其他人，只是除了我，悉数前往南斯拉夫和希腊了。他们都想——这不是我现在想象出来的——让我一同去，是我自己偷偷地溜掉了。溜掉时的借口和托词是：我母亲没钱让我去旅行。（尽管这种说法符合事实，但它还是个借口。）作为无国籍的人，我似乎没有护照。这也符合事实。然而，按照有关负责人的承诺，护照是可以补办的。就这样，我拒绝了，就像之前拒绝别人给我捐款的建议一样，于是，我最后也只是拿它来借口。

直到今天我也弄不明白，为什么在我的心里有某些东西如此抗拒成为那个并不讨厌的团体的一员去旅行。不管怎样，在 60 年代初一个晴朗的夏日，我独自待在家乡的村子里，远离学校，远离我的家人，在之前享受了丰富多彩的集体生活之后变得全然无所事事。

于是，我后来自行决定动身上路，独自一人，肩上背着一个当时很流行的海员背包，里面塞满了衣服和其他东西，这使我看起来就像是一个准备长久旅行的小伙子。

我当然并没有走很远，长久旅行更谈不上。尽管这条路向西走去，可是在这个方向，克恩滕州的土地可以说很狭小，我没有走出它西部边界。第一天毕竟到了菲拉赫，算来离家大约有五十里路，既不知道是怎么到那儿的，也不知道在哪儿过的夜。第二天走的距离就短些——只到了米尔施塔特湖附近的拉登泰因集镇，我在那儿拜访了一个同学的家，并在他们家里过的夜，睡在厚厚的睡袋里，不知道是在床上，还是沙发上，或者别的地方，或者是怎么度过的。

但是我却知道我是在哪儿度过第三个晚上的，尤其是，怎样度过的。这是在德拉瓦河畔的小城斯皮特，距离拉登泰因路程不远，距离米尔施塔特湖更近：现在，这座城市也不再依河的名字命名，而是按照湖的名字："米尔施塔特湖畔的斯皮特"。

所有在那里的夜晚，我都是在火车站的厕所里度过的——"过夜"似乎不太合适。我的钱用光了，或者无论如何不够去住旅店，也不够住青年旅舍。在斯皮特城里，当年，也许今天？根本就没有青年旅舍。但是，火车站到晚上某个时刻是不会关门的，所以，我可以在火车站大楼里，也包括附近的地方四处游荡，直到午夜，或许更久。

有一段时间几乎还挺暖和的，那可是夏天。不过夏天的夜晚一般都会很快凉快下来，当时至少是这样；一个绝对温暖的夜晚：在记忆中，有一件少有的事，十分特别的事——你后来无论如何都不想进屋去，更想继续坐在外面，大家一起，是的，和其他人一起，静静地，这里偶尔的谈话声和那儿大自然的响动也是这寂静的一部分，即使没有香忍冬的香气飘过这样一个夏夜，只有轻柔的晚风拂面而来。这晚风更胜于威廉·福克纳书中所描写的南部国家和密西西比州的香忍冬。

德拉瓦河畔的斯皮特火车站内外的夏夜却不是这样的。早在午夜之前，外面就开始变凉了，寒意很快也会在四面敞开的大楼里蔓延开来。起初，我还在外面走大圈，沿着火车站职工花园，走到火车站灯光照不到的河谷草地，后来范围变小，越来越小。

此外，还有一件打发时间的差事，可以说，它暖和了我的身子，赶走了疲倦，那就是在不同的站台上看火车，尤其是长途火车，有开往雅典、贝尔格莱德、索菲亚和布加勒斯特的，还有开往慕尼黑、科隆、哥本哈根、奥斯坦德的——再说，所有这些火车都停站。后来，过往的火车便越来越少，从某个时刻起，你就顶不住疲倦了。它如此咄咄逼人，以至于我不知道怎么办才好。或者后来的确还有办法：我把自己关在火车站厕所的隔间里。那儿尽管偏僻，但毕竟是在火车站大楼里面。

打开厕所门需要一个先令硬币，当我关上门时，我才会感受到某种安全感或者安然无恙。我放松地躺在瓷砖地面上，把旅行袋当作枕头。但是小隔间当然如此小，要想伸展开四肢是不可能的，因此，我把头靠着后面的墙上，绕着马桶蜷缩成一团。这个还算宽敞的厕所里灯光相当明亮，白晃晃的，整晚都开着，并且只是微微暗淡地向上照进大概有小孩脚那么宽并向下敞开的隔间里。身上盖着从旅行袋里拿出来的几件衣服，我试着读会儿书，读托马斯·曼的《布登勃洛克一家》。前一天在拉登泰因，这本书在使我诧异了好一会儿之后，突然打动了我的心灵，使我兴奋不已，因为小说结尾时关系到死亡，那个濒临死亡的人简直无声无息地陷入了对此的沉思之中。

但是，蜷缩在白色的厕所地砖上，想继续读下去是不可能的。最初找到这样一个睡觉的地方的兴奋劲儿过去之后，疲倦也再次更猛烈地袭来了。（直到现在，今天，在书写时，它依然使我脑袋和眼皮发沉，我不得不与立刻就要躺下睡觉的强烈念头作斗争，就像当时一样，我唯一的愿望是想有张床。）

我的眼睛在那里闭上了。只不过在厕所睡着是不可能的。虽然我进门时交了钱，但是夜越深，我就越强烈地感觉到自己像个违法的人。我没有权利躺在火车站厕所的地板上，更不用说在那里睡觉了。尽管如此，我还是没有打开门出去。对我来说，没有别的地方能像这里一样让我待上一个晚上。这里现在是我的地方，包括我的脸在马桶中倒映的影子，天亮前我一直面朝它躺着，包括用来固定坐便器的螺钉上涂的润滑油，或是什么，还有粘在润滑油上的一圈细毛，或是绒毛，或是毫毛，或是什么，包括隔间墙上睡着的苍蝇——"啊，睡觉！"——或是蜘蛛，或是盲蛛，或者不管是什么也罢。

在这种不合法的情境下，我听到外部世界的响动，与迄今所听到的不同，听到它们在我的寂静之地怎样传到我的耳朵里，不是遥不可及甚或空洞，更多的是近在咫尺，直达耳膜。一方面，这样一种聆听也许很正常，因为那些夜晚时刻首先是货车过往的时刻，它们都不停站，像铁制的鬼魂列车一样呼啸而过。另一方面，在越来越长的宁静时刻里，远处河谷低地里猫头鹰的叫声传到这个非法躺在这儿的人的耳际，就像是一句"他在那儿——他就躺在那儿——抓住他——抓住他——抓住他！"的叫喊。甚至连铁路花园里夏天的蟋蟀音乐会（也许那个夜晚根本没那么冷）惊醒了快要进入梦乡的他，因为突然有尖叫声或用颤音的歌唱回响在他的耳际；同样，从火车站一棵树上刮来轻轻的阵风也惊动了他。在那个一再完全寂静的夜晚时分，却根本就谈不上是一个寂静之地。

尽管如此，我还是没有到别的地方去。渐渐地，我也不再期盼能躺到床上去了。无论如何我想要整晚，直到天亮——这当然在 7 月初时很早就可以感受得到——，就躺在火车站厕所的搪瓷马桶旁，蜷缩成半圆或大半圆。我现在想起来，根据那个众所周知的传说，当鬼怪大军[1]夜晚实施杀戮呼啸过天空时，地面上受到威胁的人就会寻找保护；他们躺倒在地，一个挨一个地形成一个个车轮。可是，当你独自一人时，该怎么办呢？我独自围成一个车轮，几乎就是这样，但是这样做后来就渐渐地提供了一个即使并不称心的避难所。

我似乎无论如何也不想跟一个班的其他同学换个位，当我在这里蜷缩着躺在冰冷的地板上时，他们却正在南方天空下某个地方钻在他们的睡袋里，这个女孩和那个男孩不是手拉着手，就是摸着别的什么地方，不是在梦乡里，就是醒着躺在那里。当然，他们或许也会有什么要讲述，但这与我在这里要讲述的东西是不可比较的，我不会明天就讲述，明年也不会——要讲述的话，这个事情自身暂时太贫乏——，不会讲述给任何确定的人或者亲近的人：这

---

[1] "鬼怪大军"（Wilde Jagd, Wildes Heer）源自德国民间传说。它们会在夜晚伴随着狩猎呼叫和狗叫飞过天空。

样一个人恐怕会注视着我，想象着我这个人或我的形象蜷缩在马桶旁，并且摇摇头。

几年后，时机终于到了，这时，我才可以继续讲述那个夜晚的一部分，不是口头上，更多是在书写时，讲述发生了变化，一种不是刻意为之的变化，而是就像自然而然发生，正是发生在写作中。

在我的第一部小说里，那个讲述故事的盲人直到结尾都徒劳地期待着弟弟不久会从战争中返回来，返回叙述者的家里，如果我没有记错的话，也带着他的海员背包，躺在这样一个火车站厕所里，眼前只有白晃晃的马桶座。这部小说是在学业快结束时创作的。当时，我已经不是一个真正的学生了。[1]

二十年后，菲利普·柯巴尔，也就是《去往第九王国》[2]故事的主人公或者"我"在中学毕业后独自去旅行，同样带着他的海员背包，在地上度过了第一个夜晚。而就在这

[1] 作者出版于 1966 年的小说《大黄蜂》(*Die Hornissen*)，中译本收录于《无欲的悲歌》(上海人民出版社，2013)。
[2] 作者出版于 1986 年的小说 *Die Wiederholung*，中译本《去往第九王国》(上海人民出版社，2014)。

时，所有其他同学都在去往德尔法和埃皮达鲁斯[1]的路上。只是这地方不再是一个公共厕所，而是从克恩滕州的罗森巴赫到南斯拉夫的耶森尼克那条漫长的火车隧道的一个壁龛。那是一个冒险的夜晚，在漆黑的隧道里，货运火车不时地从卷缩在壁龛里的"我"的身边风驰电掣般地驶过。第二天，菲利普·柯巴尔开始了他在当时还属于南斯拉夫的斯洛文尼亚长达数月之久的史诗般的漫游，又是徒劳地寻找在战争中下落不明的哥哥。在此过程中，各种各样的风景和语言打开了他完全不同的眼界——当时，"我"在德拉瓦河畔的斯皮特火车站厕所度过了一个晚上之后，对周围的环境还有点迷茫。然后：干脆就回家去，回到村子里。斯洛文尼亚，南斯拉夫，包括耶森尼克，我很久之后才去过这些地方，又过了很久才去了喀斯特高原，如果不去喀斯特高原，恐怕就不会有《去往第九王国》了。

在上大学期间，厕所作为避难所失去了意义。取而代之的是越来越多别的地方，建筑，场所。这些地方我根本也不再需要亲自去光顾。一般情况下，只要感觉到那个"需要的东西"就够了。这可能就是哪个地方一个工具棚，

---

[1] 均为希腊城市。

一个有轨电车车库，一辆夜间空着的公交车，一个不知从哪次战争遗留下来的、即便半是坍塌的地下掩体。一些本身根本算不上什么的空间同样也让人感到惬意：只要一看到一个装卸台下空荡荡的地方，一看到一家牛奶场、一家运输公司的装卸台，或者别的什么装卸台，就预示着某些像是可以栖身或隐退的东西，还有组装成金字塔似的广告或竞选海报墙，尽管它们不是真正住人的地方，但毕竟是可以想象的停留之地，想象中那里干燥和温暖，至少比外面暖和舒适。

有时候，这样一些隐秘和安全的瞬间仅仅就来自看一看地面，看一看电车轨道，面对那里的沙子和落叶。然后，这里便会成为一个寂静的地方，即使在这个时候电车的铃声无比刺耳，车轮在急转弯时摩擦，仿佛不会有这样粗壮的粉笔划过石板。你会觉得自己沉浸和超脱到这种宁静的、除了沙子和落叶空空如也的轨道里（就这样，一个"人"便有了自己的位子），而不愿特意爬进一片枯萎的、打卷儿的树叶里，就像赫尔曼·伦茨[1]一首诗里的"我"想着要这样。

---

[1] 赫尔曼·伦茨（Hermann Lenz，1913—1998）：德国诗人、作家。

也很奇怪，只是一再想象着童年的乡村一个寂静的地方就代表这样的地方本身。是的，与当年在那里的情形相比，在空间和时间的距离中对它的回忆甚至使它产生更加无与伦比的作用。比如说，这样的回家之地、或休息之地，或拐弯之地现在变成了那些反正也越来越没人用的农家牲畜过磅台，是些相当均衡地嵌入地里，嵌入土地或者沥青里的活动木板过磅台，可以容得下身子最长的公牛和身子最肥的母牛。过磅装置安装在平台下面的地底下，牲畜的重量会从这里准确无误地显示在过磅台正后方的表盘上：这个过磅台，如果你小时候或者后来站到上面，晃动，再晃动，像它一样上下晃动，和一个人一起，从某个时刻起，你就可以静止地站在木台上，而这个木台便会接着晃动一会儿，就像是在荡秋千和被人推着荡秋千一样。

不言而喻，在城里上大学期间，那些之前早就被感受为寂静的地方，比如马路边的牛奶摊，草场上的干草堆和晒草架，特别是远处田间的小木屋，好像更加强烈地弥漫出时而越来越不可或缺的寂静。

这不是乡愁。它并没有吸引你去那里。那些牛奶摊，即使早就被弃之不用了，腐烂了，垮掉了，那些干草堆，即使多年前的干草此间已经发霉腐烂了，那些小木屋，即使里面最后一个果子酒罐子早就在冬天的严寒中裂成了碎片，面包皮硬成了石头，板肉皮风干成了皮革，连田鼠也不再来光顾了：所有那些寂静的地方就在那儿，在这里，在我心中，在我身边，更是包围着我，即使，也有可能，不像从前那样可以拥有，可以触及和"可以闻到"，也许越发不适合当今的时代状况了——越发有抵抗力，也越发能够进行抵抗。

更加奇怪的是，不需要打算，也不需要计划，你可以独自从自身中创造寂静的地方，根据具体情况，在喧闹中（正是在喧闹中），在时而无以复加地扼杀精神的流言蜚语中。在听这个和那个课的时候，通过阅读伟大的和不太伟大的文学作品，这样的地方就会自然出现，会保护你。有一次，就发生了这样的情形，不是通过阅读的东西，只是通过对它的回忆，甚至是在学生食堂里，尽管那里直到晚上都人满为患，可常常是我觉得唯一可以停留的地方。

有一天晚上，在食堂里，在距离我所在的角落很远的电视机里播放着新闻。由于持续的吵闹声，你根本就听不到或者几乎听不到什么新闻。好奇怪，屏幕上突然出现了威廉·福克纳的面孔，十分陌生，但很有风度。我不知道，为什么坐在角落里的我立刻就明白，这个作家在这一天去世了。所有这些年来，作为他的读者，他在我的心里是一个父亲的形象。一种强烈的，令人隐隐痛苦的寂静蔓延到我的心里和我的四周。当我后来——大概是1962年6月？——晚上骑车回城郊的住处时，这种寂静也陪伴着我，一种弥漫到整个城市的寂静。

通过阅读而获得寂静的地方（这里指的并非是所谓在寂静之地的阅读，自然而然，或者也非如此）：几乎是人所共知的道理。相反，更奇怪的是，也许最奇怪的是，远离书本和童年的栖身之地，一个寂静之地甚至可以从纯粹的身体移动中产生，又是没有计划，又是无意间。一次停顿，一个折返，一种向后走，一种纯粹的屏住呼吸，都可以产生这样的情形。最可靠的，或者只是我现在书写时才又想到的？那样的动作是我当时从托马斯·沃尔夫[1]的书《天使，望故乡》[2]中获得的，主人公早慧的哥哥本，只要他无法忍受家人或者别的什么人的闲话、争吵、胡闹、争斗等时，就会把头扭过去，走到家中或者别的什么地方一

---

[1] 托马斯·沃尔夫（Thomas Clayton Wolfe，1900—1938）：美国作家。
[2] 托马斯·沃尔夫出版于1929年的小说 *Look Homeward, Angel*。

个没人的角落里，在那里对着他的"天使"说："你就听听这个吧！"直到今天，只要遇到类似的情境，我依然会模仿本的做法，转过头看向别处，望着一个什么都没有的地方，只是我无声地讲出那句对天使说的话，而天使在他的寂静的地方应该倾听的蠢话，通常都出自我本人之口。

现在是该说清楚的时候了：这样或那样的寂静之地不仅仅只是成为我的避难所、庇护所、藏身处、隐身地、保护所、隐居处。尽管从一开始，它们部分是这样。但是，同样从一开始，它们同时也是些完全不同的东西，更多，多得多。尤其是这种完全不同的东西，这个更多的东西促使我在这里写这篇试论，在书写中对它做一点符合它本性的、片段式的阐明。

奇怪或值得回忆的还有：至少在那个时候，那些似乎是官方的或者被承认的寂静之地对于我来说几乎都名不符实。正好在上大学那个时候，我一再被吸引到城里那空荡荡的教堂和墓地里。但是，记忆告诉我，即使在最隔绝喧闹的教堂里也从来透不出一丝光亮和温暖；在幸运的时候，最多不过从旁边，从法衣室里，从隔离栅栏间透出一缕柔和的微光和一丝短暂和安慰的烟雾。几乎是一种解脱，然后又穿行在外面的巨大喧闹中。

所有那些陌生的公墓，而在万圣节和万灵节时装饰一新的墓地更陌生：更确切地说，当转过头去望着一片空虚时，当想象两脚踩在水平晃动的过磅台上时，当看到那四面透风的小木屋，角落里总是放着祖父或是谁的破烂胶皮靴筒，万灵节便活跃起来，挥手示意，随风而来。

第一个作为寂静之地而包围住我的公墓，是因为其中的厕所才成其为寂静之地，是在很久之后，在日本。是的，从寂静之地回到大写的寂静之地 [1]。此外，在如今书写的日子里，我才明白过来，在上大学的几年间，在格拉茨城里的确至少有一个寂静之地可以说名副其实，不同于上述所说的。那不是一间公共厕所，既不是在中心广场上，也不是在火车总站里。在我的记忆中，我更讨厌那些厕所，无疑也是因为那些同性恋者，或者不管是什么人，他们总是在厕所前面不是晃来晃去，就是一动不动，最多不过是有时回头看一眼，不像《天使，望故乡》中的本那样（但是谁知道呢？），他们会在小便池前待数分钟，甚或数小时之久。

---

[1] 原文"寂静之地"一词中，开头字母大写，表示特指，即"寂静之地"特指厕所。

那是我当时所在的学院侧楼里的厕所。在那儿四年学习期间，它甚至两次成为我的寂静之地。这种情形总是出现在傍晚时分。这时，教室和走廊已经没人了。在我的想象中，我在城郊的住处，一栋小别墅中的一个小房间，并不受欢迎，不过在我看来，傍晚就蜷缩在那里的狭小和冰冷中也没意思，于是，当我厌烦了食堂，不愿坐着有轨电车来来往往，到了每个终点站又折回来，而且也没有可看的电影时，就习惯了待在教学楼里，越久越好。我是否在部分还开着门的教室里学习或者读书了：我再也记不得了——我现在觉得，我不过是无所事事地坐在那里的半明半暗中。相反，我却记得，我需要时就会去那个明亮宽敞的，记忆中每次都让我感到温暖和友好的厕所，在离厕所隔间有一段距离的水池前洗头。（别墅里的浴室常常锁着门，甚至……）我每次都快快了事，因为这一层可能还有人，另一个学生，他会让披着湿漉漉的头发待在厕所里的我感到诧异，对他来说更不自在。

　　有天傍晚，我在那里洗头时被吓了一跳，不是被一个学生，而是被一个教授。这个教授是我一年前一次公开考试的考官之一，当时我对自己的学习资料很有把握，而且脑子里也装得满满的，就反驳了他一两次（现在我耳边还回响着当时身后观众对这种对待教授的放肆行为的窃窃私语）。教授几乎让人看不出有什么反应，只是保持距离地走开了，就在之前，在听课的那一年里，冷漠，尽管站在露天教室下面，却像是居高临下俯视，现在考试时成了冷漠和权威的化身。在接下来的日子里，尽管我们两个心照不宣地彼此对抗，可是他有可能更加威严地无视我。从此之后，我就把他视为敌人，正是作为被故意无视的人，觉得受到我的老师的迫害。

在那天晚上，这个教授也许是从他对面的办公室出来，走进了厕所，起初装作好像我不存在的样子，无视我浸在盛满水的盥洗盆里的脑袋。周围满地弄得都是水。他在洗手，不是紧挨着我，但也不在这排最远的那个水龙头——有一定距离，但也比较近。我的教授洗了相当长时间手，一个手指一个手指地洗，而我则拿出特意放在书包里的手巾擦着头发。没人说话，也没有交换眼神。突然，他也开始洗脸，一开始只是用指尖，后来，直接把身子深深地弯在盥洗盆上，手心捧着水，两手并在一起，一遍又一遍仔细地洗着额头和脸颊，就像是西部惊险片里面一个刚从草地或者沙漠骑行回来的人的模样。随后，他开始梳理湿漉漉的头发，又是梳了再梳，梳个不停，像往常一样，在微微发白的鬓角上抹上了发蜡，在厕所镜子前换领带：把上课和办公时戴的深色丝绸领带换成了一条有花纹图案、颜色鲜亮的绉丝领带。这领带是用手指从西服口袋里掏出来的。最后，他还用袖珍剪刀剪了剪耳朵和鼻子里的毛，用镊子修剪了一下那显眼的黑色的浓眉。然后他走了，去见女人，人家约他去"塔利亚"咖啡厅，在停车场还对着车里的镜子在鼻子上搽了粉，舔掉了牙齿上粘上的唇膏。他走了，没看我一眼，也没和我打招呼。

此后，不管在教室还是别的地方，他继续无视我，但是现在我们两个人都明白，这成了一场游戏，我们俩的游戏。他不再是我的敌人了。自从洗手间的插曲以后，我们就有了一个共同的小秘密。我深信，假如我们今天，在过了近半个世纪之后，彼此相遇的话，我们会马上，也是第一次开始对话，开始讲述——不是学业和那些日子，而是彼此在那个寂静之地一起度过的时刻，那些未曾预料到的，让人惊讶的时刻。

这里所说的另一次，是我在晚上更晚些时候去了系里那个寂静之地洗头，无论如何在我记忆中是这样的。当时已是深夜，我以为，楼里除了我不会再有别人；要到室外去多少只能是偷偷溜出去。推开门进到盥洗室和厕所时，里面的灯立刻就自动亮起来——或者当时还要"摁一下开关"？——，在我平时洗头的盥洗盆里，有一个人把头埋进水里在洗头。我进门时，他斜着眼从下往上打量着我，和我打招呼，一个陌生人，很友好，好像什么事也没有一样。

我不认识这个人；我从没见过他，在大学里没有，在那个我节日前有时在货物发送部打零工的商场里没有，在别的地方也没有。但是我却感觉这个陌生人并不陌生，或者说他弥漫着一种熟悉的感觉方式让人感到陌生。不，与其说是熟悉，倒不如是一种恐惧。尽管这个人在洗头时把衬衫脱掉了，而我从来都不会这样做，而且他的年龄大概和我父亲或者谁差不多，但我看到自己就站在盥洗盆前，而且第一眼立刻就看到了。我在盥洗室里遇到了我的双影人，自童年很早以来我就知道，他存在于某个我看不见的地方，有一天会遇到我，或是我遇到他。

出乎意料，在想象里已经相当苍白，他出现在深夜里，在刺眼的灯光下，弯着身子，湿漉漉的长头发搭在脸前，解开的裤子背带垂到膝盖间。像我平日一样，他也随身带着一块用来擦头发的手巾，一块大方格图案手巾（与我的不同）。

不管三七二十一，我也开始洗头，在离他两三个盥洗盆远的地方。就这样，一言不发，又自然而然，我们并排开始梳洗。然后，他刮起胡子，用毛刷刷上泡沫，而我，故意慢腾腾地梳着洗着，从旁边观察着我的双影人，不是偷偷地看，而是直接看过去，同时陷入了沉思，还是那样自然而然。我还从没有这样看过别人，最多也许不过是看一个睡着的人，一个刚出生的婴儿或者一个死人。旁边那个人就是我。我有一天会变成他那个样子吗？

那么我是谁呢？根本不像我自己一再认为的独来独往和我行我素。有点奇怪，是的，但是还有更奇怪的人。那么我是谁呢？一个探险队的成员，或者，不，一个独自探险的人，经历了艰难曲折的闯荡以后，要进行休整，现在从探险中回到这儿的文明之中，暂时地，等待着下一次的个人行动。又是谁呢？打眼看去，显然是一个精神错乱的人，再看就是一个正常的人，而关键是千万个人中唯一正常的，而其余的人打眼看去全都是些地地道道的疯子。

那么我是谁呢？（仿佛面对我的双影人，我突然不能足够地了解自己——对我自己了解不够。）再让我是"一个人"吧，让我还是扮演一个人吧，先锋，逃兵，足球比赛的裁判员，或者至少是个边裁。

那么，面对厕所那儿白色氖光灯下我的双影人，我是怎样一个人呢？——并不特别。根本不那么讨厌。也许不完全具有哪些确定的东西，但也不是一点没有。与世界明星相去甚远，如果说是个傻瓜的话，那也是个来自乡村的傻瓜，而不是一个省城或者都市傻瓜。我是什么样的人呢？什么样的？什么样的？——哎，就是这样的。是啊，你瞧瞧。你看吧，怎么样？看吧，再看吧。是的，你就看看吧。再看看吧！

后来，将近二十年过去了，在 80 年代初，我在日本的一个公墓厕所里又碰到了一个寂静之地，至少是一个，我想把它讲述给自己和／或别的什么人。

在此期间，血——电影里的血——流入和流出厕所；一个熟人，不是电影里的，在茅房里，急着上厕所，却没能打开门，被雷电击中了；另一个人，在另一个国家，朝着一个老式的、很深的厕井呕吐，掉了进去，幸亏他那时（现在仍然是）肩膀很宽，卡在那里，头露在上面，一整夜，几乎要窒息了；直到今天，一个有轨电车终点站的厕所里那个老清洁妇的尖叫声仍然回响在我耳边；当时在那里，我有生以来第一次——并且因为那个声音，也因为她所说的话——，也是（迄今为止）最后一次又和一个熟人一起喝光了一瓶威士忌，喝得酩酊大醉，用冰冷刺骨的水冲着脑袋，那个声音，后来当我踉踉跄跄走进黑夜里时，它依然在身后吼叫着："啊，真吓人！这个人多么让人讨厌啊！"

要是这里关于寂静之地的试论，对此的讲述是一部电影的话，那么，那没有真正的寂静之地的数十年的连续镜头恐怕就会伴随着一些目光的节奏；它们透过无数火车厕所的洞眼，向下望着无数相互交错在一起的铁轨；而在飞机厕所里，目光所及，除了那突然冒出的晶蓝色或者别的什么颜色的涡流，更多什么都看不到。

我怎么会想起日本那个寂静之地是在公墓里呢？今天，在开始写作之前，我偶然地，因为那本书就意外地放在那儿，拿起了谷崎润一郎[1]的书《阴翳礼赞》，立刻就读到他对日本寺庙厕所的描述，赞颂其建筑和那里的寂静，"灵魂会在那里找到真正的安宁"；他还描述了那里的茶室。读到这儿，我就想起来，那个厕所并不属于公墓，而是寺庙建筑的一部分。我对寺庙本身几乎没有印象了，只记得在高塔的木板屋顶上有一群麻雀，这些小鸟和木板一样是灰色的，只是因为它们跳来跳去，竖起羽毛，在木板间玩捉迷藏，才能把它们和木板区分开来。我现在觉得，这就是我唯一感受到的，多亏之前在寺庙厕所里待过。

那座寺庙位于奈良，是日本天皇当年的皇宫。我已经在两三周前就到了日本，在东京待了几天后，大多时间都在路上。其实更多是四处乱走。尽管我一再觉得这样也不错，但总是走错路和四处瞎碰，有时就找不到地方，近乎迷茫，渐渐地，甚至导致内心分裂。我整天在京都街上走来走去，一再走错方向。我最终到了龙安寺的庭园，看到那片已经从成百上千张图片上看到过的砾石地[2]，上面零零星星地分布着岩石；只要一看到岩石，你就会想象到日本

---

[1] 谷崎润一郎（1886—1965）：日本著名小说家，曾获得诺贝尔文学奖的提名，被日本文学界推崇为经典的唯美派大师。其随笔集《阴翳礼赞》从"阴翳造就了东方建筑美"这一观点出发，探讨了东方建筑和文化的精妙之处。
[2] 指枯山水。

海上的各个岛屿，还有那呈波浪形的砾石就是大海——或者不管看到了什么，或者什么也没看到。尽管如此，我还是问自己："我来这儿干什么呢？"在镰仓，我四处久久地荡来荡去，最终还是来到了公墓，站在小津安二郎的墓碑前，他那充满平静和寂静的电影曾经令我十分激动，如今在思想上依然如此。这时，我也同样问自己："我在这儿要干什么呢？"小津安二郎的墓碑上的"无"字——意思大概是"一无所有"。在欧洲家乡，阅读或者观看照片时，这个字周围会闪现出一种晕圈：在镰仓身临其境，呈现在我眼前的是：真的就是一无所有，彻底的一无所有。

那天早上，走进奈良那个寺庙里的厕所时，我才觉得日本变得熟悉了；我真的到了这个岛屿上；这个国家，整个这个国家，才接纳了我。谷崎润一郎在赞颂日本的寺庙厕所时强调那贴着精致木质脱纱的墙壁，尤其是推拉门，门上的木格，上面贴着浅色而透风的纸，从外面只能透进微弱的反光：如果我说这些细节现在依然历历在目的话，那恐怕是在说谎。我只记得，那里笼罩着谷崎润一郎渲染的朦胧，正是这种朦胧立刻让我感到神奇，成为他的客人，因为它以无与伦比的温柔和真实包围着我，欢迎我的到来，使我在迷失了几周之后回到了现实中，回到这个地方，回到生活里。(这时,外面,也就是奈良城中已经是朦朦胧胧的黎明了,而寺庙花园中还没有。当然,这不可能是偏僻的厕所隔间中的光亮。)

到达的感觉,被接受的感觉,宾至如归的感觉?奈良的寂静之地也是一个解脱之地。这不是避难处,不是庇护所,不是上厕所的地方。在那个清晨时分,它只像平日的一个地方一样,也许就像没有过的地方一样,这个地方就是"地方"。该怎么说呢,我在其中难以自制,浑身充满了令人振奋而不确定的能量。这个地方令我兴奋不已。是的,在这个寂静之地有一个"神灵"在活动,按照谷崎润一郎的说法,这个神灵负责"宁静",同时也催人快快离开,刻不容缓——一个令人不安的神灵,一个让人难以自制的神灵,一个被赋予了魔力的、使人不会受到伤害的神灵。又按照谷崎润一郎的说法,这样的寺庙厕所只有一个缺陷,"如果你非要说的话",那就是距离主建筑太远,"特别是在冬天潜在着感冒的风险":但是,在我看来,即使是西伯利亚的寒冷在那里似乎也奈何不了我。要是这个带有"精致木纹"的木屋一瞬间着了火的话,我也正身在其中,我似乎会毫发无损地跑到外面去——甜美的幻想?是否也是由于这个使人不会受到伤害的神灵的缘故,谷崎润一郎才认为，没有一个地方比这个寺庙厕所更适合"感受昆虫的啾啾鸣叫，鸟儿的歌唱，月夜，这些一年四季转瞬即逝的美丽"，也许这位年老的俳句诗人就是在这样的寂静之地"产生了无尽的创作灵感"？

不管怎样说：自从在奈良的那个寺庙厕所度过了一个早晨之后——如今已经过去了二十多年——，寂静之地就超越了物质和地点，像思想一样伴陪伴着我。换句话说：从此以后，它就是一个话题，或者，翻译成古希腊语的话，是一个难题，一个吸引人的难题——在它的第一层含义上说是个"前山"，某些必须绕过去的东西，在这个过程中，大船，或者小艇，或者小舟就是语言，是绕着圈子或者勾勒的叙述语言。

确实，首先是那里的朦胧激发了我的动力。（不是"影子"，没有阳光照射，也没有人造光源。）看样子，仿佛这个小小的空间不过是一片朦胧，一片既清楚又实在的朦胧。正是这清楚和闪烁的朦胧，它从那之后就一直搅动我的内心深处；搅动我去做点什么。什么呢？不是什么确定的东西，或者有目标的东西，只是行动起来，出发，不管去哪儿，不管去多远，或者就地待着，立刻做点事情。什么呢？某些美妙的东西；某些让人惊奇的东西；某些似乎与这朦胧的实在和亲切相符合的东西。在奈良那个小小的寂静之地，这样的光亮正中我的内在。

看样子，正因为如此，仿佛在之前四处颠簸的那些年里，透过所有火车厕所向下，望着在身后飞驰而去的铁轨、枕木和灰黑色砾石的目光突然静止了，而伴随着这一静止状态，我下方的东西也变了：不再是铁轨等东西，而只有红黄色的土地，从中弥漫出无可比拟的闪烁。

接着这种朦胧，我后来突然想起来——不，我现在才想起来——，我之前不公正地对待过飞机上的厕所：因为有一次，一个飞机厕所上面的的确确有一个小窗户，透过这窗户，我可以看到上面，也就是月亮，甚至几颗向下张望的星星，一幅图像，我待在那儿可以一直仰望着它；就这样，我乘坐着最小的伊留申民航飞机飞行了好久，再加上我是这架从莫斯科飞往东柏林（当时的）的航班上唯一的乘客，又的的确确：惊奇就这样一个接着一个。

多亏奈良这个寂静之地，我最终感受到了日本这个地方，并且今天可以说："我曾去过远东。"就在一跨过那个我现在想象着由浅色的、布满节孔的松木做成的门槛时，这种感受或许也让之前几周旅行时让我费尽脑筋的烦恼立刻消失了。那弥漫的朦胧立即把我变成了一个无忧无虑的人。我感到，这无忧无虑不仅仅局限于在寺庙厕所里的时刻，它似乎会延续，延续一阵子，无论如何当时是这样。

我又获得了一种什么样的飘飘然啊！啊，无忧无虑和飘飘然，真快活。同时这也与我想对这个地方做出某些承诺并不矛盾，因为这地方使我变得这样飘飘然。向这个寺庙厕所许愿，只是许什么愿呢？我会遇到生命中的那个女人——出于无忧无虑和飘飘然，我确定她一定会存在于什么地方——，和她一起来奈良这儿度蜜月旅行（当时还存有这样的幻想）。

现在，透过茅房木板上的节孔，真的看见了棕黄色的黏土地。但是地面为什么离得如此远，它的闪烁为什么弥漫在我下面很深的地方，如此深邃？因为这不是奈良寂静之地下方的黏土，而是在日本另外一个什么地方看到的，而且也是透过这样一个松木节孔，但是从一个走廊上，一个木走廊，位于一家我们说是酒店，旅馆或者客栈二层外面，在北海边的满岛（即松树岛）。几周之后，我在那儿待了几天，依然无忧无虑。我总是趴在阳台地上，透过一个确定的节孔望着下面的黏土地，寻找着小石子、沙粒、松叶、一个啤酒瓶盖，在这种视角中，它们全都闪烁着光环；同时，是的，同时，我现在，在60年代前，也是脸朝下躺在祖父庄园的长廊上——那个长廊，它由一个个房间通向远处的茅房——，透过木板的裂缝盯着或者凝视着下面养鸡的院子，水泥地面，那里没有闪烁照上来，但取而代之的是，那里撒满了玉米粒，一片黄色，闪烁着，时不时会有另一种黄色的尖嘴在玉米粒中啄来啄去，使得玉米粒四处蹦开来；同时，水泥地上也不断地发出嘣、嘣、嘣的响声。四周不见人影；孤零零的院子，孤零零的房间，扫院子的扫帚不过剩下残干。

　　我在写作时有时会暗暗地问过自己的东西，现在以文字形式又问道：在我的人生中，向来也没有特别的需要，我似乎在世界各地都会去寻找寂静之地，这也许是一种表达，一种即使不是逃避交往，也许毕竟是厌恶交往，厌恶交际的表达吧？因为我会在众人中突然站起来，远离他们，尽可能拐更多的弯，爬上无数个台阶：一种非社会的——一种反社会的行为？是的，过去是，现在依然是这样，有时是不可否认的。然而，即使在这样的情况下，这样无声而断然地起身走开通常也只是开始一阵子的情形。就在穿过并尽可能绕着道走去时，同时也说："什么也别管，走开吧！"，去寂静之地，情形就变样了；唯一性就会变成多重性。的确是这样，关上厕所门后，我就会美美地松一口气："终于独自一人了！"

然而，另一方面怎么还会出现这样的情形：这地方的寂静虽说是一种惬意，但每当它伴随有外面世界的喧闹、风声、窗前的河流声、过往的火车声、长途载重汽车声、有轨电车声、甚至警车或者救护车的鸣笛声时，却使得惬意更强烈？也许从与人群，尤其是与我刚起身离开的房间的喧闹保持距离的视角来看，便会从根本上产生最强烈的效果？在那些遥远的寂静之地，几乎每次——不是总是——透过围墙、墙壁和大门传进来的喧闹、笑声、嚷嚷声即使不会变成某种悦耳动听的东西，但会变成在我的耳际中让我感到惬意的东西，这会使我——不是总是——过了一段我同时会超过和力图尽情享受的时光以后，离开那个寂静之地，凭借它的力量，回到其他人之中，回到我的人群之中，即使他们压根儿就不是我的同路人，回到喧闹中，回到吵闹中，但愿上帝成全，回到各种空间那无休止的咆哮中。

在日本之后的岁月里，我把那些在寂静之地度过的、也是我"超过"——在足球比赛中人们称之为"拖延时间"——的时光都用于"社会研究"。我这里不是指厕所里的铭文、涂画和类似的东西。虽然这些东西我时而也会读一下，为什么不呢？也有所了解。但是，仔细观察它们并且沉浸其中，过去不是，现在依然不是我的所好。然而，在那些寂静之地——不是在私人的寂静之地，因为那里多少都有各种变化无常的粗野举止和繁文缛节的东西，而更多是在公共或者半公共的寂静之地——一再重新去观赏，去观察，最终就是思考、幻想和想象。

　　在法国这个我已经居住了很久的国度里，公共场所，咖啡厅和酒吧很多年前就禁烟了。这样一来，比如说，一些在厕所里可以观察到的东西好像成了考古学关注的对象；这里说的是旧厕所，昔日的厕所，允许室内吸烟的年代的厕所。在一些地方，在当年洁白的马桶水箱的瓷盖上，在同样最初也是白色的铁皮卷纸盖——或者不管叫什么也罢——上面，咖啡厅和酒吧厕所里的吸烟者把点了的烟放上去，而烟火在这些东西上留下了一种图案。不管怎么说，只要我碰到昔日、禁烟令颁布之前这样一些地方——再说，它们越来越少见了——，就会觉得这样的焦痕像是一个图案，而我每次都会以我作为社会人的角色，尽心尽责地去深入观察。

在我看来，那些图案在每个寂静之地都会有些不同。我没想过要解释它们。在大自然里，我总是尝试解读脚印，动物的和人的，这对我来说自然而然。我也把厕所里烟火烫过的地方看成是印记，有时是叙事性的，有时是戏剧性的，只是我从中什么也看不出来，就像有时在森林里或者河坝边的泥地里，既看不出迷路人的脚印，一场争斗的痕迹，也看不出一个突然不知何去何从的人的脚印，一个与自己较劲的动物或者人的脚印。那些马桶水箱和铁纸盒盖子上的灼伤痕迹都留下了黑乎乎的残迹，不管是零零星星还是聚成一堆，不管是隐隐约约还是清晰可见，它们是不可解读的，但是可以唤起我的想象，而这种想象是不确定的，也绝对不是一个故事的萌芽——既不确定，又自由，是另一个故事的图案；如果观察这个图案会让你联想的话，那也不是任何在这些寂静之地曾经真的发生的事情：当我在探究这些叙事性—戏剧性的图案时，更多一幅又一幅另外的画面，一些可能的画面浮现在我以前所说的内在的眼里，同样是叙事性的和戏剧性的。我，一个古怪的探究者。

一个古怪的社会人。然而，难道不是一开始就这样吗？

我也成了这样一个社会人，一心想着有益于大众，服务于公众，难道不是吗？因为我刚一关上寂静之地的门，就变成了一个空间丈量员。在几乎所有的厕所里，我都会立即发现一个形状系统，也就是几何形状系统，一个我在门外没有看到过的系统。一旦到了里面，我就会用发现者的眼睛去观察。这里的每一个东西同时都会显现出它的几何形状，圆形，椭圆形，圆柱形，圆锥形，椭圆，棱锥形，平截头棱锥形，截锥形，矩形，切线，弓形，梯形。寂静之地本身就是一个有几何形状的地方，也需要被理解和再现成这样一个地方。而探究这个地方的我就是它的测量师，应该尽可能地履行这一使命。如果说这个测量师不是有利于大众的话，那又是什么呢，或者？但现在还是停止讽刺吧；我已经不是第一次认识到，讽刺不是我的拿手戏，至少在书面上如此。

认真地说：寂静之地那里发生的事跃然眼前，不仅仅是马桶座、马桶基座、水箱、按钮、水管、洗手池、水龙头等等的几何之地，而且除此之外，也是所有那些拥有完全不同用处的、生存必不可少的、利于大众和造福社会的立体形状的几何之地，存在于"petit coin（小角落）"之外，存在于"mustarach（安宁之地）"之外，存在于这个以前被称作"Erdkreis"[1]的巨大球体上。"Aei ho theós geométrei"，这句刻在一座老房子山墙上的希腊名言总是萦绕在我的脑海中，因此我也为自己翻译了这个句子："上帝永远在geometern（测量地球）。"或者，对不想看到"上帝"以及这个外来词[2]，甚至"永远"这个词的人来说：自然自在地呈现。

是的，这些寂静之地集中地体现出几何形态。在我的眼里，除了另外一些自然呈现的寂静之地以外，比起其余大多数寂静之地来，比如寂静的小贮藏间、荒野里隐居者的栖身所、修道院的禁室、电子或中子或别的什么撞击掩体等，它们是更可测定的，至少今天如此；而且，除了必然的公共利益之外，它们还有另一种完全不同的公共利益，就像硅谷或类似的地方一样。——这样一来，你们就会对寂静之地的测量者打上公共利益的烙印，绝对是由他自己证明的！？（感叹号后面紧随着问号，所以，这个故事可以继续下去，不一样地继续下去，有不一样的结局。）

---

[1] 德语，"地球"，是一种较高雅的用法。
[2] "geometern"在德语中是外来词。

写这篇关于寂静之地的试论之前，我读了不少书，观察了许多照片。然而，其中几乎没有什么东西派上了用场。那些关于人们所说的卫生设施的意义变迁——从更多公开到更多不公开，又或者相反，从自由随便到扭扭捏捏，从扭扭捏捏到社会游戏，而且不同国家，不同民族，不同时代，都各不相同——的历史和民族学论文，它们是可以让人看出一些名堂的。然而，很久之前促使我去探寻寂静之地的痕迹的东西则完全不同；这些历史、民俗和社会学读物更多趋向于使这样的痕迹变得模糊不清。

同样，关于"世界上的厕所"（包括宇宙空间，参见宇航员厕所）的画册里的照片，它们看上去那样令人开心，让人惊讶，也时常让人忧虑（参看贫民窟、监狱和停尸间的厕所），但也不能激发人的想象，至少对我来说不能。啊，是这样的，那些由印第安人部落建在巴拿马或者伸向大洋某个地方的木制厕所，可以通过跳板进去，却会被游泳的游客看成是"下水管"：照片上，下面是这样一只不知情的游泳者的手，目光从上向下透过粪孔。啊呵，那些彩色照片就是没有帘子的正方形水泥小厕所，男女通用，在非洲的赞比西河流域，在纳米比亚，或者别的什么地方。

还有，啊，还是在非洲，那个小厕所好像远离别的地方的任何文明，但是却可以望见地球上最大和最漂亮的流动沙丘之一，沙粒在晨曦和暮色中闪耀着金色的光芒。噢，最后也许还有来自新西兰的照片，它们几乎会让人兴致盎然，单单因为这寂静之地而去那里旅行：画家兼建筑师佛登斯列·汉德瓦萨 [1] 为那里的一座小城创建的厕所设施，使用了一千零一种颜色，就像他以往的风格和追求一样，避免任何形式的直角空间——但是，如果说风格上矫揉造作的话，那么在这儿，在这座公共建筑上则是不存在的，至少依据那些照片不会得出如此结论。面对这座公共建筑，人们就会对这位建造者负有内疚之感，因为他们对他在世界各地设计建造的其他公共建筑颇有微词。按照我对几何学的评论，我在这里不是自相矛盾吗？果真如此的话，也没有关系。另外，这个在新西兰的厕所设计是汉德瓦萨生前的最后一个作品。

既然开始了探究，我几乎每次在大大小小的世界里发现寂静之地时，便会用我的一次性相机给它拍照（我现在已觉得这些照片毫无意义了）。其中有一些很不常见的地方：风景如画的，花花世界的，傲慢的，残缺不全的，可

---

[1] 佛登斯列·汉德瓦萨（Friedensrein Hundertwasser, 1928—2000）：又译百水先生，奥地利画家、雕塑家。

怜巴巴的，被人遗弃的。有一些建在摩天大楼或是电视塔的顶层，透过观景窗可以看到从中央公园到自由女神像，从科帕卡瓦纳海滩[1]到最后用白波纹铁皮建造房子的Favelas[2]的景色，或者是建在阿拉斯加某个正在崩裂的冰川上的旅店的顶层，而在另一个旅店的顶层，则可以透过纱窗看到盛夏夜晚的育空河[3]，河面上整晚有燕子在飞翔，整个河流一再从那些印第安人的捕鱼木巨轮下流过，好像在怒号和轰鸣；巨轮转动时而缓慢，时而又突然加快，仿佛突然咬住什么似的。这里就不提巴尔干半岛上的厕所或茅房了，即使不是因为其中没有一个被认为值得收录进"世界厕所"的画册——只有一点：好奇怪，那里所有的蜘蛛网、盲蛛和苍蝇，还有替代刷子的秸秆扫帚和类似的东西，从没有打扰过我，恰恰相反。

最奇怪的是那些被认为很奢侈的寂静之地，它们远离世界的喧嚣和日常的喧闹，通常都建在一个宽敞的、如同迷宫似的地下空间里，在餐馆、会议大楼或者别的什么建筑的地下一层或二层。人们走过一个又一个门，耳边伴着

---

[1] 位于巴西。
[2] 特指巴西的贫民窟。
[3] 北美主要河流之一。

一种天体音乐，走了又走，还是走不到，而当你终于到了时，却发现那个地方什么也不是，甚至连外面的世界和你所熟悉的生活场景的遥远回音都没有。

那些地下墓穴般的寂静之地使我想起了我一生中每隔一段时间就会在梦里遇到的连列厅[1]，是的，遇到：就在我的确每天居住的房子或住宅下面。在这些梦里，完全寂静、通亮、布置奢华的套房一个接着一个地敞开，一个比一个大，一个比一个富丽堂皇，每一间都是空无一人，只有我是它们唯一的主人，这些宫殿般的连列厅已经等了我很久很久，等着我最终使用它们，给我带来好处。

但是，我所认为和在这里迫切想要讲述的寂静之地完全不依赖于特殊的位置，或者别的什么外部特征或不寻常。与我有关的事情，分别同样，或者说也许更多地发生在那些平日里毫不起眼、也很有序的寂静之地，从中也只有那事留在我记忆中，而没有地方的细节，更不用说它的几何形态了。我试图把"理想标准"——不是指那个品牌[2]，而就是这个词——转化为我的问题。

---

[1] 属于巴洛克建筑风格，指一长排房间，间间相通，而且门都在一条直线上。
[2] 一家比利时卫浴公司名叫"Ideal Standard"，即"理想标准"。

有一个小例子：有一次，在另一个国家，我刚要离开这样一个没有留下印象的厕所时，在门口忽然撞见了一个人，他是"我的读者"，一个来自另一个国家的读者，他好像打心底里对这次邂逅感到高兴，口口声声不离这个地方；我和他邂逅，只要想起这个地方，就更是感到高兴。

就在几个星期前，我坐在位于葡萄牙大西洋海滨的卡斯凯什一个公园小路边的长凳上，小路通往公园的公共厕所。我坐在那儿，与其说是为了观察研究，倒不如说只是为了感受地方和环境。渐渐地，也许也是因为我的观察，零星来往的人变成了一队人，我已经很久没在街上或者别的地方看到过这样的情形了，心中很是怀念。因为，我，这样或那样的我，不管是什么，都需要这样一个由人组成的队列，一个人的队列。如果我现在写作时想到，在我的眼里，在别的什么地方，一种可以比拟的缓慢移动最有可能发生在做弥撒的时候，教民在举行圣餐仪式时，走过去接受基督的圣体，再走回来，坐回长椅上或者去别的地方。这个想法不会是亵渎神明吧。是的，那里就是这样，去卡斯凯什的寂静之地，又回来，这样一个队列，既不是因为内急，或者之后因为轻松，而且也不是因为我的观察而产生的。因为，当我最后从长凳上站起身来，加入到来来去去的人群里时，我也在并非空虚的瞬间成了这个来来去去的寂静之地的队列的一员，这个既有十分年老的人，又有逃学的学生，既有残废的人，又有体弱多病者，既有当地人，又有外国人，既有寡妇，又有挨饿的人，既有戴着发网的家庭主妇，又有抹着头油的游手好闲者的队列。与圣餐仪式不同，这是一个来来去去的人会彼此打招呼的队列，这样或那样，刻意或无声，只是用眼神，在这些瞬间没有别的用意——果真如此的话：不同于在教堂中，在这里，这些人恰如其分，行为得体。这就是一个由我们这些怪人组成的友好的小队列，情形就是这样，感觉就是这样。

出于"探究"的目的，就寂静之地，我也询问过别的几个人，不，不是询问，只是这样提到了我的问题。不管他们随之拐弯抹角地讲述什么，我从不追问，而只强调预先萦绕在我脑海中的东西。在异乡和孤独中把额头贴在一个厕所的瓷砖墙上。上学的时候，寻找过这个地方去抽烟，但是，更多时候却另有心意，因为你从那里透过窗户可以看到第一个心仪之人住的地方。在令人不愉快的外祖父母的房子里，作为孤儿或者半是孤儿，透过又一扇窗户，数个钟头之久望着一家名叫"走向太阳"的旅馆，直到那里有客人抵达，望着远处房间里的身影。现在显而易见的是，所有这些关于寂静之地的人片段式的讲述都发生在很久很久的过去，而且在童年时期比在青少年时期，即成长时期更少。那么之后呢，至少在那些被询问的人中，没人反应。最多就是有人讲到他年老的母亲，她每次在外面蹲坑时，都要挑一个环境特别好的地方，尽可能视野要开阔。那不仅仅应该是一个寂静之地，也必须是一个环境优美的地方。但是，这是另外一回事了。

在写作期间，我想起来了一个画面，一幅与我写作《试论寂静之地》时在思想上要勾勒的东西完全相反的画面。这幅画面描绘的是一个小姑娘：1999 年春天，当西欧对南联盟进行轰炸的时候，在贝尔格莱德西北部城市巴塔尼卡一个出租房里，这个小女孩儿晚上去上厕所，在那儿——所有房子里和城里的居民都安然无恙，至少在那个靠不住的夜晚是如此——被一块穿过厕所墙壁飞进来的炸弹碎片击中而身亡。

写作时，还有另一个画面一直浮现在我的脑海里，与我想要勾勒的画面相反，或者也不是：在一个巨大的会所某个地方，一个男人误进了女厕所，在那儿碰到了一位漂亮的陌生女士——或者相反，是这位女士错进了男厕所？不管怎样，他们在那儿并没有发生关系（或者不管怎么说？），而是从两人在寂静之地的相遇中，演绎出伟大的爱情，尽管发展缓慢，且障碍重重。不过，这是出自一部电影的画面。这部电影将在未来上映，一个即使不是无望但也黯淡无光的未来。

《试论寂静之地》是我在法国一个人烟较为稀少的地方写就的，在巴黎所在的法兰西岛与诺曼底之间某个地方，在一个中间地带，距离巴黎和大海差不多一样远。写作是在一年中可以说是最黑暗的时期进行的，也就是 2011 年 12 月的第二周到 31 号这段日子，这就是：今天。在写作前后，我整天漫步在已经落叶的树林中和方圆几里地收割过的田野里——这片地方曾经是王室的谷仓——以及那些人迹稀少的公路上。确实：天色总是很快就暗下来，即使在白天，那片起伏的广阔土地上也只有昏暗的光。然而，只要出了太阳，哪怕只有一个小时，我就想象不出会有比这里几乎水平照射过来的十二月的阳光更炽烈的光；没有更开阔的、更充满活力的草地和蓝天，只有田间路上那一道道草径更热切的闪亮。"有点阳光"，唯一能买到的日报《巴黎人报》做出了这样让人心情郁闷的天气预报，可阳光并没有出现：

瞬间的阳光也许就是奢求了。从早到晚只有阴云形成"地平线",因此,乡下人都为这家都市日报感到遗憾。

每次随之而来的连绵阴雨把道路、农田和草场变成了泥地,但是穿着胶皮靴子径直蹚过齐膝深的积水或者穿过田地,这一再是一种完全独特的享受,即使在昏暗中。这时的路上——如果是条路的话——最多时不时会让人知道有水洼存在。从童年在草地上放牛的岁月以来,第一次穿着这样的靴子笨拙地行走,心中要为它们唱一曲赞歌。

在年末和年初时节,夜里雨下得尤其猛烈,这段时间以前被称之为"圣诞节节期"[1]。为此还要再次提到"靴子":当雨水噼噼啪啪地回响在这偏僻的房子周围时,仿佛雨水在笨重地踩着靴子:一开始它只是摸索着走,后来就迈开了步子,最后索性大步地走起来,整夜不停。天没有下雪,而这一次,我也并没有想念下雪的感觉。

漫步走过这片广阔的,绿意渐浓的土地时——正是在昏暗的反光中,颜色和随之出现的形态尤其清楚地显露出

---

[1] 指每年 12 月 24 日到次年 1 月 6 日。

来——，仿佛我专为自己组建了一队步行的人。在这几周中，我几乎没遇到过什么人，除了一些猎人，他们总是至少三个人一起，穿着黄色反光短上衣，像维护秩序的人或者官员，在翻耕过的棕黑色土地上三五成群，端着猎枪准备射击。但是，这并不是愉快的碰面，森林周围连续劈劈啪啪的枪声完全不是欢迎的问候。

在这些相隔甚远，零零散散的村庄里，外面几乎碰不到人。有一次，在那儿透过一扇窗户望去时，看到了一个老妇人，一动不动地撑在行走支架上。在一个步行可以到达的乡村酒吧里，除了那个当年的长途货车司机外，我是唯一的客人。酒吧老板劝司机给这个简陋的房子，只给那里，装一台电视机，而他回答说，他一辈子都坐在方向盘后，"现在是不会让自己坐在椅子上看电视的"。

在写作的日子里，我几乎想不起来哪个人的脸，因此或者取而代之的是，想起不少其他东西的样子。有一次，就突然想起一座耸立在荒野中的、有千年历史的教堂尖塔，便不由自主地举起手臂向它致意。

休耕地上的云雀与其说在啁啾或欢鸣，倒不如说在尖叫。它们猛地直上直下，展翅飞向天空，形成了空中的阶梯。与此同时，有一群麻雀从垄沟里一哄而起，穿行在空中，表演起空中飞人。野鸡在房前谄媚地舞来舞去，摇着颜色鲜亮的长尾巴，仿佛它就是看家的公鸡。夜里，又活过了一个狩猎日的野猪家族在路边的矮树丛里此起彼伏地咕咕叫着，没有猎人能想到它们在那儿，它们在几乎一片漆黑中推来搡去地弓起身子，不，不是咕咕叫，而是窃窃私语，低声交谈，并且弓起了身子。无数猫头鹰在明亮的白天从它们藏身的洞穴飞到这里从前的石灰岩裂缝里，声音轻得好像只有一只似的。它们长着扁平的小脸，羽毛呈现出与它们飞过的石灰岩一模一样的白色。另外一些猫头鹰则整晚用单一的音调鸣叫着，这叫声像一副没有绳圈的套索，快到早上时，作为对第一只醒来的公鸡的打鸣声的回应，则变成有两种甚至三种音调，而这一唱一和通常会以猫头鹰的叫声结尾。然后就是母鸡的咯咯声，牛的哞哞声，驴的哀鸣或默不作声，野鸡的叫声，乌鸦时不时的号叫或沉默，基调则是野鸽子的咕咕声。这声音先于布谷鸟的叫声和早春时分鹰的尖叫。糟糕透顶的混乱？富有裨益的混乱，持续良久。有一天早上，我短暂出门去削完铅笔后回到房子底层的书房里，看见一只刺猬蹲在桌下面——在那儿一蹲就是一整天，时不时竖起身上的刺，蜷成一团，但大多数时间还是自在地把它的长鼻子——或者"大象鼻"？——露出来。我那样不由自主地跟它打起了招呼，它随之竖起了圆圆的耳朵，用黑色的眼睛看着我。在一个特别漆黑的夜晚，我穿过休耕地时，突然更多是感觉到，而不是看到有两只巨大的猫头鹰成对在我头顶盘旋，或者越聚越多，或者变得越来越多？也是完全无声无息，离这个行走的人的头顶越来越近，怎么叫喊也吓不走它们，拿手电筒照也几乎没用，直到晃了很多下后——它们想要干什么？这些夜间之鸟飞出来要干什么？第二天，我在跨过一条静静流淌的溪流时突然陷了进去，在泥沼中越陷越深，已经快被没到胯部，在"最后时刻"，几乎绝望地鱼跃一跳，抓住了对岸伸过来的一根树枝而得救——不然的话，这个屋子里的书桌前等着接续的故事似乎就不完整了——不管它是什么故事，也不管以另外的什么方式。

今天早上，走在一个草坡上时，看到一只正在逃跑的狍子，在这一年的最后一天，在同时响起来的猎枪声中，一个劲地逃命，并且与此同时，就像在狂奔一样，后面扬起一团白色的尘雾，让人觉得好像是印第安的马匹和骑手的双重影子。在这片草坡上，明晃晃地散落着很多远古时代的贝类、蜗牛和小螺动物的化石，在这片尚未开发的中间地带比比皆是。这些化石拿在手上沉甸甸的，与如今那些几乎没什么重量的蜗牛壳、贝壳和牡蛎壳形成了一种反差。森林中捕猎的陷阱，有圆柱形的，有立方形的，有截锥形的，也有金字塔形的。在逐渐明朗的夜空中，御夫座呈不规则正方形或五边形，仙后座是两个不完整的三角形，昴宿星团——我变差了的视力——浓缩成一个椭圆形，当然，还有那儿，猎户座，这个冬日的星座，只有它守卫并且统治着天空，即使没有拿着枪，腰间只有一支箭或者什么也没有，肩上和膝上的星星则十分相似。

白天里，从公路和田间小道向田野和森林拐弯时也会想象着相似性：和什么相似呢？和站起身来走向寂静之地，毕生如此。然后，在这样走动时，停下来，站在地球的中心。只有毛核木的白色小果子而已。下面是颗粒很小的椭圆形的兔子粪便。很少有开花的植物：森林边上有一簇银色的铁线莲开着花，它的茎螺旋状地缠绕在一起，让人联想起阿拉伯文字。从泥泞的土地上偶尔冒出一小片显眼的黄色：那是最初或者最后剩下的油菜花花瓣。夏天的时候，整个欧洲都会被油菜花淹没。能称得上是花的几乎只有路边的小雏菊，法语叫"pâquerettes"，也许这个词源自"Pâques"，复活节？（或许也不是。）

又是一片森林边缘，被呈锐角三角形的杉树割成了锯齿形，在这片城间地带很不寻常——它们是不是表明就是那个按照地图应该坐落在这儿的小公墓，即"Cimetière à Têtu"？可是，在这片小树林里，公墓在哪儿呢？一只兔子跳了出来，拐来拐去地逃去，如此吸引着目光：它就在那儿，公墓——不过是两块石头墓碑，第三块金字塔形的残块已经被推倒了。这个地方被一团原始藤类植物包围，因此几乎什么都看不到，但是那两块墓碑上的碑文却清晰可见，其中较大的那块是一对夫妇的合葬墓碑，他们死于 19 世纪中期（妻子的碑文是"贤妻良母"）；另一块小得多的墓碑属于一个名叫 Arthur Têtu（死于 1919年）的人，按照地图，这个林中荒芜的三角形公墓就是以他的名字而来的，像相邻的墓碑一样，上面也用大写字母刻着附言"DE PROFUNDIS"[1]。这就是说，"Têtu"是一个姓氏，这个公墓是以 Têtu 先生的姓，而不是我想象中的名字 Arthur 命名的。这个姓氏是以"têtu=固执的"这个思维游戏把我吸引到这里来的，"（一个）固执的人之墓"，这个或一个固执的人的公墓。

---

[1] 法语，"自深处"。

直到现在，也就是事情过去很久之后，我才发觉：我忘记了讲述什么是写作《试论寂静之地》最紧要、最强烈的动机，也就是说：那些过渡，那些突然的过渡，从沉默、被打击得目瞪口呆回到语言和讲话——一再感受，在生命的进程中愈来愈强烈，在关闭意识大门的时刻，独自与这样的地方和它的几何形态为伍，远离其他人。

　　在外面：沉默。保持沉默。变得无语。无言。保持无语。丧失语言。语言丧失。因为别人的言语和词语变得寡言，因为他们变得沉默——厌烦——兴味索然。口里吐不出一个字，更糟糕的是，心中，肺里，血液中或者别的部位也参与其中。最多不过是一种无声的东西，一种听不到的东西："我暂时告急！"

　　然而，刚一到寂静之地：语言和词汇的源泉生气勃勃地迸发了，也许比之前任何时候都充满活力，尽管这个刚才还一直沉默不语的人向外不会变得有声。向下走在通常那么陡的、但已经被踩踏得好舒适的楼梯，关上门，横着或者竖着插上门闩，便开始说话了，顽固不化，发自心灵深处，以朗诵颂歌诗篇的语调，热情洋溢，大声惊呼，一句接着一句，怀着一种完全不同的轻松劲，一种前所未有的轻松，即使比如只是这样说："是的，你现在瞧瞧吧。这到底可能吗？当危急达到顶点时。你就帮帮我们吧。完完全全地。土归土，尘归尘 [1]。孩子，孩子。这会是葡萄酒。是的，如果是这样的话。而现在呢？就在今晚或者永远不会。喧哗与骚动 [2]。你为什么离开了我？新的词语！伴随着新的词语觉醒。心没有受伤。实实在在地活下去。男人和女人。女人和男人。我永远不会成为歌手。你好啊，莫莉小姐 [3]。惊奇就是一切。你们接受我吧。"

外面的怪声大叫，尖叫，怒吼和刺耳的呼喊：变成了大众的喃喃细语和世界响声。走吧，去吧，出发，回到其他人当中去，说多音节的话，满怀兴趣地说。

2011 年 11 月写于法国弗克桑地区马克蒙

---

[1] 出自《圣经·创世记》："尘归尘，土归土，让往生者安宁，让在世者重获解脱。"
[2] 出自莎士比亚悲剧《麦克白》的台词："人生如痴人说梦，充满着喧哗与骚动，却没有任何意义。"美国作家，诺贝尔文学奖得主威廉·福克纳的代表作《喧哗与骚动》书名亦出自此句。
[3]《你好啊，莫莉小姐》是美国歌手理查德·韦恩·潘尼曼（Richard Wayne Penniman，1935— ），外号"小理查德"发行于 1958 年的一首摇滚歌曲。

试论蘑菇痴儿

——一个独立的故事

贾晨　译

"又要开始认真了！"当我从这里起身将要走向写字台之前，我不由自主地对自己说。现在我坐在这里，想要讲述我那个失踪的朋友、那个蘑菇痴儿的故事，探究其最终确凿——抑或是模糊——的结局。我继续不由自由地自语道："将这样一个丝毫不惊天动地的故事付之于笔墨时，我竟然开始认真了，这一定不会是真的！在开始讲述这个故事前，一部已过数十年的意大利电影在我的脑海中闪现，由乌戈·托格内吉出演片中的人物：《一个可笑人物的悲剧》，我只想起了电影片名，而不是电影情节。"

我这位故友的故事还远远远算不上悲剧，至于他以前或现在是否更加可笑，我也搞不清楚，而且今后也不会弄明白；我再次自言自语并同时写下："但愿就这样保持下去！"

在我从这里走向写字台之前，又有一部电影在我的脑海中掠过。但我这次想起的不是片名，而是片头场景中的一幕，完全是影片开始的一个场景。这是——又是——一部西部片，由——毫无疑问——约翰·福特导演。詹姆斯·斯图尔扮演经墓碑镇枪战后享誉全球的怀特·厄普警长。在影片开头，他闲散却若有所思地坐在警长办公室的阳台上，沐浴着得克萨斯南部的阳光，帽子戴得很深，几乎遮住眼睛。他在如此祥和的场景中，看着时间一点点流逝，这让人心生羡慕和向往之情。但是后来，要是我没记错的话，受金钱的诱惑，他们离开南部向西北进发，踏上冒险的征程，否则这部影片就不会被称为疯狂的西部片了。但最后，尤其在片尾：詹姆斯·斯图尔再次散发出曾经熟悉的感觉：顺理成章的影响，温柔的聚精会神，使人安静的心境。不仅仅是他们这两位《马上双雄》[1]，片名中所指的第二个骑兵是理查德·韦德马克：而是在影片结尾，大部分人都被生活消耗殆尽，很多人，可以说是全部。在我现在起身将要走向写字台之前，我为什么会忽然想起该影片开头画面中的这位警官？他坐在临街的阳台上，半躺着，身子深陷在躺椅里，脚上穿着靴子，舒展着的双腿搭在阳台的

---

[1]1961年上映的一部美国西部片，由理查德·韦德马克和詹姆斯·斯图尔主演。

围栏上，一副百无聊赖的样子，脸上挂着惬意的笑容。

　　我恰好穿着靴子，舒展着双腿坐在那里。当然不在阳台上，也不在遥远的南方，而是在阴暗的北方，完全远离阳光，双腿放在临窗的凳子上，居于一处墙体几乎有一米厚的百年老屋里，屋外笼罩着暮秋时分的雨雾，来自山区高地那光秃秃的山毛榉林中的凛冽寒风吹过玻璃窗上的裂纹。我的靴子是橡胶雨靴，没有它几乎不能行走，更别说穿越原野和森林了。在我走向写字台之前，我将它"脱下"，脱在房屋门口，放在一件器物旁，一件曾被称为"靴子仆人"的器物，对我而言就是一件用沉重铁块做成的古老物件，做成一个巨大的蜗牛造型，它那一对金属质地触角帮助我的脚后跟从靴子里撬出来。我走了几步，穿过下一扇门进入旁边的屋子，一间小屋，被我称为房屋"附属物"，在此开始伏案写作。

　　这是怎么回事呢？这进进出出至书桌前的几步算一条"路"吗？是一种"启程"，一种"开路"吗？我觉得是这样，我就是这样经历的，就是这样。在此期间，十一月份的山区高地脚下的平原已经逐渐变得昏暗，我就坐在高地陡峭的山崖旁，平原一直延伸至北面远方广阔的地平线，书桌上的灯亮着，"是应该认真起来了。"

蘑菇痴儿很早以前就是我的朋友，尽管在他中年或老年时，朋友这个词的含义发生了改变。直到他渐渐步入晚年时，他的故事才被视为一个痴儿的故事。关于蘑菇痴儿已经写得不少了，通常情况下，甚至无一例外？痴儿本人自称"猎人"，或至少是追踪者、采集者和自然专家。当然不仅仅有蘑菇文学，蘑菇书籍，还有一种文学，其中人将蘑菇与自己的生存联系起来进行叙述，这种现象在现当代才出现，甚至可以说是"二战"结束后才有的事。在19世纪的世界文学中，几乎没有一本书中出现过蘑菇的踪影，即便出现，也是少数，轻描淡写地一笔带过，且蘑菇与主人公之间无任何关联，往往只代表它本身，例如一些俄国作家作品中的蘑菇，陀思妥耶夫斯基、契诃夫。

我脑海中浮现出一个独特的故事，有一个人——尽管只是一个片段——身陷蘑菇世界，这个遭遇对他来说完全情非所愿。故事发生在托马斯·哈代的长篇小说《远离尘嚣》——19世纪末的英国文学——中的那个年轻漂亮的女主人公身上，她在夜晚的乡间某个地方迷了路，于是失足滑进一个长满巨型蘑菇的坑里，那些恐怖的东西包围了她，并且不断地疯长，看起来越长越多，女主人公一直身陷蘑菇坑里直至清晨（无论如何这是我很久以前的记忆了）。

那么现在，在这个崭新的——该怎么说呢？——"我们的"时代看似涌现出大量的小说，蘑菇在其中大多遵守了普遍规则，即发挥它在幻觉世界中的角色，不是作为谋杀工具，就是作为一种手段——怎么说呢？——一种"拓宽意识"的手段。

在《试论蘑菇痴儿》中，要讲述的主人公，不同于上述任何一种，他既不是蘑菇猎人，也不是梦见完美谋杀的做梦人，也不是出现另一种自我意识的先驱。或许从动机来看，他还真算一个？这样或那样：这是一个他自己的故事，一个已经发生的故事，一个我时而也在近前共同经历过的故事。不论怎样，这样的故事还从未被写过。

这个故事从金钱开始，始于很久以前，当后来的蘑菇痴儿还是个孩子时。故事从金钱开始，这孩子一直想着它直至入睡。在他整晚的梦境中，所有道路上的硬币都在闪闪发光，随后不见了。故事从金钱开始，对他来说，白天黑夜都缺少金钱，白天黑夜都想着怎样才能得到它。整个白天，无论他走到哪儿或站在哪儿，都耷拉着脑袋，这只意味着：他目不转睛地盯着自己的脚下，寻找着值钱的东西，即使不是在寻找丢失的宝物。为什么他真的身无分文——就算有，最多也就是几个小小的硬币，没用，完全没什么用。他家里也没什么钱，根本看不见一张纸钞——这些都无关紧要。他到底怎样才能有钱呢？他其实对钱并无贪念——而是贪婪地渴望拥有它：要是有一天他真的有钱了，那他就要付诸行动去花钱，他早就明白，早早就明白，要把钱花在什么地方和用钱做什么。

事情好凑巧，在他从小生长的村子附近，建起了一个蘑菇收购站。那是"二战"结束之后的一段时期。当时，市场交易普遍以一种崭新的、相对于战争时期完全不同的模式重新活跃起来，特别是乡村与大城市之间的贸易往来，城里人对没有品尝过的新口味（无论从热带还是从别的什么地方进口的东西）充满了好奇与向往。尤其是野生蘑菇的交易，和普通菌类有所不同，因为它们既不是在地下室、也不是在山洞中人工种植的，而是纯野生的，每一朵都是经过了长期寻找后手工采摘来的。至少对于那些生活在城市、远离乡村的人来说，野生蘑菇提供了独特而稀少的味道，是一种珍馐美味。

那个蘑菇收购站完全位于森林中，所有的蘑菇都在那里交易，然后满载着运往城市。收购站使童年时期这个渴望有钱的孩子异常兴奋。这个后来成为蘑菇痴儿的人，以前不会为了任何事而进入大自然，丝毫不会：森林里通常只有树叶的沙沙和呼呼声，风吹过森林的呜呜声，或者还有树木簌簌作响的声音。他根本不会为此而特意深入森林或别处，而只是蹲在森林外缘，一直蹲着，静静地待着，背靠大树，面向空旷的大地。

从森林外缘逐渐进入森林，然后直抵森林最深处，是出于所谓的钱的缘故。在他童年时期，这个地区的森林主要是针叶林，山顶上长满落叶松，形成了落叶松岛，光泽闪耀。此外，延伸至岛的地带几乎全部长满杉树，披着它们十分繁茂的针叶外衣。这些树一棵挨着一棵生长着，枝条层层叠叠地彼此缠绕，光线在枝繁叶茂的杉树林中也愈加昏暗。因此越往深处走，就越无法分辨究竟是单棵树还是整片的森林。而最昏暗、最无路可寻的地方无疑是森林内部了。它通常距离森林外缘很近，甚至也就是几步路的距离，能把一个人完全包围起来：人们无法透过那些枝枝干干，那些通常长在下面的枯枝向外张望，无法看见照耀在外面大地上的日光。所谓阳光，其实也仅是恒久不变的昏暗，根本起不到光的作用。（看不见的）树梢间不是"几乎没有一丝风"，而是完全密不透风，更别说听见几步之外的鸟鸣了。

有这样一种光，它源于某种东西，有时在森林的地上被发现，有时半隐半藏在苔藓植物中。这个孩子进入昏暗的森林越频繁，就越经常遇见这种光，在他尚未有收获之前，是的，离收获还早呢。这种情况曾多次出现，以至于后来能发现蘑菇的地方甚至都空空如也了——他完全被这种苔藓植物中的光所迷惑了。

这是一种什么样的光？一种闪闪烁烁的光。在枯木与苔藓形成的灰暗无光的灌木丛下面，闪烁着一种宛如宝库的光芒。怎么回事呢？是一小片鸡油菌，冲着走近的人们真切地散发着光芒；它们一下跳入眼中，使得身处昏暗环境中的人们一眼就能完全看见它们耀眼的光彩。一种珍宝？是珍宝，一种你可以把它们带到外面的蘑菇收购站兑换成钱的东西，运气好时，最多能得到两张小小的纸币。但通常情况下，估计也就是不满一把的普通硬币吧？——

但无论多或少，那个孩子当时都乐在其中，然后他花掉钱，并感到骄傲，多么骄傲啊！一种通过自己的双手挣到钱的骄傲：远离他人，远离"尘嚣"，深入森林，如果找到的蘑菇能堆积成山，即使不是很大的一座，但毕竟这样的寻找关系到珍宝，毫无疑问！

　　在讲述我的蘑菇痴儿故事的时刻，我又突然想起，这个失踪的朋友从小就认定自己是寻宝者，或者按他的话说，肩负着寻宝者的使命。因此在他眼里，他似乎就是一个命中注定的寻宝者，即便他并没有这样称呼自己，而是？只认为自己是个"不那么寻常的人"。无论如何，每当他离开家、离开父母、离开童年的村庄，跑步穿过草地、牧场和田野，然后上坡前行，最后经过几个果园来到森林外缘，在那里聆听各种各样的树叶发出的不同声音时——确切地说森林外缘几乎全都是阔叶树——他都会有意识地开始寻宝，或者在我看来，他把寻宝想象成一个崇高的使命。

　　树冠在风里摇摆，寂静无声，球形的树冠挤在一起。他把它们感受为一种规则，或者另外的法则。他的思绪随着树冠的摇曳被吹向了天边。同样，这是一个独立的故事，一个随风摇曳的树梢的故事，仅此而已。可以说，这是一个不是故事的故事，或者说它就是全部故事。边看边听时，他陷入沉思，感到自己的思绪飞向遥远的天边。接着，那些低沉的呼啸声渐渐变成像声音的东西，变成一种声音！这令他多么心潮澎湃啊！因何而激动？无缘无故。他的心随着树梢的摆动起伏。激动的感觉油然而生，犹如你在经历了长期错误的运算后最终顿悟一样，终于顿悟了。对他而言，后来任何汹涌的海浪咆哮声，都无法替代他在森林外缘听到的声音，桦树发出的哗哗声，榉树发出的呼呼声以及橡树发出的呜呜声。从儿时起，这种珍宝对他而言就是确定无疑的。它不是田间路上被压扁的罐头盒，也不是香烟盒。这是树木的球形树冠吗？不完全是。他在树木低沉的呼啸声中所期待的，不是自我愉悦或者置身事外的闲散，而是实现自我的满足。聆听并不意味着要与它们融为一体，而是一种召唤，激励着你去行动。怎样的行动呢？被树木的呼啸声所包围？不全是，亦或完全不是。

就这样，他作为一名寻宝者，一个行家闯入森林外缘，虽然他只是在那里——我此刻在我的书桌前看见他就是这样——架着他的大脑袋，那颗越来越大的脑袋，一声不响地闷坐一下午。他有时挠挠头顶，有时拿起一棵蒲公英吹起来，但吹出的声响完全不能与树叶声形成和弦，而是突

兀的跑调，就像牛放屁的声音。后来他也同树木一起颤抖
不停，并非激动所致，而明显是由于黄昏将至、气温降低
的缘故使他打起冷战。最终，他带着自己那看不见的珍宝
慢吞吞地回家，在家里打断母亲责备的话语。母亲早在那
时就常常担心儿子走失，因此只敢温柔地轻微责备他，但
他每次总是——父母应该会料到，无需他特意解释——在
半路上就情不自禁地踏上寻宝之路。

　　另外，我突然又想起一件事。我这个蘑菇痴儿朋友，
在童年时曾幻想自己拥有施展魔法的力量，尽管这样的念
头只是偶尔出现，或者也就出现过一次。他相信自己能够
感觉到身体中蕴藏的魔力，藏在肌肉中，在他施展魔法时
积聚，并形成独一无二的魔法肌肉。——怎么变魔法呢？
用什么东西变呢？——他本人。——怎么变呢？变成什
么？——他想把自己变消失，用积聚的肌肉力量，让自己
瞬间在所有人眼前消失。从所有人的眼睛里消失，同时又
待在这里。不对，不是这里，不是原地，更多是永远存在，
让大家更加感到存在，让所有人惊讶不已。——那么我现
在如何看待那个孩子在当时肌肉积聚的样子呢？——无非
是顶着一颗比任何时候都大的脑袋而已，像是肿胀了一样。
我听见了：那家伙清清嗓子，咳嗽几声，窃窃暗笑，略显

羞涩但不是受打击后的垂头丧气。我用鼻子嗅嗅，闻闻味道：我的朋友，那个邻居男孩，他不会放弃。他确信自己下一次能够成功，就算不成，那么他也一定会在什么时候，成功地使用魔法消失，从众人眼前消失。

那个他曾在两三个夏天把宝贝兑换成现金的蘑菇收购站位于村外一所偏僻的、孤零零的房子里。相比这个地区的其他房子，这所房子显得高大宽阔，外形与建筑方式也与众不同。它看起来十分简陋，外国样式，既非农舍也非市民住宅，而是当时一种典型的"穷人住房"。在其中一扇布满灰尘、局部用纸糊的窗户后面，有个一动不动的玩具娃娃沉默地把眼睛睁得老大。这种破旧超乎了现代人的想象。——除此之外，房子里空空如也，悄无声息，连旁边的房间也空无一人。事实上，它是作为避难所用的，或者说收容所，为战后某个相邻的斯拉夫国家流亡至此的、或只是从其他国家来此落脚的家庭充当临时难所。一直以来，能住人的仅有房屋底层，一个漆黑且无门的穴居房。上面两层空着，无法住人，外表看起来残破不堪，不是战争造成的，而是在更早以前就已经形成的残破景象。如果把房屋底层锁起来，那么整栋房子内部，从上至下空空如也，人们只能伸进脑袋，跨进入口一步就再也无法前行。

它完全不是一所居住用房，即便要算的话，也不过是破破烂烂的地下室而已：倘若你再多走一步的话，没准它就会彻底坍塌。

在这里，有一户外国家庭蜗居在底层，看上去犹如消失在地表似的。全家上下几乎都是一副主人派头，甚至连小孩子，或者更小的孩子亦是如此。他们来这里做生意，在这块陌生的土地定居后不久，便立刻全心全意地投入到生意之中。他们的头脑转得飞快，每一次，当我的蘑菇痴儿带着他的货物站在并不存在的门槛上时，他们总会接连从避难所中走出来，其中有一个人，也可能是个年纪比他还小的孩子，用一台战前人们使用的秤开始称量。秤自带两个秤盘，一个盛放货物，另一个加放砝码。

大多数情况下，他都不是唯一的供货人，仅在第一年夏天，蘑菇收购站刚刚建起之时，他曾是唯一的供货人。随后，在那年夏末和之后的几个夏天里，这个地区采蘑菇的人数逐渐增多，于是，这座残破不堪的房屋门口总是挤满了卖蘑菇的人。随着时间的推移，称量蘑菇的秤也逐渐被移出屋外，最终摆在了穴居房的入口中央，仿佛成了贸易的标志。毫无疑问，其他供货商每次都带着比他更多的蘑菇前来；他们扛着大包，背着筐子或背包，两只手全占满了，还有人拉着小车。相比之下，他只是拎着他的货物一前一后地甩动着。这些上了年纪的人，尤其是妇女们对蘑菇的生长地了如指掌。收货商在称量他那少得可怜的蘑菇时，总是保持着从头至尾一成不变的注意力，每次都仔细称量，然后付给他几枚硬币。

独家经营，独家主宰：经过一年又一年的夏天，这个乔迁至此的家族愈加兴旺。虽然他们居住的破烂房子依旧如故，但房前却停了一辆送货小卡车，确切地说，是一辆锈迹斑斑的翻斗拖拉机，随后变成了几辆，然后就变成了崭新的。三年之后，人们在那丝毫未曾改变的破房子前，亲眼看见他们坐进了小汽车，而且不是那种被人淘汰的、在当地多数人使用的旧车。毫无疑问，这些财富——假如它值得称道的话，那也算一种特别的财富，有别于这个地区被公认的财富（一种无形的财富，即贵族身份）——后来当然并不仅仅依靠早期在避难所中红红火火的收购生意而获得：这个家族，包括家族中的每个成员，这几年也投身于森林采蘑菇的活动中。在此期间，他们越来越清楚该去哪里采蘑菇，因为有个别本地人，为了换取少量的养老金或者死亡保险金，可能将蘑菇采摘地的位置信息卖给了他们。

在蘑菇痴儿人生的第一阶段，也就是蘑菇痴儿童年岁月的第三个夏天，他不得不接受一个事实，就是向山里最深处的森林进发，深入森林尽头，穿梭于生长着杉树、落叶松以及瑞士五针松的森林中。在路上，他要是遇到了一个，不，不止一个，而是好几个来自那个家族中的成员，他们远远地朝他露出一个意味深长的微笑——走近之后意思就更加明显了——这表示他这次什么也别想找到，蘑菇地已被扫荡一空，连个蘑菇的影子也没有了。

还有一件特别的事情：根据他的讲述，他唯一记住的采摘者家族或者收购商家族成员，是这些年中从未参与过热闹忙碌的蘑菇生意、置身于家族圈子之外的那个人。另外，作为一个异类，她完完全全被人忽略：当时她被称为痴呆儿或智障儿，一个傻乎乎的女孩，一个智力有缺陷的女孩。她几乎从不出现在人们面前，也可能是那个发展壮大的家族总把她藏起来养活着。他只记得唯一一次与那个痴呆儿待在一起时的情景：那次他卖完蘑菇，换来的硬币在裤兜里沉甸甸的，非同寻常，于是他带着一种放纵且好奇的心情，在这个孤零零呈半废墟状的收购站四周游荡。在房子后面一堆乱七八糟的、曾经也许是葡萄藤蔓的枝枝权权那里——她父母家的葡萄架还在开花——他偶遇了这个年纪和他差不多大的女孩。她的脸颊上长着圆形红斑，鼓鼓凸出的眼睛在他的记忆中也是又圆又红。她蹲在一个像是供挤奶用的板凳上面，咧着嘴朝他笑，不对，是抿着厚厚的嘴唇含笑注视着他。她要躲在房子背后的角落不让人看见吗？但她拦住了他，和他讲话，就那样自言自语地说着，仿佛她早已等待着某个人的到来，某个和他类似的人，不对，就是在等待他。她的所言所语，听上去与她红斑的脸颊以及发亮的眼睛极不相称，事后再看，也并不是不相称。光线太强烈，她的脑袋无法承受。上帝想要惩罚她，但假如她真的知道究竟为什么就好了。上帝发出的光不断地打在她的额头上，可惜她的额骨太厚，光始终无法穿透那里。啊，上帝使她多么痛苦啊，这是怎样一种持久永恒的痛苦啊，为什么呢？突然间，她站起身，拉起连衣裙，准确地说是罩衫，然后当着这个陌生孩子的面开始小便。但他什么都没看见，除了她过高的鞋帮，这也许是为了扶正并支撑女孩虚弱的双腿。另外，其中一只鞋上露出羊毛袜子的一角——另一只鞋里的脚是光着的吗？不是，那是因为袜子完全滑进鞋里了，一直滑到脚后跟——这在当时被称为"饿死"——，袜子在鞋子里面被"饿死"了。

不久之后，智障女孩就离开了这里，被送到另一个地区的一家养育院，蘑菇采摘家族现在能承担起这笔费用了。又过了几年，她死在那里。她又被送回到这个破破烂烂的房子，被安葬在那里。那时的他已不再是小孩子，也不是蘑菇采摘者——后来，他采取其他手段赚取所需的钱。在寒假快要结束时，他透过父母家的窗户注视着送葬队伍。雪下了数天，但现在雪变成雨，昏黑的光线，从积雪上升腾的雾气。棺材上盖着一张白布，代表死者还是一名纯洁少女，倾泻而下的雨水使那一抹白色在一片雾气中更加凸显出来，也使得棺材的形状更加清晰可见。后来又回忆起，这个特别的送葬队伍仿佛不仅宣告了寒假的结束，同时也宣告着一种告别，与这块土地、与童年时光以及家人的诀别。

我的朋友在童年时之所以对金钱如此痴迷，是因为他，一定是这样的，非要买些什么。在那个时候，在他的成长环境里，能够得到如此急需的"支付手段"的唯一办法就是采集，采摘森林中的果实，比如树莓和黑莓。而最重要的当属蘑菇，尽人皆知的黄色的蘑菇。它在不同国家都有各自不同的名字——它们所有的名字将在后面的故事中提及。在战后不久一段岁月里，至少在他居住的地区，蘑菇几乎是唯一的商品。

他想用卖蘑菇挣来的钱买什么呢？正确的猜测：买书。这个邻居男孩对书的挑选与我的爱好完全不同。对我而言，只有那叙事的东西、虚构的东西、想象的东西，也就是文学才是我所喜爱的。但对他而言，虽然他也把自己喜欢的书称为"文学"，但他喜欢的是那些能够帮助他实现那包罗万象的求知欲，能够满足他难以遏制的对知识的渴望的书籍，或者更确切地说，无论什么印刷品都行。（在我看来，他童年时期的主要特征是：由于接连不断的提问所导致的已经干裂、并且正不断干裂的嘴唇。）于是，他带着自己最初卖蘑菇，从一开始靠卖蘑菇就攒下来的钱，沿着那时还并不繁忙的公路，步行半天进城。当他返回时，那个还散发着蘑菇味（和散发着臭味）的背包里装满了各种小册子，按标题和主题似乎可归纳为："……：您一直想知道什么呢／193 个最终答案。"

在各种事件发生的过程中，他的蘑菇痴儿岁月的第一阶段似乎自然而然地结束了。然而，正如他跟我说的，这恰恰是一场噩梦，突然为他那无关痛痒的痴迷和狂热画上了句号，他曾这样对我说。有一次，他进入高山深处的森林里，成功地发现了一个地方，一个看上去还从未被采蘑菇的人光顾过的地方——更别说被那些上了年纪的当地人或者那个涌向偏僻的深山老林的外来家族抢夺和糟蹋了。后来，那个地方就不只是一个小地方了，而在他的想象中是一大片土地，因为这片长满蘑菇的地方每时每刻都在延伸，取之不尽，像一个大洲。无论他朝哪儿望去、走去、跑去、奔去、冲去、拐去、绕弯过去，跃过小溪、枯木和小沟：黄色，黄色，到处都是黄色。他奋力采摘起来，后来干脆两手并用，左一把，右一把；他采摘着，收来收去，一刻不停：森林苔藓丛里黄色的蘑菇，也就是外来家族从斯拉夫语翻译过来的"小狐狸"[1]，"Reherl"、"Finferli"、"setas de San Juan"[2]（很久以后，才成为他熟悉的名称），它们一点都不会变少，这片"黄色"——"这样的词似乎就像'蓝色'、'绿色'和'灰色'一样恰如其分！"他很久以后才这样告诉我说——永远都不会停止延伸。是不是正因为如此，后来在他眼里，才有了所有另外的色彩，另外的红色、另外的灰色、另外的黄色？

然而，那些白天，至少是一时还令人不知所措地感到

---

[1] 这里指鸡油菌。
[2] 分别为鸡油菌的奥地利德语、意大利语、西班牙语名称。

惊喜甚或陶醉的东西，在当天夜晚就变成了别的东西。这天夜晚，我的蘑菇痴儿迫不得已在一个无人居住的高山牧棚里过夜。白天所看见的那些神圣的蘑菇，继续出现在这个少年的梦中，他整夜都梦见自己蹲在深山的下层丛林里，蹲下去，又跳起来，追着如此一片黄灿灿的蘑菇，接连不断，整整一个晚上。眼前的一片漆黑算不了什么，相比这个做梦者眼前出现的景象而言只是些无关痛痒的东西，因为在做梦者的眼前，出现了铺天盖地、无边无际延伸的，不对，是更迭移动的黄色，黄色，还是黄色。再说一遍，不对：那些永不停息的，对这个做梦者而言永无止境的黄色并非出现在他的眼"前"——它源源不断地迎着他的眼睛而来，溜进去，就像在他被强迫的双手一刻不停地采摘时，鬼火似的忽闪在他心底的最深处，直到他面对这一片形如卷浪、层叠滚动的黄色不知所措：此时此刻，似乎会被这密不透风的黄色世界窒息；此时此刻，这片成倍增长的黄色，这片剧烈膨胀的黄色似乎会让他胸腔里的心脏爆裂——，或者他心中的血液似乎会被所有这些黄色的毒物榨干殆尽。

也许，不只是这样一场噩梦让他选择告别少年时期蘑菇痴儿岁月的第一阶段。然而，这个他确信无疑的、胜过任何别的东西——比如外面远离城市的学校、初恋经历、对其他友谊的经历，因为这样的友谊不同于与邻居孩子的——的梦坚定地促使他放弃蘑菇世界，或至少将它置之于地平线，置之于那七座山之后。那里是生养我们的地方，特别是因为他在那里早就能够用蘑菇换来的钱，购买他当时还完全朴实的心灵所渴望的一切东西。

当然，这并不意味着他以后不再愿意进入森林，不论是家乡还是别的什么地方。森林，即使已不再是曾经的森林边缘、森林周围和林中空地，已成为他不可分割的一部分，这也归功于他漫山遍野的采集游历。他仍然会在周围采蘑菇，但不会特意去仔细寻找——除非它们突然出现在他的面前。他依然只采圣约翰山的蘑菇，不管是这边山上还是那边山上。即使采到很多蘑菇，其重量足以让他回想起放在蘑菇收购站入口处的那台秤，他再也没有想过卖蘑菇。并非是他不再需要钱——童年过后，他依旧年复一年地缺钱——：此间，他不愿通过像"交易"这样的方式来挣钱，至少不愿通过这样一种；他觉得，钱应该通过体面的工作去"获取"——不管什么样的体面工作都行。

于是，他把这种偶然或顺手采集到的林中收获赠送他人。如果在家的话，通常都交给母亲。母亲收到这些他带来的为数不多的蘑菇时，往往会装出一副如获至宝的高兴劲，尽管这在母子二人的眼里早就不再是什么珍宝，因为它们不再是商品，更谈不上用于交易了。母亲每次都把黄色的小朵蘑菇这样或那样在"节能灶"上烹饪时，继续假装愉快的样子，况且不论是她还是儿子，都不再稀罕蘑菇的味道，食用时也不再觉得它有什么特别的美味。（对儿子来说，随着时间的推移，这种情况会发生变化的。）

如果说情况偶有不同，最多也就是在这样的情况下：有时在秋天，在返回上大学的城里之前，他会从像童年时一样依然钟爱的、被他看成是"发源地"的森林边缘带回那种巨型蘑菇，它们通常长着比盘子还大的蘑菇顶，以及又高又嫩的菌柄，被称之为"伞菌"或"高大环柄菇"：这时，母亲就不再假装高兴，而是惊讶地盯着这玩意儿，因为它相比其他蘑菇更为稀奇罕见，也可能因此更加美丽。她将蘑菇顶裹上蛋清和面包屑，在平底锅里煎成一块类似于炸猪排的东西，然后端到儿子和全家人面前，让大家感到无与伦比的喜悦。哦，天哪，家里有人谈起这盘无比软嫩、让人无法联想起蘑菇、超越一切独特味道的珍馐美味，赞不绝口的味道胜过用小锤敲打过的酥软鲜嫩的炸猪排——哦，天哪，有人差点脱口说出那个经久不衰（直到今天还在使用）的战争词汇"素肉"，可在这儿吃的只是这种高大的环柄菇呀。它总是美味无比，香味毫无例外地令这个融洽地团聚在一起的家庭陶醉，弥漫在整个房间里，飘进那变得空荡荡的神圣角落里，冲着那些被放大的战争死难者照片，无论在过去、现在还是将来，它都是美味无比，甚至连那时十分挑食的儿子也不例外。数十年后，他早已不是一个儿子了，成了另外一个人。他当年抗拒现在依然抗拒吃他自己采集和带回家的蘑菇。

反正他给我讲过这件事，而且不止一次。并且，他后来也沿用母亲的烹饪方法，将高大的环柄菇裹上蛋清和面包屑，制作成外观看起来类似炸猪排或者"炸肉块"的东西，端给他的孩子。只不过孩子的口感不容易上当，在咬下第一口时，孩子就大叫"骗人！"。但这并不意味着孩子不愿意继续吃，而是恰恰相反。

在他的蘑菇痴儿岁月第一阶段结束之后的半生时光里，蘑菇世界对他而言，几乎已经毫无意义。如果说有的话，那更多就是令人不快：当他买了一座房子后——这座房子，够奇特，孤零零，远离他在城里居住之地的其他住宅，并且搬进去时已经半是废墟模样——，有一面墙基上，他刚带着妻子和孩子收拾好住进去，就长满了所谓的干朽菌。这种菌腐蚀木头和家具，甚至连花岗石都会从墙体上脱落下来，你对此完全束手无策——不得不打掉墙体（再说，这对室内根本也没有那么大的影响）。

有了这座摇摇欲坠的房子，他也成了一个荒芜的花园的主人。在经过了开垦、锄草和翻土之后，这里居然每年还会冒出一堆所谓的白鬼笔，而且生长位置年年不同。这些蘑菇散发出阵阵恶臭，穿过花园进入房间，弥漫到最深处的私密角落，浓烈的臭味名副其实[1]。这种东西犹如魔咒破除者，起初藏在枯叶堆里，几乎难以被发现，呈现雪白色的卵球体，尽管柔软却带着香气，像辣根那样生长在灌木丛下。转瞬之间，它们就像电影里的快镜头，迅速抽出了看似泡沫塑料质地的菌柄，然后发育成白鬼笔。"进攻随之开始"，他对我说："随之而来的就是脑袋：十分像男人的龟头，当然是一个瞬间在空中摇荡的、在卵球体之外的、立刻就腐烂的，流淌着胶状黏液的龟头。并且，这些臭气熏天、在我的、我们的家里肆意横行、滴答着黏液的蘑菇

---

[1] "白笔鬼"的德文名直译为：散发臭味的羊肚菌。

脑袋几乎刚一从卵球体中冒出来，就被一群从天而来嗡嗡乱叫的苍蝇团团围住了。它们猛烈地吸食黏液，以至于压断了十分脆弱的泡沫塑料状菌柄。于是，菌头连同苍蝇一起倒在地上，但苍蝇们一秒钟都没有停止它们的狼吞虎咽，腐臭的味道也丝毫没有减少；当你在注视苍蝇时，会感到那股犹如被诅咒般的恶臭，更加浓烈？不，不可能更浓烈了。

在他人生那几十年中，还有其他一些与蘑菇发生的不愉快事件，但我这个昔日的乡村故友对此闭口不谈，或者留给我这样和那样去猜想。此外：他讲过的事情，即使讲得滔滔不绝，大肆渲染，更多是装腔作势，而不是当真，那也不过是些片段。它们就像这个时期的蘑菇一样，几乎没有什么意义。一些不愉快的小插曲——不考虑那些提到的——也许短暂地折磨过他，但它们并没有说明什么；他并不把它们看作自己人生的一部分，人生的一章，甚至连小小的一章都不是，连他人生故事中的一个插入语都算不上。

他的人生，至少是半生的故事，在他离开我们这个地区后，是被某些人称之为"无趣的心满意足"的东西所决定的，至少他认为自己的人生就是这样的；他就这样把人生刻入自己的脑袋里，不仅仅刻入自己的脑袋里；或者就这样，他选择了自己的人生，这也感染了别人，他也以此取得了发展，而且不仅在一个方面。这种"无趣的心满意足"成为一种行为或行动，帮助他权衡利弊轻重，不仅要保持距离，而且刻意拉开距离，而且当有必要去强调、凸显或区分时，这也可以均衡地处理——这作为一种持续的均衡共同产生影响——不，不是什么公正的存在，更多是会变得公正。这时，心满意足则意味着，他实施一些行为、作出一些决定和干预一些事情时，即使冒着部分或全部风险，都会散发出一种热情的、对一些（为数不多）此间也包括我在内的人其实是嘲讽的认同，一种在这样的情况下我有时会觉得是臆想出比他最高的人格和谐更高和更强大的和谐——可以说是一种可笑的和谐。他以面带微笑的、时而会让我对他不可一世的孤芳自赏感到十分愤怒的淡定从容来回应我，这样一种认同感无疑也是那个生养我们的地方的一部分。在那里，纵使历经数百年至今，也从来没有发生过悲剧的东西："对我们每个人而言，就不存在什么悲剧的东西。悲剧的？根本不可能。（看在苍天的面上，快快结束你们的悲剧吧！）"在那个生存阶段，这位此间已失踪的朋友坚信，远离，那样远离痴儿行为，或者与之有意拉开和保持距离，远离，这样远离无论什么样错误的影响。

他从没想到过，自己将来会有什么出息。童年时，当有人问他将来想成为一个什么样的人时，他都尴尬得回答不出来，最多不过耸耸肩，或者使用他与生俱来的本领，半认真半玩笑地发呆。纵使他有再强烈的求知欲：他也不想知道自己未来的任何情况。对他来说，没什么好知道的。另外，他从小就觉得不可想象，有朝一日，某种叫未来的东西会召唤一个像他这样的人。他对这个未来并不特别感兴趣，就像他的第一个妄想化为泡影以后，他就不再对什么东西特别感兴趣了。

尽管如此，我这个一直觉得自己成不了什么大器的乡村朋友，终究还是有所作为，即便只是对外部世界而言如此，正如他曾不止一次地向我强调的："在我的内心中，我来到森林外缘之后，就再也没有继续前行。我七岁时就跑向那里，聆听风吹拂树冠的声音。在外人看来，或者从表面上看，也许我成了这个或者那个与众不同的人，但也仅仅停留于此。这么说吧：我没有成为任何别的人！"这样或那样：几十年来，没有刻意，也没有人帮助，他向外就代表着什么。他给人留下印象。关于他的印象传向四面八方，并且产生影响。产生什么影响呢？根据我在此间从广泛的世界里听到的有关他的情况来看，至少不是什么不可救药的东西。这在我的偏见中是值得尊重的，因为在我看来，所有为了公众、哪怕不是人类为了利益而坚持不懈行动的人，不管他们干多么微不足道的事，比如缝纽扣，拾柴火，甚至无所事事睡大觉，都是无可比拟的；这样一来，他们至少不会制造事端。

他给人留下印象并产生影响，这个我接下来会解释——尽管我明白，这样的解释其实源于我长久以来对这位亲爱的失踪的朋友可靠的想象：对他的印象源自他特有的机智和突然的心不在焉，彻底的心不在焉和突然完全恢复机智，一再交替，如此特有的反复变换。刚才还神情专注，可是一瞬间，他又突然间、出乎意料、简直是突如其来地陷入心不在焉的境地。这时，他不再是你眼前的他，而是另一个人，你就像站在一尊模具或者一个空空如也的空壳前，你要旁敲他的额头，有时甚至用力捶击并叫喊着："喂，这儿有人吗？"又过了片刻之后，这个空壳不仅生机勃勃地住上了人，而且也成了超过它的场所——这个机构，这个置于所有外在机构之上的机构——，它会让你觉得公正，或至少给予公平的希望。这样一个时刻常常正是你所急需的东西。他觉得，他轻而易举地干着自己的工作，不仅是他觉得这样，久久如此。同样，这种工作缺少一个工作本身所拥有的东西。

此时此刻，这种想象进一步使我明白，这种从精神专注到心不在焉、如此往复的节奏根植于他最初的、更多是一种渴望、一种兴致的求知欲与经常急于逃避那些书籍和小册子，即所谓的"文学"之间的交替中。这种逃避同时也是逃离家人和和村庄，远离尘嚣，逃到人烟稀少的、无声的、无需费力解读、无需读懂、什么都不会告诉的、只是向他预先发出呜呜声、呼啸声和沙沙声、让他乘风而上的森林外缘。但是，然后又是从哪儿来再返回那里，刻不容缓！他的生存就是一种在知识兴趣（！）、交往和秘密之间持续的游戏——此外，这个秘密不关任何别的人，甚至对我，他唯一的朋友，也是很久之后才吐露的。在后来半个人生的岁月里，直到连他自己后来也意识到的痴儿行为爆发时，他恐怕也不会给人产生另外的印象。

他给人留下印象：这意味着，他通过精神专注与心不在焉之间反反复复的转换传播信任——除了那样一些人，因为对他们而言，信任没有用，是一种缺陷。与此同时，看样子，仿佛他既是我的法官，又是我的律师，当然，更像是我的法官，首先关键在于需要他这个法官。事实上，他成了一名律师，一名刑事律师，出没于国际上各个刑事法庭，帮助过很多人——正是因为法官意识一再出现在他的身上，作为一种秩序的呼唤。也有很多人把他想象成政治家，仿佛在世界舞台上；幸运的是，这只是流于想象而已，况且并不是他的想象——他对于自身的发展没有任何想法，即使成了一个"有点出息的人"，也不会有什么想法，更不会想到自己会成什么"大器"，更谈不上有人所说的，他将会成为这样和那样的人物。

在这几十年中，我的这位乡村朋友虽然没有以这样的方式变得富有，但就像人们所说的，"经济情况还算不错"。我没听说过他有什么敌人，也没有听说过他有什么朋友，对他这个被大家公认为可信赖的人来说，令人惊讶。取而代之的，我听说了一些有关他和女人、更确切地说是女人和他的事，又令人惊讶，因为我完全无法把他想象成一个能混迹在女人堆里的男人——可是，我看这事就是这样，因为我了解孩童时代的他，也了解后来那个瘦弱而酷爱运动（踢足球或者做别的运动时，又是那种游移于精神专注与心不在焉之间的节奏，他以此愚弄并战胜对手）的小伙子。一个"女人堆里的英雄"是英雄吗？"女人堆里的幸福"是幸福吗？在我的想象中，我们两个，那个失踪的朋友和我都笑了，二重奏。

在他的——该怎么说呢？——社会升迁时期，他逐渐淡出了我的视线。他一如既往地使我获得他的生存信息，但这些说的绝对不是报纸上有关他生活的流传。我从来都不屑去听那些道听途说的东西，报纸上传播的东西，天知道为什么。虽然我本人被刊登在上面，偶尔是被涉及的人，或者只是被影射的人，但我似乎永远都不会相信。相反，如果上面涉及的不是我而是别人的话，那我就倾向于相当盲目地相信不管登在什么报纸上的东西，至少早年如此，甚至现在还是，也就是打眼看去如此。根据报纸上说的，我就会知道，我的乡村朋友，这个后来的社交大王，"总是穿着意大利或法国西装，英国皮鞋，每个季节、甚至每天都系着不同的丝绸领带"，已经结了三次还是四次婚，并且刚刚和上一任妻子，一个来自阿拉斯加育空堡市的印第安女人离婚——报道上说，他的女人们一个比一个具有"异域风情"。而另一家报纸则称，是妻子抛弃了他，从第一任妻子开始，他就一直是个被抛弃者：其中会不会有什么秘密，不一定很吸引人的秘密？此外：孩子们都怎么样呢？——几十年中没有生过一个孩子。

　　相反，大约在同一时期，有他本人发来的一个生存信息：眼下，第一场雪正飘进他的花园里。清晨，当他用耙子清扫树叶时，一只知更鸟像往常一样——"总是同一只鸟，或者这只是我的臆想？"——从灌木丛中扑扑地飞出来，"无声无息地落在刚刚清扫过的黑色土地上，比任何一片树叶还要安静"。他阅读着我写的关于无人的山间平地的生活故事，发现自己也被写进故事中。此外——"这事儿只能告诉你一人，别再讲给任何人"——，他终于遇到那个渴望已久的女人，这就是说，站在她面前，他终于"开始当真了"，这是他对女人一直梦寐以求的。"开始当真了"，这则意味着，他想在这里"拯救"她，这个与众不同的女人，把她"带到安全的地方"，和自己一起，即使对她或他而言，也没有必要被拯救和带到安全地方——不是暂时——，"还不是！"这样或那样：他们在半路上彼此相遇，这样不仅仅是个"形象的表达"。此外，正如他向来所梦寐以求的那样，这个女人"来自咱们俩的故乡，亲爱的朋友"，来自邻村。最关键的是：他们以前曾经在同一个公交站等车，即使在完全不同的时段——然而，"相比这个与众不同的时刻，所有那些不同的时刻算得了什么呢"？

他和这个邻村女人日复一日——"或者如果你愿意的话：整个晚上"——如胶似漆地在一起，两人共同等待着夏天孩子的降生，各自暗暗地想好了名字，而不用把它说出来。"是的，我的朋友：这个女人，她引我走上秘密之路，就像在你的沃尔夫拉姆·冯·埃申巴赫[1]那里说的一样。不要祝我幸福，但祝我顺利吧：祈祷我一直顺利，为我祈祷吧，我需要你的祈祷。我感觉自己单独力不从心，恰恰是现在，因为现在一切终于变得当真了。面对这样的当真，太力不从心。这我感受了，也很担心。这个女人，她信任我，无话可说。但是我不自信，我对自己感到恐惧。是啊，为我祈祷吧。谁在为我祈祷？一方面，我感到自己这般力不从心，另一方面，我又是被选定的，正是这种情形，让我在这样的处境中对自己感到害怕。是的，从那时起，我就急匆匆地像丢了魂儿一般跑到森林外缘，独自一人和树叶的沙沙声以及树枝的哗哗声为伍；我感到自己就是一个被选定的人，也就是说：我和你们有什么关系呢？现在又预感到：女人，我和你有什么关系呢？！对我的家人来说，我，长久以来软弱无力，同时？因此？就成了被选定

---

[1]沃尔夫拉姆·冯·埃申巴赫（Wolfram Von Eschenbach, 1160？—1220）：中世纪德国史诗和吟游诗人。

的人，或者这样欺骗自己？——另外的东西，完全另外的东西——那与众不同的东西？或者相反，就是这个从一开始被选定的人，因此，不是为群体确定的，不管什么样的群体。作为被选定的人不可侵犯？别碰我，我是你们的禁地！？——为我祈祷吧！

是不是从那时开始，我这个在种种事件的发生过程中失踪的朋友的人生开始演变成一个独立的故事？如果是这样的话，那么当然不是突如其来，也不令人吃惊。凡是发生在他身上的事情，开始都非常柔和，并且也会长久保持这样。首先无非就是日常事情了，同样也能保持良久，也就是那可爱的日常事情，正是为了保护他会成为一个完全特殊的人的意识，会作为一种人生理想预先浮现出来，此外也是一种和善的、如此令人宽慰的日常事情：没有什么比这样一种日常事情更安宁和睦了，但是也——为什么但是？——也没有什么比这样一些日常事情更令人愉快了，就像他后来会遇到的那样——没有什么更单纯的了，或者？

这个故事，这个真正的故事，这个特别的故事，始于夏日的一天，也就是他的孩子出生前的几周。他离开房子和花园，来到附近的山丘森林，穿过树林是一条通往省城最近的路，先是缓坡向上，之后又急坡向下。他在那里无事可做，只是想和他临产的妻子相见并共进晚餐；他刚刚才从法庭事务中短暂地解脱出来。在那里，他出庭替一个违反了战争法规的被告人成功辩护。他想走路而不是开车，并且，为了未出世的孩子，尽量多走路，走上坡路，下坡路，至坡底，再上坡，为此他把车扔进车库，也没乘坐市郊轻轨。他横穿过山丘森林。它算是前往城市必经的一道不高的屏障。他身穿西装，系着领带，戴着帽子（既不是"博萨利诺"牌也不是"斯泰森"牌[1]）。

这条路穿过阔叶林。与我们童年时的云杉林、冷杉林和松树林多么不同啊。这些长在另一片土地上的树林从上至下稀稀疏疏。有橡树，有栗树，有榉树，也有桦树，它们相互之间都有距离，彼此的树杈枝桠也没有交织在一起，几乎没有下层丛林，阳光可以穿透整片森林，即便森林不断地向远方延伸。这种"明亮的广阔"于是拥有了另外的含义。一开始，他并不喜欢这样的明亮，就像在另一片土地上有句谚语：白葡萄酒"不是葡萄酒"一样，他这样想，

---

[1] 分别为意大利和美国的知名帽子品牌，均以制作宽檐毡帽著称。

阔叶林不是森林。对他而言，缺少的是昏暗、幽深、拥挤，不是简单的穿过，而是披荆斩棘的感觉。除此之外，在阔叶林广阔的明亮中，他感到这里不干净，不，更确切地说是不纯净，换句话说，他渴望在其中找到他昔日只有在针叶林中经历过的纯净之感，恰恰是在它们的深处，怀着一切恐惧——纯净与之息息相关；甚至就连被虫子啃过的蘑菇以及死狍子、狐狸、兔子，尤其那洁白的骨架，在丛林和苔藓地上都散发着某种纯洁的东西。再说吧，长期以来，也许一直到那个夏日，他都几乎没有把这些阔叶林接受为一些地方、环境、空间或场所，而更多将它们感受为从出发地 A 到目的地 B 之间的中间区域或过渡驿站——只有那一次例外，当时他和未来的妻子又走在去往另一个城市的路上，要穿过这样一片阔叶林，她突然把他拽到一旁，他记不清拽的是拽着衬衣还是皮带了——但无论如何不是领带和帽子，更不是头发了——几乎是撕到一旁，她脸上的表情仿佛在说，她正是要拯救他的人。

迄今为止，他在穿越所说的那片阔叶林时，从未特意低头盯过地面。其实，很久以来，无论在什么地方，再也没有出现过这样的情形，正如他长久以来不再特意抬头仰望一样——又只有那一次例外，由于工作的缘故，他来到一个发生内战的国家。这是因为，当炸弹目标精准地落下来时，只有在星光明亮的夜里才能来。无论怎样：在他作为社交大王这段时期，他的目光坚定地直视前方，总是保持平视。

这事也发生在这样一个夏日的下午。当时，他独自一人，手拿帽子，向山丘上那片阔叶林走去。沿途的路上想必有一段十分陡峭难行，不然的话，他定会像平日那样，当地上有东西"突然引人注意"（这就是他后来说给我的话）时，近距离平视。这是一种他似乎从未经历过的平视，没有什么承载历史的东西暗藏在其间，不像在两个政治家之间、两个艺术家之间；没有什么命中注定的东西，就像在人类历史的彼岸，有时发生在男女之间（不仅仅在乔治·西默农的长篇小说中）；没有什么不可描述的东西，就像发生不止一次地在他——这个律师身上，与被告面面相觑——毕竟如此——毕竟如此。

面面相觑，此时此刻，它是可以描述的。"是的，看这里！"事物，东西在他眼前，同时也在他的眼里，它们是可以描述的。然而，它们本身没有名称，至少此刻没有适合它们的名称，甚至"东西"或"事物"，这样的词汇，它们也是不适合的。"别见笑！"我的朋友接着对我说："凡是突然——不，不是突然、而是突如其来——映入我眼中的东西：在这个瞬间，我就会感受到它是某种无名的东西。或者，如果我要给它一个名称的话，那么，就用一种无声的呼唤，在我的内心里：'一种生物！'，前面加上一个语气词'天哪！'，就像克努特·汉姆生在长篇小说的句首常用的句式：'天哪，一种生物！'，我一直无法忘怀：就在无声的呼唤之前——直到现在，在叙述中，我刚刚才想起这样的情形——发生了一种也许还更无声的呼唤，而且它是这样的：'现在！'"

天哪！看看这儿吧！他觉得，仿佛他一直在等待这个不期而遇的瞬间、这次邂逅相遇。从什么时候开始的？这是无法计算的时间："在无法预先思考的时间之前"，这既可能始于他出生前，也可能始于昨天。他没有说大话，真的就在他眼前，亲眼所见。他第一次意外地站在牛肝菌前。那是一朵并不特别硕大、但长得十分挺直的蘑菇，拥有一个亮闪闪、红棕色、丝毫没有被蜗牛或其他虫子啃咬过的蘑菇顶，下面呈纯白色。就像画册中的？比它更美丽，就像出自于神奇的王国？它真的就在眼前，是实实在在的存在的一部分；它如此真实地现出了神奇的原形，简直无可比拟；"在平视的目光下找到它"，他后来给我写信说："对我而言，这比在树丛中看见一只狮子正慢慢靠近——这是我从小到大经常重复的一个梦——的意义更重大。或者，至少完全不同。或者，可以说，就像我突然站在一头不知从哪儿神奇地冒出来的独角兽面前，它和神话故事中的狩猎者、即后来的主保圣人在深山密林中遇到的鹿角上长着十字架的神鹿完全不同。这神奇的生灵，这是我真的第一次、同时至今也是最后一次碰见的神奇的生灵，它跟传说中的动物迥然不同。它是光天化日的一部分，又给光天化日锦上添花。它没有影响现实，也没有把现实置于双重光之下，更不像梦里悄然接近我的狮子夺取我生存的现实，而更加强化了现实的存在，更加强化了现实的光明。这种神奇的植物，它更加增强了我光天化日的现实感，这在我遇到像是从地里冒出来的独角兽时是不可想象的。时至今日，我还没有看到过一个真正的牛肝菌就出现在眼前：发现它，犹如眼前惊现雄狮，亦如目睹猎人瞄准神鹿拉弓放箭，似乎会使我心跳更加快，这样或那样。但是，相信我，当我站在我的第一朵牛肝菌前时，虽然已经过了大半辈子时光，但我真的心跳加快了，特别快，无论你相信不相信，前所未有的快！"

怎么会这样？从小生长在森林遍布的地方，而且就像人们那时所说的，从小就"进入蘑菇世界里"。为了寻找蘑菇，寻找所谓能卖钱的黄色蘑菇，慢慢攀登到高山上，进入海拔最高的针叶林深处，从未遇见过这种头戴钢盔的步兵之王吗？从来没有，一次也没有。或许有过那么一朵，就像现在这朵牛肝菌一样挺立着，长在那片斑驳的苔藓地里，在掉落的灰色松针堆上熠熠发光，相比眼前的、阳光下从红棕色的陈年落叶中冒出的这朵更加引人注目？如此显而易见的蘑菇，孩提时的他每次都视而不见吗？是的，有可能，或者说一定有可能。然而，在所有其他采蘑菇的人那里，这个孩子也同样没看到过一朵牛肝菌，甚至在森林强盗家族那里也从未见过，这又该如何解释呢？面对他的竞争对手的筐子和其他容器，眼前除了永远的黄色外，什么也没有看到？或者这个蘑菇冠军、这些神奇的东西都藏在下面，就是不让别人看到？但是，在他的记忆里，为什么只有下面山谷里的蘑菇收购站走廊上整箱整箱堆得冒尖的黄色呢？秘密的角落，见不到光的角落，那些被连根拔起的"王者"都栽倒在里面了？一定流向哪个市场了？——只是它们无论出现在哪儿的市场上，都未引起他的注意而已。或者之后好久，他几乎不再去市场了，除非前去购买来自海外的异域水果，那些"舶来品"。

尽管如此，当我坚持认为他过分夸张了自己近五十岁时"第一次遇见牛肝菌"的经历时，他回应道："那你当时的情况怎样呢，在你的故事《去往第九王国》中，你作为少年离开了四面群山环抱的山谷，翻越七座山，一直向南前行，跌跌撞撞地朝着第七座山的斜坡，朝着大海，或者也只朝着喀斯特走去，你来到一棵棕榈树前，或者那是一棵小小的银杏树，或者最有可能只是一片吹来的银杏叶，便吟唱起'第一棵银杏树经历'的赞美诗？！我之所以赞扬我的'第一朵牛肝菌'，因为它是改变了我人生的一个事件！"（当时，我的童年伙伴这样回应我时，他还不知道也无法预料，伴随着这种改变了的人生，他将会踏上去往何处的迷途。）

他先是在这蘑菇前蹲下来，然后坐在旁边的落叶上，丝毫也不顾及那身平时就算只沾上一根细毛也会让他感到难受的打扮。这个蘑菇长在上坡的路旁。与其他一切物体、植物以及高大的树木不同，它在夏天的风中纹丝不动。他的目光一再不由自主地移开这玩意儿，望着周围，悠然自得，从容平静，一圈又一圈。凡是他能够在这儿和那儿如此看到的一切，他同时预先默默地说给自己听。一株黑莓灌丛上结满了尚未成熟的红色浆果，但里面已有几颗通体发黑，这就是说，已经成熟了。好奇怪，毕竟它们没有受到充足的阳光照耀，并且生长在半明半暗的环境中。好奇怪，他发现有一只幼小的青蛙正在地上蹦蹦跳跳，还没有我朋友的半个手指甲盖大，很容易和一只正在横冲直撞的地蜘蛛混淆。看它跳动的样子，这只不起眼的小动物轻飘飘的，现在，就是现在，扬起了一颗小小的沙粒，"数以万计之中有一只能存活下来了！"在夏初之时，这些小青蛙从无腿的蝌蚪变成了四条腿动物，数以万计地纷纷离开小池塘，来到小山森林里，并把这里当作它们固定的、谁知道是好是坏、能否长久的生活空间。路边有一颗长着树瘤的橡树，或者这不就是一尊临产女巨人的木质雕像吗？一队山地车骑行者推着车子沿坡而上。他坐在那儿，不由自主地挪到蘑菇前，他们这样恐怕会视而不见的（但谁知道呢）。这是第一次，这样一些陌生人向他打招呼，并不因为他西装革履。他也回了——或者彼此的问候不是同时发生的，只是像某种东西，如此自然而然？伴随着这一个小小的珍宝的方向，在他的心里默默地发出了"我在这里！我与之同在！"或者只是简单的"这里！"，这样的事儿之前从未发生过。

后来，他甚至在蘑菇旁伸开四肢。他聚精会神，当然不怀任何意图，就像从前在森林边上一样：他开始聆听，就像人们开始行走一样，陷入沉思，或者陷入停滞。敲击声和电锯发出的尖锐声，不远不近，是从郊区湖畔那些与日俱增的新建筑里传来的。蔚蓝的天空中，持续地回响着一种轻轻的声音——一种"轻轻的声音？"：是的——是客机的声音，还有进出于附近军用机场的直升机零零星星的隆隆声——"还有"？：是的，头顶上客机的乘客不会出事的，现在不会，至少一小时内不会，整个飞行中也不会。在森林另一边，从高速公路及连接周边的快道上，传来一种从未有过的如此和谐的呼啸声、隆隆声和叫声，与之融为一体，还有汽车喇叭声，甚至救护车和警车的鸣笛声。所有这些或远或近的喧闹声尤其与同样是第一次在头顶上如此听到的夏日林中树叶的沙沙声在共鸣：还有树梢间相互碰撞的摩擦声，横七竖八的树杈在一阵或阵阵大风里摇摆时的嚓嚓声、尖锐的嘎吱声直至于呼啸、狂鸣声。而存在于外面世界那邪恶的东西竖起耳朵细听这些轰鸣声和此时此刻这接连不断的响声！同时而至，接二连三，此时此刻。此时此刻？因为我的缘故——毕竟是这样——还不算糟糕。他躺在这儿，此刻也不会出什么事，他的妻子以及她腹中的孩子也一样。他旁边的蘑菇是他、他们俩、他们仁的幸运蘑菇。

我的朋友后来再也回想不起来，他最后是如何采下他的第一朵牛肝菌的，Jurček、vrganj、cèpe 和 boletus edulis。[1]那是采摘下来的？挖出来的？拔出来的？揪出来的？或者从泥土中拧出来的？他可以说的是：他把这只蘑菇"拿回家"了，再说也没有看看周围还会不会有别的、更多的蘑菇。确定无疑的是，在接下来进城的那一段时而上坡、时而下坡的路上，他既没有把这件珍宝委屈在西装口袋里，也没有把它藏在帽子里：他直接用手拿着它，同时还拿着帽子，他就那样走着，一直保持这个姿势，走完剩下的下午时光，一直走到傍晚时分，朝着和妻子约好的地方走去，从郊区坐公交换乘地铁，最后又步行。没人注意到他手上或者夹在帽檐边上的东西，穿过拥挤的人群保持平衡，巧妙地行走着。看样子，仿佛这是一次十分棘手的运输。

珍宝？运输珍宝？事实上，在那个夏日里，他觉得，仿佛他早年的白日梦想成真了，即使这珍宝与他童年想象

---

[1] 依次分别为牛肝菌的斯洛文尼亚语、克罗地亚语、法语以及拉丁文名称。

中的如此不同。这是因为，在童年的梦想里，作为寻宝者，他找到了一个能够同时帮助他变魔法的珍宝。那时，在那里，他将等待他的珍宝——"我这样告诉谁呢？"——想象成某种金属的、矿物质的、宝石类的、无论如何是坚硬结实和无法毁坏的东西，某些实实在在的东西。而现在：这件为他特定的珍宝，这件——他想都没有想过的——一直在等待他的珍宝是第一瞬间某些绝对坚硬的东西，实实在在与众不同的东西，此外，也是富有弹性的东西，但不一会儿就开始变软，越变越软，变成某种明显腐烂的东西，没有了起初的弹性，也没有了本来如此纯净的香味——怎么说呢？闻着像"坚果"的香味——，香味纯净。"香味"不仅弥漫在城市的空气里，也转换成两重性：将某些如此转瞬即逝的东西感受为至高无上的珍宝，这难道不幼稚吗？我这个已踏入彻底的蘑菇痴儿门槛的蘑菇痴儿朋友则回答道："不幼稚！"即便多年和几十年后依然如此。

　　当他在约好见面的酒吧把这珍宝拿给妻子看时——甚至也没有引起她的注意——这个临产的女人瞪大了双眼，当然吓了一跳。她大吃一惊，连腹中的孩子也吓了一跳。他不得不劝说她拿起蘑菇。它依然值得一看，蘑菇顶上闪现着最后一丝湿润，顶下的菇肉在灯光下依然洁白得像刚从泥土中冒出来一样。她把这东西拿得远远的，打量着它，不是赞赏的眼光，而是有些厌恶。"多难看啊！"她说。他让她仔细地看看红棕色蘑菇顶更闪亮的地方，也无济于事，蘑菇顶形如橡树叶，上面也正好叠盖着一片橡树叶。然而，正如所说的，她毕竟同他一样，也是从乡下来的，是从邻村来的。

　　在酒吧老板的协助下，才促使她改变了自己的看法。在端详这朵蘑菇时，酒吧老板也睁大了眼睛，却是由于惊讶，伴随的恐惧也是一种愉快的恐惧。他称自己在休息日那天也去了森林，但那天风太大，是西风，而关键是，刮风时蘑菇就不会从地里冒出来。这是怎么回事呢？难道一个生活在世界都市酒吧的男人也会寻找并了解蘑菇？他是不是也同他的两位客人一样，是从乡下来的？完全不是，他是一个彻头彻尾的城市孩子，但是他对蘑菇情有独钟，几乎对所有的蘑菇，至少也是那些可以食用的。在他双脚几乎还无法站稳的孩提时期，有一次被父亲带出城，带到橡树、栗树、榉树和桦树林中，从此他就疯狂地迷上了蘑菇。

　　酒吧老板满不在乎地把这朵沉甸甸的蘑菇夹在大拇指

和小拇指上拿起来观看。这情形深深地刻在这个朋友的记忆里。他拿起一把平时用来切柠檬皮、柑橘片或其他东西的小刀，从蘑菇上切下薄薄的扁圆形小块儿，不是从蘑菇顶上，而是在胖乎乎的蘑菇茎一侧。他一边切，一边从吧台上递过去给两个人看，边演示边说：你们听听切割时蘑菇肉发出的声音，一种什么样的声音啊，几乎是一个音色，你们听见了吗？你们看看吧，这些从切口里浸出来，不，是冒出来的小水珠，是的，你们就看看啊，像冒珍珠似的，不断涌出，珍珠源源不断，透明清澈，你们在哪里看见过如此清澈干净的水滴啊？

接着，酒吧老板就把里面盛放着几乎透明的白色圆片的盘子端给他们，半生不熟，上面插着牙签，我的朋友及妻子不假思索地品尝起这道不加作料的菜肴——妻子首先开始。个把钟头工夫，他们就吃掉了整整一朵这样烹饪的蘑菇，吃到最后还是回味无穷。仿佛在这两个人身上，还从来没有唤起过这样的味觉。我的朋友好像还从来没有品尝过这样的滋味。这就是说：吃了这一餐，会好好地想想，会想想好吃的，感受好吃的。

那么后来晚餐呢？这样的品尝使人对别的东西胃口大

开。另外，这位孕妇总是饥肠辘辘，恨不得在孩子出生前的日子里从早吃到晚，一顿接一顿地吃。事情很凑巧，在那个晚夏的黄昏，正巧在他们用餐的小饭馆，送来了一些牛肝菌。他为什么给我讲这些呢？因为它们同是一类，只是烹调方法不同，形状也不一样。继续吃吗？胡说八道：这样会使他的珍宝丧失价值，眼睁睁地看着这些送来的牛肝菌，他的心里五味杂陈。这些蘑菇没有他那朵大，也没有他那朵美丽，都来自相同的、只是离都市不太远的森林里。但它们的数量惊人，堆在本来装水果或土豆的箱子里运过来。筐子很沉，每个箱子都得由两个男人来抬。于是，从入口直到通往餐馆厨房的弹簧门后面，装满蘑菇的箱子和筐子堆得到处都是。从称蘑菇重量的厨房那里传出喋喋不休的叫声，呼喊着似乎永远都没完没了的数字，很长时间用公斤计量，然后又转化成公担，每一次都令人惊讶——难道蘑菇不就是这样的东西，而且永远会是这样的东西吗？——换算成一种计量单位，最后合成一个总量。当厨房的弹簧门——最终整整一卡车、或两卡车的蘑菇被卸空了——终于完全敞开的时候，我的朋友从他就坐的餐桌前向厨房看到（他的妻子一刻不停地狼吞虎咽，来不及细细咀嚼，似乎没有留意到整个过程），筐里的牛肝菌全被倾倒出来，在厨房的瓷砖地板上形成一座高高的蘑菇堆。

这样倾倒并非出于漫不经心，而是一个助理厨师拿着一根高压水管要冲洗掉蘑菇上的泥土、沙子和残留的苔藓与野草；他只是喷出细小的水柱，淋湿蘑菇的表面。不少蘑菇帽或脑袋在倾倒时被折断了，现在在水压的冲击力下就进一步脱落了。从这个距离看去，在他依然保留着那个，那一个，那绝无仅有的蘑菇的眼睛里，那些被倾倒在那里的成千上万只蘑菇，那大批的蘑菇，那重达数公担的蘑菇，所有那些缺少脑袋的茎秆，简直完完全全就是一堆石头，一堆笨重、尤其一文不值、至少是廉价的石头。这算得上珍宝吗？只有他那朵，那个玩意儿，那可怜的一朵，才应该是珍宝？

　　这种使蘑菇丧失魔力的情景并没有持续。它仅仅发生在那天夜晚。第二天，那种魔力再次出现，也就是立刻发生在他睡醒的时候，在半睡半醒的过渡时刻。这种魔力正好由于那一个具有魔力的东西已经不存在而产生作用。"是欲望吗？"我问道。"不是，"我的朋友回答，"是渴望，或者，如果更符合你的心意的话，是探险愿望。"与以往的早晨不同，他立刻就变得兴致勃勃。他被吸引到外面去，奔向森林，不仅是森林外缘。他有的是时间，一整天，他已彻底从国际法庭的工作中解脱了。

但是，妻子渐渐开始的腹痛当然阻止了他出发的脚步。其实也无大碍，但他并未因此而责怪她，丝毫也没有。但是他那"我是拯救者"的信念，在这种情况下，无论如何都也不合适。他们不慌不忙或者毫不担心地一起来到医院预约好的产房。如果出现一系列出乎意料的状态，在这里无计可施，而母子真的需要抢救时，他这个丈夫和父亲却不是母子二人的拯救者。当出乎意料不得不进行手术时，他毫无头绪地游荡在外面的小路上，整个心思被附近足球场上的哗然声所牵绕，以此猜测着场上的比分情况。在返回医院的路上，他先是感到恐惧，接着是轻松，然后是喜悦，最后又是恐惧，事后的恐慌，还持续了很久。

这样一种恐惧使人健忘。后来，我的童年伙伴忘记了那个蘑菇，忘记了所有的蘑菇。或许他并未忘记它，但是这个东西变得没有灵性了——在他的想象中不再是有灵性的东西了。妻子、孩子以及重新操起的律师工作成了"我的唯一与全部"；"多亏有了孩子"，他给我的信中说，律师工作使他焕发出生机。虽然，他仍会带着新生儿走进那时已经入秋的森林——他妻子不去林子里，她对林子里的空气、飞舞的枯叶以及扑面而来的蜘蛛网过敏——，并时不时左顾右看路边以及林子里的空地。可他始终无果而归，当然他也根本不在乎，至少当他怀里抱着孩子，再次走出森林的时候是这样。

就这样，一年过去了，两年过去了，"寻宝"（期间变成了加引号的寻宝）唯一产生的一个小小的后果是：那条他在那个夏日下午遇到牛肝菌的坡路被他暗暗地称之为"出生前之路"。顺便说一句，这个名字一直保留到我的朋友失踪。

后来，这个律师开始越来越频繁地带着他的刑事卷宗，走进这片离家很近的森林。他想象着，尤其当他润色自己的辩护词时，即使那里笼罩着不完美的寂静，但在与几乎持续不断的树叶沙沙声，也就是这个多少临近世界都市、尽管如此意义非凡的声音结成的同盟中，那些可能关键的补充就会受益匪浅，或者还有另外关键的停顿、空白和偏差。想象？不寻常的律师？不寻常，或许吧。然而，最初不过是想象的东西，随着时间的推移变成了事实。他的辩护词达到了预期，他的被告们几乎无一例外地被宣判无罪。

他当时坐的地方是一片空地，席地而坐，背靠一棵树皮十分光滑的山毛榉，依旧穿着西装，系着领带，帽子放在身旁。这块空地几乎呈圆形，要说是一片真正的林间空地，可不足够大；要说只是一块偶然的歇息之地，那又显得太大，太圆、形状太规则。它虽是一块歇息之地，但不知是何人多年前留下的，或许是伐木工人在修建如今已消失很久的营地时留下的？无论如何，这是一块人为形成的空地。它不在森林深处，而是在距离森林边几步远的地方，这里预先铺设有一条煤气管道或别的什么。尽管如此，这个律师总是一个人独坐在那里，看样子，仿佛他把这个圆圈想象成了中世纪的露天会场，只有他一人能够进入，其他"与此无关的闲人"则禁止入内。再看上去，仿佛预先就确定好了，通往这个地方的入口堆放着栅栏一般高的干树枝，挡住了通道，那个小洞似乎不只是为他开的，而且从一开始就只有他一人能看见。

又是一个夏天，可这次是一个上午，阳光明媚（抑或不是）。当他走到那棵山毛榉旁，来到又是他的工作营地的露天会场。这时，他又一次看见了那些——是的，它们此时此刻又变成了本来那个样子——生物在聚会，就像在期待着他的到来。这些生灵不仅年复一年、日复一日地被他遗忘了，而且被他背叛了，他现在恍然大悟。"你们又来这里了！"他不由自主地对它们说。"我们确实又来了。"它们站在那里，站在去年的榉树落叶丛及毛茸茸的山毛榉果实空壳堆里，有数十个，几乎一般大小，亭亭玉立，个个都长着苗条匀称的腿，就像清一色的牛肝菌会围着山毛榉列队一样，蘑菇痴儿后来才了解和宣传这样的东西——"够罕见的，如果它们真的生长在这里，并且成功地从山毛榉旁特别令人窒息和埋没生命的树叶和长满刺的果实——一个绰号！——堆里顶出来多好啊。"

蘑菇太多了，他不一会儿就停止数来数去了。然而，数量并非是主要原因。而在他看来，在如此壮观的景象面前，数来数去是不合适的。此外，这么多蘑菇长在这里也是件稀罕事。他后来再也没有遇见过这样的奇事。每当他听别人讲述他们碰到了大量的蘑菇，"你似乎可以用大镰刀去收割它们"时，他就知道，如此说话的人对蘑菇，无论如何对像他所经历过的蘑菇一窍不通。

又好奇怪，或者也不奇怪：即使他真的碰到对此有经验、美味可口的大批蘑菇品种时，也不会把它们当作"大批"，正如他从不把自己看作"蘑菇之友"一样；他从来都不说这个词，并且随着事件的推移，从同行真菌学者嘴里听到它时也越来越不屑一顾。"真菌学者"？才不是哩！这些自称"一分钟"就能采到"数公斤"蘑菇并"成桶成桶"运出森林的人，不是什么蘑菇专家，也不是什么蘑菇科学家。不像他，虽然在发现蘑菇的过程中，他也像科学家那样经常动用显微镜，甚至有时还制作标本，但他从不认为自己是个真菌学者，而只是个蘑菇痴儿，正如他自己时不时所承认的。

很长时间以后，至少从那天早晨坐在山毛榉下开始算起，在之后的十年里，他对蘑菇世界的兴趣、甚至后来的狂热，不但没有束缚他，反而扩大了他的视野；不但没遮蔽他的光明——我觉得是这样——反而更加照亮了他。这样分散注意力，对他的大脑颇有好处，同时也对他的工作大有裨益，但不仅仅有益于工作。这在他当时有了那次大发现以后就感受到了。他把几十朵牛肝菌一个接一个地从地底下拧出来——对每一朵在采摘时都会发出一种（为了增长见识）不同的声响（是的！一种声响，这一次显而易见！）——，并将它们一个个堆起来：研究卷宗、记录、组合、举证和质疑证据，特别是综合思考、得出结论、最终形成结论，这些比平日更加轻而易举，片刻间水到渠成。他瞥一眼堆在脚前的红白棕色的金字塔。他在工作中继续观看着。

这个新近获得的宝贝在这天最后变成了什么呢——他是把它带回家里上了餐桌，还是把它切片晒干了，或者送人了——蘑菇痴儿是不会告诉我的。但可以肯定：许久以来，他都渴望带一些特别的东西回家，当时在乡下父母家时就是如此，只是这种特别的东西总是落空了：他每次都是两手空空地回家来。而现在，他似乎终于可以带着这种特别的东西站在门口了。对他个人来说，可能也算是一种特别的东西了。（哦，孩子也大开眼界。）而更重要的是：第一眼看见蘑菇的那个瞬间，被他深深地印在记忆里。而那天所有其他瞬间，早被他忘得一干二净。

他还讲述了一些连自己都感到很惊讶的事：他本来打算那天晚上去看电影，看一部他期盼已久的电影。然而，在那如此神奇的发现之后，他就对电影的兴致消失得无影无踪了，或者，他感觉，仿佛在那片森林空地上已经看过了这部电影。虽然他后来还是去了电影院，但这完全无法和自己早晨的瞬间经历相提并论。电影院中的时光，他觉得好漫长——这并不意味着，电影使他无聊——，几乎就像自古以来，从儿时，也许出生以来，就像尘世的生存如此漫长。有一次，在学习过后，他白日做梦了，梦见自己成为作家，像我一样，然后真的写了一部小说，题目是《我的一生》，小说仅包含很少几句话，只有一个小段落，最后一行是："他觉得地球上的时光如此漫长。"唯独在电影院里——即使电影让他感到无聊——很少会让他感到漫长。然而，从那个早晨以来，这个时间甚至在之前如此可靠地跳动的黑暗那里变成了这样的情形，之后也一样，伴随着他蘑菇痴儿岁月接踵而至的轰动，与他远离蘑菇的那段人生完全没有两样。

当然，当他的故事接近尾声时，在他失踪之前，这位朋友才走到这样的地步。我捷足先登，其实我们还远没有走到这个地步。首先，他的痴迷治愈了他称之为"我的时间病症"的东西。它不只是表面上治愈了他：这种牵着时间之手恢复的时间观念久而久之转化成了他每天的生活，因为他先前觉得这生活在那些没有尽头的时刻是如此的劳累，时而会彻底让人荒芜。这种痴迷使他感到尘世的时间变得不再漫长，即使其间偶有例外，至少也不是让人看不到尽头。痴迷没有使他觉得时间过得快了，或变短了——痴迷使这种时间变得富有裨益，甚至一段时期都如此。依靠他的痴迷，恰恰通过它的与众不同，他觉得地球上的时间好珍贵，也使他感到生命时间转变为实实在在的东西。如果说他以前去电影院，是为了缩短一天的时光——啊，终于到晚上了！——的话，而他在森林中翘首企盼与寻寻觅觅时，则会觉得一天时光不够长。他在森林中如鱼得水，就像人生中第一次"获得安慰"，仿佛他以前从未"得到过慰藉"。每当他走到森林的大门前时，心头都会袭来一种难以抑制的激动，就像面对一个伟大的行动；就像面对伟大的一天。然后就是寻找和发现蘑菇：与所有电影不同，它能化解没完没了的内心废话，化解空泛的喋喋不休，化解痛苦的错误旋律，让你宁静，让一切变得宁静，让宁静笼罩大地。

他现在觉得时间变得特别实在，因为他重新开始学习。在童年与青年时代，他喜欢学习。后来，最初的兴趣就逐渐减退，越变越少。在他几乎到达了某一特定的、或更确切地说，某一不确定的临界点之后，他就不再继续求知了，只停留在自己知道的知识里。而他现在又开始学习，没有刻意为之，知识自然地飞向他。

什么知识呢？首先是一些有关蘑菇的知识，寻找，生长地点，区分辨别，混淆，变成痴儿，而且为了我的缘故，烹饪，即使在他看来是些不太值得追求的知识。——从寻找蘑菇中，或者走进蘑菇中，有哪些知识尤其要掌握呢？能感受到什么？要赢得什么（这里不是指金钱）？——等着吧！那个与之相关的故事是不会不讲述的。另外，凭借重新学习，他急切地想实现一个目标，这与专门研究蘑菇携手并肩。

虽然自小生长在乡间，但他对自然界知之甚少，这——他在乡民中毫无例外——主要表现在，他大体还不知道自然界里哪些东西为人所需，哪些又让人所惧。现在，也是他后来蘑菇痴儿的并发症之一，在一次次的走寻中，在一次次的——正如他显而易见所经历的——"探险考察"中，他也积累了许多关于森林树木的知识，尤其是树的根部，以及他在上面行走的地层，石灰岩？泥灰岩？花岗岩？页岩，风的种类——看看市中心那个酒吧老板——，云的形态，行星和月相。在那个时期，也就是接近他极其"博学"的尾声，比如说，在一次蘑菇学者大会上，他身为著名律师，又是贵宾身份，在会上反驳了当时的主流观点，即蘑菇在满月时会加速从地下冒出来。与之相反，他主张这是新月现象：在没有月光的夜晚，只有当月光从晴朗夜空照下来时，才会促使蘑菇，尤其是牛肝菌，如雨后春笋般地从地下钻出来。同时，他还列举出一个个"自己亲身经历"的故事来证明。

此外，他身上还有某种东西，使他尤其擅长从一系列飘忽不定的现象中找到或发现什么，某些被他的一位老师称为"病态的眼神"的东西：在那种普遍的、也许只是由于每天的习惯而如此变得千篇一律的情况下，他从小就有一双善于发现矛盾、另外和陌生的形态的眼睛。同样，他对色彩也很敏感，立刻就会对那些显眼的色彩，那些不和谐的色彩做出反应，识别出与之不相配的色调和相对的几何形态，从一成不变的凌乱中发现清晰的对称和闪亮的花斑，从一切无形的繁杂中发现有形的图案。

他也料到有人会驳斥，说他新获得的知识与他早年的知识不同，是些无用的东西。反正他自己心里明白，伴随着这样的再学习，一种不由自主、情不自禁的再学习，他冒着风险，会荒疏成就他职业而必须掌握的知识。但是，随着他寻找蘑菇时变得越来越充实的时间的流逝，他感受到自己丝毫没有荒废为法院工作所必须的知识——相反，它似乎被自然知识激活了，比任何时候都更清晰、更有条有理地浮现在他眼前。尽管他确实荒废了一些知识，但那些都是无关紧要的，连这也使他处理各个案件时显得得心应手。难道说他的再学习历程，难道说全部的蘑菇知识以及它所带来的益处完全无用吗：在那些年里，在那十年里，后来不仅在夏天和秋天，而且在冬天和春天，他觉得从中受益匪浅，即使不同于当年在收购站的收益，他不能以此给自己买来什么东西（他也不愿这样做）。

确切地说，他觉得自己之所以受益匪浅，与其说是因为对蘑菇的发现，倒不如说因为那些伴随现象。比如，他受益匪浅，因为他能在夏天区分出橡树、榉树和桦树所发出的不同声响，橡树有时发出近乎轰隆隆的声音，榉树准确地说是一种呼啸声，桦树在强风中刷刷作响而非沙沙声。他积攒了经验并了解到，学习各种树木秋天落叶时的另一番景象，这是一种经验：锯齿状的梧桐树叶先是俯冲而下，然后缓缓地飘落到地上；叶片最大最薄的板栗树叶，形状像一只小船，掉落需要的时间最长——一时半会儿不愿意落在地上，尽管已在空中飘了许久，一再飘动，就是在即将碰到地面的瞬间也会重新往上飘，再次飘飘然然地飞上去；扇形的合欢树叶，几乎所有的扇叶一下就从枝条上脱落下来，转眼间几乎全都落在地上，紧随着最后几片孤零零的扇叶，它们不是共同落下，而是片片各自来回飞舞；

还有——但是你们自己去看看吧。

冬天里，看到一张蛇皮挂在一根光秃秃的树枝上摇曳；在早春的一天里，看到一抹斜照的阳光照在一只趴在红棕色泥灰岩斜坡小洞里的壁虎身上，他觉得这就是一种收获。从各种鸟儿这样和那样的飞翔中，他看出来的不是什么在那些痴迷蘑菇的岁月里丝毫没有使他"愁云满额"的未来，而无非是当下，实实在在的现在，此时此刻；他比较着各种不同的飞翔方式、高度和周期，并且听着鸟儿扇动翅膀的声音就知道是哪一种鸟发出的。同样，在穿越森林时，他还遇到不少地下掩体残迹，也有一些十分隐蔽的炸弹坑，里面有锡碗和钢盔，堆积着半个世纪以来的枯叶，或在别处发现更久远的醋栗和鹅莓交错生长在一起——然而，就是在这里，在弹坑里上上下下时，采摘昔日那些野生的、缩小的醋栗和鹅莓时，他也不愿意知道或想象任何过去的事情，只想学习当下。

那时候，他还远远没有达到日后蘑菇痴儿的地步，或者他自己这么认为。他的痴迷，在他看来与不少的痴迷是截然不同的，是一种有理智的痴迷，一种使他受益匪浅的痴迷，同时他也以此让别人受益匪浅，不仅对他身边的人，而且对那些偶遇的人、那些过往的人如此。不管怎样，一直以来，他始终刻意使自己不融入同代人。而现在，他对蘑菇的痴迷，为他打开了一扇通往同代人的大门。不然的话，他怎么会带着自己的收获走出森林，就好像带着示爱的信物？

那块林中空地，用他自己的话说，是一块用来"安营扎寨"和准备法院登场的空地，"同时"，还是他所说的，也是用于观察同代人的一个瞭望台。这绝对不是我俩所熟悉的家乡森林边的瞭望台，而更多是一座高度能及杉树树梢顶端的巡视台，为猎人和森林巡视员所设置，时而也有情侣上去坐坐。尽管如此，这块林中空地的平坦处，属于他本人的最高领地，即使不是王国，但足以供他安营扎寨。他感觉，仿佛在工作的过程中，他比出没于森林的人们坐得更高。

这是因为，他看得见他们，却不会被他们看见。从他们的角度看，干枯的荆棘组成的栅栏或隔墙好像望不透；它们堆成了一道屏障，将他的空地与外部世界隔开，尽管这块空地就紧挨着路。他坐在其中，位置与栅栏间有些间距，因此，他可以看见不论是从左边还是右边过来的人影子，虽然看不清细节和特征，但看得见轮廓，在这种方式下更独特——更典型的轮廓。

这条路在他那里称之为"民族迁徙之路"，就像"出生前之路"一样，因为在他的孩子出生前，他曾在那里首次遇到了真正的牛肝菌。他养成一种习惯，身为律师的他一再从那块林中空地上的工作位置站起来，时间或长或短——渐渐地，越来越长——，向身后的大树走去，开始寻找，找什么，你们都知道。虽然他从来都不确定那里有没有蘑菇，但他每次都有收获。每一次吗？是的，每一次。每样收获都送给他一个惊喜，一个未曾预料到的物−灵、一个新地点、新色调、新形状和新气味。并且，他几乎每次都能事先预感到一个新的发现地——一种直觉，这就是说：所有的感官都活跃起来了。如果他偶尔真的失误了，他就会在失误的地方更清醒地去思考和观察那没有发现的东西，那不在场的东西，那缺少的东西。如此一来，他漫漫一生的无聊变成生机勃勃的驻足逗留。"我感到无聊？我？这里没有什么让我无聊！"

返回空地后，当时不只是他自然而然地继续工作。除此之外，他还会关注那些在枯枝屏障那边来往的身影。在他迄今为止的人生中，他还从来没有出现过这样的情形。是的，屏障后面的人就出现在他眼前，他承认，相比他与生俱来使他远离他人、让他孑然一身的惧怕交际的性格，所有这些短暂的交际，他那一再在社会上如此富有影响的举动则一文不值。

然而，当时，由于他痴迷于在那块林中空地上工作，特别是发现的喜悦让他开了窍，他时而不但参与其中——他也成为其中一员。一再发生在他身上，不，一再让他撞上的是，他转换成外面路上这个或那个人，就像他曾经在森林边缘转变成了树枝发出的各种声响那样，整个人都转变了，皮肤，头发，特别是骨头，转换成了树冠的摇摆、叠加、伸展和重新聚合。

时至今日，他一直没有摆脱交际恐惧症。当他还是个孩子时，一睡醒来，看见母亲坐在缝纫机旁或者不管什么地方，坐得离他那样远，他的脑袋里就会闪现出对这样一种二人世界或者彼此对立的状态无声的惊叫。在妻子面前亦是如此，甚至在面面相觑、相互接吻的时候，他与她之间的空间也是无法沟通的，就像那大声惊叫一样无法克服——在那里，在应该产生作用的现实中，他们之间的每一块空间都被填满了——，而且这种恐惧在面对儿子时还有增无减，只是私下里说，但是越发会让人感受得到：他似乎绝对且永远都和另一个同样需要亲近的人融为一体，除非那个人最终从这里或那里消失；在成为对方的一部分的行动中，这样的行动恐怕和仁慈没有什么两样。

但也不是：他现在所感受到的，在开窍时，在转化为屏障后那些突然间不再陌生的身影时，这就远离了仁慈，绝对远离了仁慈，因为这和在他身边的人那里不同，和爱没有任何关系。他如此所感受到的，毫无疑问就是一种理解，并且随之而来的也是一种更加广泛的公正，胜于那"迄今"只是在职业上练就的公正，在很少情况下也是一种内化，一种突然的、与其说令人恐惧倒不如说使人平静的内化，是对各种另外的东西，首先是他以前的故事、出身、他从远远走到现在这个地步和天知道继续走向何方的内化——正因为如此，这位朋友许久后才向我吐露心声，就是这条"民族迁徙之路"。那个正好在屏障后跟跟跄跄行走、并且用让人无法理解的语言咒骂的人几年前逃离一个内战连连的国家；那个半路上停在一棵桦树前的人，思念着一位离世已久的亲属，他在继续行进前大声打着哈欠，人们在受到惊吓后才这样打哈欠；那个现在冲着他，伸出脚绊他、又被他漫不经心绕开的人，一直梦想能成为圣人。在他面前，所有迎面走来的人，至少他出身这个地区的人，都会怀着敬畏绕道而去。

这种民族迁徙的场景，偶尔会闪现在这位曾经患有交际恐惧症的蘑菇痴儿的脑海里。想起所有这些在他的脑海里继续迁徙的人，他的脑袋就会变得沉重，十分沉重。每次他干完工作——无论是起草辩护词，还是为辩护词定调去寻找，他觉得都是在工作——便离开这块空地，走在民族迁徙之路上回家，大多情况下都穿着西装，系着浅色的真丝领带，一只手拿着公文包、另一只手拿着他两三个可怜巴巴并不显眼的发现物，起先包在一张报纸里，后来就慢慢地露出来。这时，他看到自己成为世界舞台大众的一份子或一员。在之前的数十年里，他还从未有过这样的感觉，是众多行动者的一员，个个都代表着截然不同的角色，而这个角色恰恰因为与众不同才属于大游戏的一部分，并且使之接连不断有条不紊地展开来。

在这里，小学生们或围坐在一起，或围着圈跑，结束了他们在森林中的一天；在这里，一列徒步小队站在分岔路口在大声说话，老年人居多，也有几个年轻人，显然他们没有达成统一意见该去往何方；在这里，此时此刻，一个男人正在体育器械前引体向上，另一个男人在后面等着器械空下来；在这里，此时此刻，有两个骑马的人，同时从小步到飞奔而去；此时此刻，那儿有一些零零散散慢跑的人，在午休时分，森林前面，从他们那里传来过嚷嚷声；在这里，一个年轻女子，一身远足徒步的行装，这里的森林对她来说几乎就不算什么路程了；在这里，一个亚裔家庭正在寻找板栗，一个真正的大家族，上有太祖母、下有重孙——这会使他想起另一个部落吗？同样在这里，有一组警察巡逻队；在这里，道路变得宽阔了，退休的老人在玩滚球。

而他与他们所有的人维持着平衡，寻宝者，同时也是平常人，同仁，而这样一种平衡，不管宝贝如何来来去去，事实上就是一种弥足珍贵的东西。半辈子以来，地球更多是陪着他玩了半辈子：如今，——他在这里陪着地球玩了起来，是他吗？他陪着一起玩。在这个社会上陪着玩。各种各样的人的社会，截然不同的人的社会——正是他们——，有他们存在。其中就包括，他偏离轨道和自我封闭伴随着这样的感觉，同时也是一种确信，他这样的行为，这有益于他的挚友，有益于他周围的人，其中也包括"他的"被告。是的，那就与人为善吧。

　　那么他，手里拿着蘑菇的那个人？好一阵子，他还这样感觉到自己是个没有归属的人，与这个场景形成了反差。他的同类，像他一样的人，他们既不走大路，也不走小道，而是穿行在大树与灌木之间，也绕着圈，一步一步地走着，显然很缓慢，或者压根儿只是站在或蹲在那里，被树干和树叶半遮半掩。他们突然从灌木丛中钻出来，或者立刻又消失在里面。说得客气点，他们不可能成为游戏的一部分，更何况还带着那些陌生的、如此令人诧异的玩意儿；他们不是把这些玩意儿捧在身前，就是可疑地装在鼓鼓的手提包里。在最好的，要这样说，最无关紧要的情况下，这样的人像他一样都是些边缘角色，跟这个大游戏毫无关系。是的，当他们在这儿和那儿迷失方向乱了方寸时，甚至会影响这游戏。

　　然而，后来出现了这样的时刻。这时，这个犹豫不决、踌躇不定的人，这个还不遵循群体规矩的人，他又是冲着全体行动者的节奏反其道而行之，又是单枪匹马穿行在这个地方——那些行者分别都是许多人结队而行，即便是一个人，看上也像许多人——，把自己看成一个共同行动者。

他是游戏的参与者。他补充了游戏，他掺和到大游戏里。如果没有他作为蘑菇采摘者这一角色的停留、交错、穿插、谢幕，那么这个世界舞台，至少那个夏天和秋天的世界舞台似乎就会有缺憾。像他这样一个人掺和到游戏里，会刮起另一种风。在这种风里，每个映入他眼帘的人都各司其位，各有风格，也包括他自己，这样便产生了一幅史无前例的社会图像，一幅人性的、理想的社会图像。

怀着这样的意识，他走出森林继续前行，穿过人潮拥挤的都市街道。他那根深蒂固的，或者从他的乡村出身来看被感受为奴性的对人的恐惧好像永远消失了。我，一个边缘角色，或许完全是个异类？你们看看吧！他这样说也指的是自己随身携带或者在身前捧着什么东西。不少人就这样加入他的游戏：听从于他，停住脚步，讲述他们以前……在那里，他们的家乡……只是他们把大师的故事更加出色地留在记忆里……——最后，一天结束时，这个采集者返回家中，这是一个与猎人完全不同的返家。

在那个他同时也感受为梦境——一个梦境阶段——的幸运时期，我的朋友，这个蘑菇痴儿几乎没有遇到竞争者。他很少遇到其他找蘑菇的人，就算有，他们找蘑菇的时间与地点也和他不同。有时他会和一个人不期而遇，可这人和他一样低着脑袋，一步一步地挪去，停下来，完全从容不迫，慢慢地在林子里兜来兜去。但是，和后来不同的是，他们两人都不会彼此回避，甚至还可能相互展示各自的珍宝，然后一个羡慕另一个。按照一个近东宗教的说法，这是"允许的"，因为你在这样的羡慕中，会希望自己也得到相同或相似的东西，但绝对不会像赤裸裸的、不允许的嫉妒那样，嫉妒人家有这样的东西。在这样的意义上：盼别人别得到这样的东西。在很久以后，他还会一再将蘑菇示于他人，一个采蘑菇女人也曾在他面前这样展示过，彼此相互交换对比后发现，两人找到的蘑菇几乎相同，包括蘑菇的数量、大小和品相："这里有足够的蘑菇供我们大家来采，不是吗？！"是的，是这样，哎呀！甚至连上帝或众神所允许的羡慕也不存在了。这个寻找蘑菇的女人是个头戴鸭舌帽的老人，在雨中用一根粗拐棍在落叶里捅来捅去。她的筐子里有一只蘑菇和他的不一样，据说这种蘑菇受到了你们都知道发生在哪儿的核电厂灾难最强烈的辐射，就算再过数百年依然不会改变。当他认为有必要提醒她小心时，她回答说，她知道，可她已经快九十的人了，不想再为此担忧了。

他的痴迷一季又一季变得越来越强烈，越来越深入；知识也与日俱增。他感到，这其中有不少东西可以使他局限的领域延伸到其他领域。即使在一些微不足道的发现时，他也越发感受着一个发现者的兴奋，并且怀着这样的想法，在法院休假期间撰写一本关于蘑菇的书。还从来没人写过这样的书。这样一来，他似乎就不只是发现者，更是一个先驱；除此之外，或者顺便说，我的朋友还想象着，这样一本蘑菇书，受到他热情的激励，同样有律师实践有条有理的加工，就像是以普及为目的，必然会受到读者广泛的青睐。他期待这本书能带给他人生的成功。正如所说的，他已经丰衣足食，但通过这本蘑菇书，这本十分独特和渊博的书，他恐怕就会变得富有。你们知道他梦想什么吗？买下一片森林，一片很大的森林！

他始终没有动笔撰写这本蘑菇书。随着时间的流逝，他给我讲述了几件会出现在其中的事情。我现在试图在这里继续讲述它们，既不会激动，但同样也不会"平平淡淡"——一种少见的时代赞扬话语，赞扬的是一个讲述他只是要干什么的人，因为他要讲述的东西亟不可待，他也要一吐为快。再说，我也不会把它讲述得有条有理，因为与这个乡村童年伙伴不同，尽管学同样的专业，可我却没有成为一个法学家同行。

于是，那没有写就的蘑菇书毫无规律地穿过我的记忆：他能发现别人发现不了的蘑菇，这种才能或者天赋是这个朋友从那个已经提到的个性发展而来的。这种个性是最强烈地妨碍生存的个性，直到他变得狂热痴迷，他都深受其苦。他这样说指的是自己的注意力被持续地分散了，日复一日，被那样一个东西，不，被那样一个形状；它从成百上千个形状中凸显在他的视野里，日复一日，时时刻刻，实实在在地浮现在他眼前，作为那一个形状，那独一无二的另一个形状。对这个地地道道的另一个形状，这一个与所有其他形状截然对立的形状，拥有这样一个意识，直到那时，这种情况向他展现出他的反常；这也作为痛苦深深地触动他。

这样一种偏离到陌生形状的个性使他一再陷入停滞状态，让他既不能继续进取，也无法继续进取，这不仅表现在他的工作中，而且也表现在人们从前所说的生活世界里。他很快不管遇到什么事情都会发呆，比如看到一只被压碎的昆虫留下的印记、一点微不足道的咖啡渍或油渍、国际刑法法典某页上一丝纤细的头发，或者看到那弯曲得不寻常的锁骨、那压根儿就不呈圆形的肚脐眼、那个他正好与之融为一体，或者准备融为一体的女人眼睛里一个乳白色的小点等。那些作为一连串的不幸而深深触动他的东西——违心地偏离了伟大的整体而误入迷途（更确切地说，把无形当成有形），发呆，被抛出生活的常轨，就像永远不能回归，最后意识到无能和永久的内疚——，他认为，这些在寻找和发现蘑菇，特别是那些隐藏并被灌木丛遮盖的蘑菇给他带来了好处，几乎带来了幸福。这期间，他的痴迷日益增长。他竭力祈祷，起初只是为自己一个人。至少，在森林的落叶土地上，在众多不起眼的形状中，出现或者闪现出这一个显眼的形状（为了在这里变换——和细化那已经提到的东西），既没有将他抛出生活轨道，也没有让他发呆：这样一个形状让他着迷，这就是说，它没有分散他的注意力，而是让他重新站了起来。不，在蘑菇世界里，这是他祈祷的主题。依靠祈祷，这位后来失踪的朋友——几天来，我当然觉得可以感受和闻到他真的就在我身边——打算以此作为他的蘑菇书的基础，因此，他目光中那种被信以为真的或者事实上的反常就会得到纠正。反常是寻找和发现的先决条件，这不仅关系到蘑菇的事，而且适用于任何形式的寻找和发现。如果没有这样的反常，就没有发现者的眼光。在这个发现者身上，伴随着这个发现者，通过这个发现者，无形才变成有形，有形变成了珍宝。

我的朋友还想顺便插一句，这一个既独特又给人启示的形状夹在所有那些另外的、毫无意义的形状中，比如有乱七八糟的树叶，有相互交织的蕨类扇叶，还有无数的草叶和苔藓。它使他那几乎毫无长进的色彩感持续地变得充实，因为这个独特的形状，即便它还是一个如此小的形状，就像一首描写玫瑰的古诗中所说的，给他"预先闪烁着光芒"，今天是酒红色，明天是水晶紫色，后天则是像老鼠或老虎那样的灰褐色，变化不断。

他的蘑菇书不会成为什么指南，或者如果是的话，那也首先是一本他为自己本人考虑的指导手册。可是，他后来渐渐地转换成了记录，并让我看，起初暗地里，后来就公开了，同时也让别人看。开头是一种叙述，就像人们有时独自给自己预先讲述些什么，并且说的那么清楚，接下来，他就偏移到理论争议，有时甚至成了煽动。

他特别讲述道，他如何随着时间的推移，习惯了每次在真正寻找蘑菇之前，即使在值得怀疑的森林里，也要专门穿过一些区域走一段，相当一大段。他在那里就会确信无疑，这里并没有长着他想要的东西。或者，这里除了树木和灌木之外什么东西也没有。他走在那里，不断望着地面，知道在树叶之间哪儿只有砂砾和黏土。因此，他的目光对那些希望所看到的东西越来越敏锐，也不用这个行走的人刻意再做什么；他开始走动时，便也开始看起来，哪儿是没有什么特别的东西可看的；当他随后来到那些预示着希望的地方时，他的眼睛就已经盯上了。

与此同时，之后助他一臂之力的是，蘑菇痴儿立刻变换成他称之为"寻找脚步"的行动方式，伴随着侧身朝我瞥一眼，也称之为"叙事的脚步"，一种一再近乎停滞不动的行动，但在穿越树林与灌木丛时，却从不会停下来，更像是一步似一步地挪向前；一旦停下来，就意味着寻找脚步找到了意义所在；在寻找的过程中，不是悄然呆立，而是以他自己的方式行进，另外一种静默的方式，这样就会有发现，有无与伦比的发现。

他也讲述了不断变换的寻找脚步。这时，他倒着走，小心翼翼地迈出一步又一步。（这难道不是一种前进吗：从当初"倒退"进一筹莫展的境地，到现在出于惬意倒退到作为寻宝人而倒着走？）。或者他告诫自己，只要他长时间只是垂着头四处穿越，偶尔也会停住脚步，从地面不经意地向树冠与天空的方向望去，抬着头，这样至少保持一分钟：如同连细节和最不起眼的形状都描绘到了。之后，当他再次低头望着地面时，便觉得地面仰仗于天空赐予的光亮，那些先前堆得乱七八糟的东西的轮廓简直就像是被光泽照亮了似的。他不止一次地在这样急切地望着脚前，之后才领悟到他几个钟头以来，甚或几天和几周以来一直梦寐以求的东西；或者他发现了那样一些完全不一样的东西，一些他从未寻找过的东西，一些他既没有在大自然中见过、也没有在照片上看到过的东西，一些对他而言新鲜的东西；或者，在仰视之后，他在这块林地上发现的既不是所寻找的蘑菇，也不是另一种，更不是陌生的第三种，其实什么新鲜东西也没有发现，而是根据头顶上的天体，仅仅觉察到他脚尖前的世界：是的，这也称之为他的世界！

在同样的自我告诫中，在他为计划的蘑菇书所撰写的记录里，我的朋友从同样的自我告诫转向针对自己的命令。比如，他这样命令自己，每当他花费了很长时间，迈着寻找脚步走来走去，抬头望来望去，但仍然看不到，甚或压根儿就看不到什么希望得到的东西——他在书中一个地方甚至写了"梦寐以求的东西"——时，取而代之的便是一些别的东西，不仅有别的、更有他觉得毫无价值的蘑菇，而且也有浆果，甚至已经干枯的，或者板栗，包括发霉、变质、碳化的板栗时，他就这样命令自己："去采集吧！转到一侧去！弯下身子吧！搜寻吧！转身吧！挖掘吧！"这样一些自我命令，同样也考虑到采集别的毫无意义的东西，这时，你就会尽可能地接近地面，这样又会把你引到寻找的路子上，它们或许同时也会引导他这本蘑菇书未来的读者。

好一阵子，他把这事包装在更多是小心翼翼的推荐中。他这样忠告说——"根据多年的经验"（尽管还没那么久远）——，要么在路边和小道旁寻找，要么彻底远离这些地方：通常情况下，对"我们那些东西"——他以此指的是那些很有价值的蘑菇，他一开始也称之为"我那些东西"——来说，介于路边与难以到达的森林深处的广大中间区域并不是一块沃土；据说，他大多数甚至几乎所有的"珍宝"，都是在路边沿线找到的；通常情况下，距离路边较远的区域，不管你找多久，什么都找不到；但是，在森林最深处，只有需要你自己去发现的地方，只有在那里的灌木丛中，在污泥中，在灰烬中，在一棵半死不活的枯树昏暗的脚下，你才会找到这些东西；地上铺满了手枪子弹，还有这样一个规矩，通常在这里会找到这样一个珍宝，独一无二的、胜过其他所有的珍宝："你好，君王！"有一次他甚至脱口而出："你好，帝王！万福，凯撒大帝！"

他也抱着同样的意图讲述过，他养成了一种习惯，在别人已经找过的地方继续寻找，即使人家显然在那里翻了个底朝天，而且才刚刚离去。"不骗你说"，他每次都会在眼前发现一些东西，一些被先前的寻找者忽略的东西，一些"值得人人敬重"的东西。

他还告诫说，如果想要找到某些种类的蘑菇，不一定非得在去年一个大量生长的地方去寻找：这又是一个规律，这样的蘑菇群会越过冬天与春天，在地下不停移动，跟着水走，随着风向变换地方，并且常常惊人地在好远的地方探出头来，形成一个扇形，接近阳光和空气；虽然好远，但也不是远不可及，从它们的发源地是可以闻得到的——寻找者只需启动嗅觉，就像他年复一年那样。就这样，他也不提倡在森林中沿着狗的脚印寻找，但是可以顺着马蹄印记和它们的粪便找。而且，蘑菇痴儿更加强烈地主张，要么就在森林里孩子们曾经玩耍过的地方寻找，要么就像此时此刻在这个地方，孩子们在寻找者眼前继续玩耍，肆意叫喊，四处乱跑。按照他的记录，很有希望且完全值得信赖的发现地点——"令人难以置信，但却是真的！"——它们位于公园里、草地上和花园中的儿童秋千附近，哪怕在森林外也罢。

在这本蘑菇书撰写计划中，有一整章专门围绕着弹坑密布的森林展开叙述。在他的住所周围，也就是离国际法院不远的地方，有很多这样的森林；这些弹坑形成于"二战"末期，那些轰炸机都是美国的，它们协助将德国侵占者赶出家园。弹坑早已空空如也，没有一丝炸弹爆炸留下的痕迹。这些森林，以及周围曾经被侵占者使用过的军用机场似乎有节奏地布满弹坑，密密麻麻，以至于不少弹坑甚至重叠在一起。弹坑大小不一，不都是圆形，也有一些呈凹穴状。首先是弹坑的深度不一，由于弹坑和凹穴壁的陡直和平缓不同，它们呈现出各种各样的形状，常常在一个弹坑里也不尽相同。在下面，也就是弹坑底部，深深地埋在数十年之久的落叶沉积下面，他有了最丰饶的发现。于是便出现这样的情形，他不用特意将一层层落叶翻来翻去：蘑菇，或蘑菇们会自己冒出来，至少带着蘑菇盖。这些从弹坑中长出的蘑菇盖要比其他地方的大，形状也颇似弹坑，独具特征，和普通蘑菇不同，并非呈红棕色，而是几乎显得无色，白花花的或者纯白色，就像是毒蘑菇最致命的色彩，或者"不，不是白色，更确切地说是灰白色"，而在蘑菇盖下面，同样是灰白色的菌柄，同样独具特征，由于深埋地下，因此越看越显得长，其长度往往是弹坑外同一品种蘑菇的两倍（"当然，气味和口味则相同"）。

但是，蘑菇痴儿并不想仅仅为此而花一整章的篇幅去讲述布满弹坑的森林：他也别有用心，要建议自己未来的读者亲自在这样的森林里走一走——凭借自己的兴致去感染他们，在那里四处看一看，上上下下，下下上上，穿过那被松软厚厚的落叶铺垫的弹坑景致。每当他一连几个小时穿过这样的地方时，即使没有什么特别的发现，那么他也会觉得，仿佛他心情沉重地从这样一片森林里走出来，哪怕只是呼吸更自由了，那渴望远方的意识被唤醒了。"通过在弹坑里上上下下的走动？"——"是的，正是这样。"

这本蘑菇书，它要在临近结尾时渐渐转移重点，从寻找蘑菇转向走着瞧。所谓在结尾时，虽然他希望继续讲述自己踏入寻找蘑菇之途的故事，但也少不了随着岁月的逝去，他对蘑菇的一片痴情——不，并没有减弱，而是变成了"两股道"。这是因为，越来越常出现这样的情形，只要他在许多通往寻找蘑菇的路之间有选择的话，那他就选定走那条在他看来更美好或觉得冒险的路，哪怕它预示着更少或更加微不足道的发现。随着时间的推移，这条路与走着瞧相比寻找与发现至少获得了同等重要的地位。在我们两人童年生活过的地方，特别是那些住在高山村庄里的居民，他们几乎就不会"去采蘑菇"，更别说去寻找蘑菇了：他们住得离森林那样近，夏天这里到处都是蘑菇，至少是那些黄色蘑菇、那些圣约翰山的蘑菇。他们几乎足不出户就能将筐子和碗装得满满得；这些人不用"寻找"这个词，而只用"拿来"，"在我们这里，你不用寻找——你顺手拿来就是了！"

但是，这在蘑菇痴儿眼中是不算数的。你要去寻找，你要去行走。你有必要选择一条美好的、更美好的、最美好的路，这是作为第三者加入其中。同样：许多人去寻找，甚至成群结队，这是不行的。只有"独自行走"才是可行的——即便是两人结伴寻找也不行——，仅有一个例外：和孩子一起。在他规划的蘑菇指南中，特别禁忌的是：依靠狗寻找蘑菇（在他眼里，唯有猪适合做这样的事）。——那么，怎样才会找到那些深埋地下、梦寐以求的蘑菇，比如松露，或者怎样才会找到它们呢？怎样才会把它们刺探出来呢？为此，他勾勒了这个故事，有一年夏天，他独自一人在一个儿童秋千架脚下，出乎意料地站在一朵真正的松露前：一堆黑色的东西露出地面，被直射的正午阳光照耀着，像一坨狗屎，但却有一股香气升腾上来，在几乎两米开外的地方都能闻见，闻起来像是松露。没错，它真的就是松露！他赤手刨出这堆玩意儿。此时此刻，在这里，这个菌球，它是怎样出现在光天化日之下的。哦，昨夜那场骤雨，冲走了泥土，这朵松露不用狗或猪帮忙就露出脸。它拿在手里沉甸甸的，这个长着褶皱的黑色小球多么芬芳馥郁，直到接下来的爱之夜，甚至数天之后依然如故。然而，这不是从橡树根的块茎中生长出来的，也不是蘑菇书里其他常见的大树，无非就是一棵纤细弱小的刺槐树，几乎还没有一丛灌木大，一棵小树，它们常常生长在铁路边上，没有一丝森林的迹象。这朵松露，它出现在两个几乎光秃秃的城郊之间，在城郊边上，不，出现在一个儿童游乐场的中央。

从此以后，每逢夏日暴雨夜晚过后，我的朋友都会前往儿童游乐场那棵刺槐下：然而，再也没有遇到第二朵松露，永远没有了（而这定格在那一个一个爱之夜里，他的蘑菇书当然对此会守口如瓶）。另一方面：在他眼里，寻找松露也是些踏上蘑菇之途算不上什么的东西。其实，那些最终用于他写作计划的记录与其说在讲述，倒不如说在确立规则。而规则如此之严厉，以至于它们对他来说好像比纯粹游戏规则更为重要。或许那些浮现在他脑海中的东西，他觉得演变成了由规则、戒律、公告和思想构成的目录。

于是有一天，当他又在一片森林里第一次看见孩子们玩着寻宝游戏、穿梭在树林间、在山坡上跑上跑下的时候，他的脑海里就冒出"这个想法"，这些年轻人最好应该被老师或家长送去"见识见识蘑菇"。而此时此刻，他们在那里兴奋地寻找着一片被大人藏在树墩里、灌木丛中以及废弃的狐狸洞口的纸片，对其他一切东西都视而不见，而且不只是蘑菇；他们无意地折断这个和那个，践踏，捣碎；他们顶着一头红发、不再是个孩子，他们伸长舌头，在整个森林里彼此和乱糟糟地呼喊着，或者吼叫着，压根儿不再是童声，上气不接下气，眼睛直瞪瞪地凸出来。这样看来，要是寻找蘑菇的话，他们似乎要一步一步地学习行走，留心——不是一味为了他们想要的东西——，一再屏住呼吸——这是某些别的东西，并不是喘不上气——，他们恐怕会觉得眼睛不是凸出来，而是撑大了；他们时而在这儿或那儿发出的惊叫就会是孩子们发出的一种惊叫，哪怕只是那样一些还处于变声期的孩子们发出的。

从一开始，蘑菇痴儿就带着自己的孩子一起踏上冒险的征程。在孩子身上，他真的感受到了这样一种在路途上的状态会自然而然地起到"教育"作用，无需身后有一个专门的教育者，也不是把教育挂在嘴上。除此以外，也没有任何一种在路途上的状态适合孩子，"不仅适合我的孩子"。再说，"我的后代"对他脚下的东西有了更加敏锐的眼睛，"不只是因为它们离他更近"。的确如此：他这个想法起了作用，它会起作用的。根据他的蘑菇书记载，"在我们这个可爱的世纪里，即使那些最终的社会观念破产消亡后，这种情形似乎最终又会赋予你一种想象，或者在我看来只是一种预感，为什么真的'只是'呢，这个，一个社会毕竟继续会有未来。有朝一日会的。有朝一日又会的。"

根据最终的记载，真的给人这样一种印象，仿佛这位朋友的蘑菇书旨在不仅把寻找蘑菇的人共同看作一个可能的新社会的典范，而且也超然其上，将他们每个人分别描绘成——不管矛盾与否——人类最后的探险家，即便不是终极的人。每一个采蘑菇的人：作为探险家，同时也是最后或最初的人。

蘑菇作为"最后的冒险"？对于蘑菇痴儿来说显而易见，因为他效仿"最后的边界"而使用这个词，通往野生世界"最后的边界"，在其后面至少还可以发现一片野生世界。这个边界早已不复存在，无论是在阿拉斯加，还是在其他任何地方都是如此，更别说在喜马拉雅山上了。相反，最后的冒险依然存在，谁知道还能存在多久，即使你只能从中捕捉到一丁点也罢。

蘑菇作为"Last wilderness"[1]，"最后的野生物种"？照这个蘑菇痴儿的说法又是"显而易见"：因为它们此间已经成为生长在地球上独一无二的植物，完全不能人工培育，完全无法被开发，更别说被驯服了；它们只能野生，丝毫不会受到人类任何干涉的影响。

草菇、平菇、滑子菇，所有这些日本的"舶来品"等等，它们不就可以人工培育和种植吗？甚至连松露也可以通过种植特定的树来培育，无非就是过程复杂罢了？这还

---

[1] 英文，"野生物种"。

是蘑菇吗？——"再次显而易见"：能够人工栽培，这就不是他所认为的冒险；只有野生的东西才算数；人工培育的草菇、平菇、滑子菇、金针菇、木耳和榛蘑，给人造成一种视觉陷阱，它们被克隆复制，并且被冠以错误的名称贩卖，它们不仅在颜色与气味上完全不同，而且相比被它们冒名顶替的真品，彻头彻尾淡而无味，"一文不值，毫无用处，不论拿在手里还是嚼在口中莫不如此"。除此之外：蘑菇家族的主要成员，不仅是真菌类，还有其他一些美味的红菇、伞菌、硬柄小皮伞、松茸、橙盖鹅膏菌、羊肚菌、松口蘑、蕈子、肉色伞杯、灰喇叭菌、黑木耳或云耳、簇生垂幕菇、翘鳞肉齿菌、绣球菌——它们都是不可培育的。只要这些最后的野生植物永远抗拒人工培育，"那么，我和我们去寻找蘑菇将永远是这种抗拒的一部分和因抗拒而生的冒险！"

出发、寻找、发现和继续寻找蘑菇的时光："是一种永恒的方式"。要说到他本人：在他的人生之书里，他看到写在里面的并非是所有那些在法庭上成功辩护的无罪释放，而只是穿越森林的一次次探险。

蘑菇的烹调方法不会写在这本蘑菇痴儿的书里。这一开始就没出现在他的写作计划中。此外，他暗暗地抱着希望，有朝一日，读者会抱着来自厨房和厨房彼岸的想法和故事迎着面而来，让他感到惊喜，就像他开始让他们感到惊喜一样。

关于口味，他这些年，亦或这几十年才渐渐养成的口味——与许多可以吃的东西，也就是绝大多数其他可以吃的东西不同，他更多是对它们丧失了味觉。在他的写作计划中有一些小小的暗示，这些也是出于"感到惊喜"这个词的缘故：成千上万的可食用蘑菇中，每一个品种都有"令人吃惊的美味"，即使那些在其他蘑菇书中口口相传为口味"一般"甚至"乏味"的蘑菇也是如此。"野味"，不管怎么说，不会有人不爱吃，尤其是形态、色泽、味道都独具特色的野味。它们在嘴里就会变成软乎乎的东西——外表越野，就越软乎，规律就是这样，美在心里，超越味觉。与这样一种野生蘑菇相比，所有其他肉食，即使是炖得最烂的肉、最新鲜的鱼、甚至是鱼子酱，它们的味道都显得极其平常。只有一些稀少的野生植物才会接近这样一种味道，然而这其中还有些附加的东西在起作用，一种超越了一切纯粹的植物性的东西的附加影响——你只有亲自品尝（并且不允许，也不应该在此之前用别的什么东西弄坏味觉）。

"亲自品尝——合口味使吃饭的速度减慢，变成了品尝，合口味、品尝和细嚼慢咽转化成铭刻在心和赋予灵魂。哦，十分稀奇，吃饭、品尝时间，这一切融合在一起，最后咽下。与此同时，天呐，稀奇中的稀奇，平静的流动，伴随着这样的情形。哦，只有在神圣的时刻，你我心中升起与上帝同在的感觉，亲爱的读者：幻想星空的升起！说实在的：你在哪家一星、二星或三星级餐厅里有过这样的感受呢？一种食物能够从土壤深处破土而出，向着天空挺起脑袋，这难道不稀奇吗？"

这个蘑菇痴儿会不会因为这样一本蘑菇书而真的变得富有了呢？一如既往：这本书后来也没有什么结果。开始那些年里——这持续了很长时间，因为他总是重新开始，发现新的东西——，他的激情促成了他在事业上的成功。虽然每次面对一些迄今没人知道的东西时，他都觉得自己少有的富有，但事实上，他并未因此而富足。可他毕竟能够实现自己一个梦想。于是，他在远离城市的地方买下了一片林子。那里到处还是田园风光。那是一小片林子，处在一望无垠的广阔田野和草地中间，不禁让人联想起一座小岛，但与大海无关。在一次探险时，他闯入这片林子里，穿过一道密不透风的自然篱笆，满地的红褐色火炬柔和地映照着他。在我们两个童年之时，这种蘑菇生长在牧场旁边的杉树林里，被称为"熊掌"。后来呢？他的林子被一个如此美丽、但似乎怀有恶意的蘑菇家族侵占了。就是那种"蜜环菌"，它不但吞噬了熊掌蘑菇，也在一年时间内吞噬了所有的树木。

抛开这个损失不谈，渐渐地，面对在数量和种类上发现越来越多的蘑菇，他过渡到使用"经济"一词，："好啊，经济！"——"又是经济"——"它今天如此兴旺，我的经济！"这个词不仅仅停留在不由自主的字面上。想象着如此大量的蘑菇自然而然地呼唤着销售、交易和市场，他觉得是如此自然，就像平平常常的东西一样，就像他的律师辩护一样，无论如何比我写书要自然得多。这也是因为，我昔日的乡村朋友渐渐无法独自掌控他采到的宝物。有这么多的蘑菇，他自己的消耗几乎无法使它们的数量显著减少，妻子和孩子，一段时期内尽心尽力地吃，也同样无法做到，不管什么样的邻居也是如此，尽管他恰好把他们想象成他的客户——他心想着，作为交换，这样也许会促成一种从乡村时代起就一直浮现在他脑海中的邻里关系。可惜在现实中，它早已不复存在，更何况在这样的市郊地区。把他的财宝拿到市场上，拿到集市或周末市场上？他十分认真地打算这么做，甚至迫不及待地一同拿上那些意大利、巴尔干和阿富汗西装，每只手里都提着装得满满的沉重筐子前往那里，充当供货人，充当卖家，特别是他的货物相比其他所有卖家的东西，简直是无与伦比的新鲜美味；别家的货品都是萎蔫的、乱糟糟的、被苍蝇包围着，装在一个不透气的容器中，或不知怎样是从遥远的省区或更远的国家，甚至地球的某一角落运送过来的。

只是他采到的大部分美味在一百年前还曾是商品，那样不言而喻，那样备受追捧——但如今时过境迁，一去不返，要说是商品，唯有人工培育的形态；要说那原始形态，那几乎被世人遗忘的原始形态，最多不过是习以为常地谈论蘑菇时评头论足而已。靠这些世上无比精美的果实——恰恰说的就是那些美味——，如今，也就是在所谓的"当下"，再也走不进市场了："退化的顾客"，用他的律师行话说，"退化的市场！"

此外，他恍然大悟：他天生就不是商人，甚至连市场供应者或供货人也不是，这是不是源于他内心深处无法消除的乡下人身份呢？他不是一个开拓市场的人，不是一个创立市场的人，也不是一个市场的料子。

但唯独有一次，他斗胆把满满一筐牛肝菌带到一家餐厅里。那是一家意大利餐厅，而不是别的什么。在那里，他和妻子共进晚餐，心里却抱着另外的想法，要是那个来自阿布鲁佐或撒丁岛的饭店老板盯上这些美妙的东西的话，那恐怕就会有好戏了，这样就会赋予他、这个顾客、这个闻名遐迩的"明星律师"一个普通商人的角色，一个供货人，一个正好要提供这种东西的人，也许是更美妙的东西，就地供不应求的东西，特别需求的东西。事情果真如此，虽然不是以买卖的方式进行的，但是实现了一种交换，这样更好，或者又是更自然，即使两瓶产自阿布鲁佐或撒丁岛的葡萄酒可能并不能完全抵得上牛肝菌的美味：他不仅仅是个蘑菇痴儿，还是个自然经济的行动者，一个来自远古时代的人。当人家给他妻子斟上这瓶交换来的葡萄酒品尝时，她向他，她的丈夫投去一种来自邻村少女的眼神，他还从未从她那里感受到如此关注、如此遥远而来、持续如此之久的眼神。从此以后，时至今日，在这个蘑菇痴儿故事讲述接近尾声时，他再也不会"品尝"到这样的眼神。

　　如果说在开始那些年里，他对蘑菇世界的痴迷不仅充实了他的工作和其他附带的美妙的东西，而且也丰富了他与妻儿的共同生活（他有一次这样对我说，她的，也就是我妻子的爱是一种幽默）的话，那么，随着时间的推移，事情就发生了变化。他自己未觉察到，但他妻子会越发有感觉。真的，他没有意识到这种情形，他正在因为他的"狂热"而忘记妻子的存在。他的狂热迅速发展成瘾，成为一种恶习，而他妻子则失去了幽默。有一天，她突然离开了他们共同生活的家，也带走了孩子。这是一种逃离，逃离她的丈夫，也逃离那些在地下室和车库里、后来还有其他地方日益增长并且很快就腐烂发霉的、特别送给她"而带回的小礼物"——这个词语，是他作为亲昵的话说出来的。

像他妻子这样的逃离，出于完全不同的原因和征兆的例子比比皆是，数百年来常常被讲述，而弦外之音在这里应该足够了。只有一点：蘑菇痴儿好像对他亲爱的妻子的逃离压根儿就感知不到，对他亲爱的孩子的消失同样无动于衷。就在妻儿离开后的第二天早晨，在飞往一个遥远的国家去探访一位犯人前，他还利用仅有的一点空闲时间，急切地要去森林里走一走。这条他正在走的路很久以后获得了"离开之路"的名称。

其实，早在妻子出走之前，他的行为，尤其是他对外部世界的态度就已经完全改变了，可谓是翻天覆地的变化，他的亲人越来越从他的意识里消去了。他妻子这样写信告诉我：每天晚上，后来甚至每天清早，他都在她面前侃侃而论，口若悬河，她忍受着。

从前，他自身的形象就是一个边缘角色的形象，可是后来就成了在普遍的人生游戏中一个附属的、和别人互补的、享有平等权利的角色承载者的形象，并且被他觉醒的热情加强了。于是，他坚定地视自己为这样一个人，当年作为孩提时期的边缘角色，在森林边聆听风声、任凭风吹雨打和风雪扑面时就曾经暗暗地发号施令。——怎么会这样，成为寻蘑菇的人？——是的，是寻蘑菇的人，采蘑菇的人，蘑菇行家。

这就是说，别的一切东西对他而言渐渐变得无关紧要，在他看来完全不值一提，或者彻底停止存在了。他放弃了阅读，除了那些出自新西兰的、描写高大的阿特拉斯蘑菇的书，以及那本名为《阿拉斯加蘑菇》的精美册子以外——其中提及的蘑菇是相同的；他也不再去电影院，不管是结伴还是一人；他也不再去旅行，不论是独自还是结伴：而且随着时间的推移，就连对他来说易如反掌的律师工作，他也不再上心了。

他自己完全没有意识到，也并非故意为之。他满足于一大清早——并且越来越早就动身去森林里——有所发现就是了。在他看来，似乎一天的工作已经完成了。研究卷宗，以及那些在审判之前如此字斟句酌、连停顿和分段都有板有眼的辩护词，通通变得十分多余。他的世界就是研究蘑菇。在法院的工作，也就是在那里为被告人辩护，这曾经是他全部身心所在，可他如今对此无论如何都麻木不仁了，也忘记了那些委托他的人。在他的森林——此时已是他的"领域"——里有所发现，这会使他产生一种幻想，仿佛那些要为被告处理的事情完成了，如同也许听音乐会给人的幻想，或夜猫子幻想着白天早点结束。每一次发现珍宝时，他都觉得，仿佛他已经成功地完成了无罪辩护，他的辩护已经到处传颂。

更糟糕的是：他开始鄙视那些委托他的罪犯与被告，又是没有意识到，也不知不觉。在他看来，那些他之前认为几乎完美的人变得越来越丑陋。不健全的人。不值一提的人。破碎的人。失败的人。行尸走肉，没有前途、没有未来——没有远见! 与之相反,他是一个有幻想的人! ——靠什么? 靠的是蘑菇的力量? 恰恰那些据说能够唤起幻想的蘑菇,他都视而不见——"靠着他的木耳、他的'精灵们'、他的口蘑和橙盖鹅膏菌的力量",他的妻子,也就是那个来自邻村的女人,痛苦地写信告诉我。作为森林中的"独行者",如果他之前能够感同身受地对待他的委托人,那些"来自所有奴隶国家"的被告的话,那么,他此间真的鄙视他们,就像鄙视奴隶那样,因为他们作为被监禁之人罪有应得。

还有更糟糕的是,或者也不是,或许是另外的糟糕,他对委托他的被告的鄙视渐渐地转向法官席上的人,毫无分别,不仅针对所有的法官("那些法官,他们不但越来越冷酷无情——而且也很蠢,蠢得要死,你越了解他们,就越觉得他们蠢"),而且也针对翻译,原告代理以及被告代理。他只看重自己,无视他的工作,因为这在他看来已一文不值;他把自己看得越来越高,视自己为芸芸众生中万里挑一的人物。他的卷宗里被夹进了越来越多的印痕,一千零一个蘑菇品种的印痕,犹如陌生的太阳系的图案。

与此同时,他真的不怀恶意。有一次,他的一个对手正在进行辩护，要求给一群可怜的被告判处终身监禁。这时，他突然抓住他的法袍，全然忘记了自己和法庭世界，而观赏起那些东西，怎么回事呢？就在他的手掌里，也让在场的人闻到了。另外，还久久流传着这样一个故事：有一天，在一个我们说来特别庄严的审判时刻，当全体起立宣布判决时，蘑菇痴儿也从辩护席上站起来。然而，在长长的审判席上，在宣判仪式开始时，那些国际知名、甚至享誉全球的法官们动作十分一致地"煞有介事地"戴上法官帽。这时——毫无疑问，这次他是有意至少要亵渎法庭的尊严——，蘑菇痴儿却用双手将一顶与法官帽极其相似的"王冠"扣在自己头上。实际上，这是一朵巨大的伞状蘑菇，一朵高大的环柄菇，coulemelle, culumella iganta, makrolepiota[1]。

那些受邀来他家里的客人——那个时候他们还来，而且来的人还不少——必然会料到，这样或那样，从夜幕降临直至午夜，一直会受到蘑菇咒语、蘑菇狂想曲、蘑菇交响曲、蘑菇诗歌、蘑菇寓言和蘑菇大合唱的折磨，与其说是那些可食用的东西，倒不如说是他年复一年不断增长的

---

[1] 分别为"高大环柄菇"的法语名称、斯洛文尼亚语名称以及拉丁文学名。

陶醉。最后对他而言，直到过了午夜，再也没有别的话题可谈。他也不允许别的话题。正如所说的，蘑菇是最后的冒险，他是它们的预言家。它们出现在最后的、不，是唯一的地平线上。世界轴心在围绕着它们旋转，还有天气，变成了蘑菇天气或非蘑菇天气。他早晨醒来后的第一个念头："动身去森林里。动身去许多森林里。去寻找蘑菇！"他的第一个念头？他一年四季、无论夏冬、周而复始的唯一念头？"念头"？一如既往：他讲给我听，最后只剩下我这个听众。他白天黑夜讲述着一个蘑菇发现地，仿佛这是一个大事，可闭口不谈那些每天发生的、堆积如山的世界历史的灾难。他似乎丝毫不想停止持久的喋喋不休与喃喃低语。

他的鄙视也转向和针对所有与他不同类的人，"我们，也就是他的亲人除外，我亲爱的丈夫出于爱而遗忘了他们……"作为寻蘑菇的人，他同时将自己视为保卫者，二者加在一起，使他变成了森林的主人，或者正如他在尚未撰写的蘑菇书中自我称谓的那样，变成了"羊肠小道的儿子"。这个词译自阿拉伯语，据说意思是士兵，圣战中的一名士兵。是的，他进行着一场针对所有不像他一样走在羊肠小道上的人的战争，超越森林之外，尤其是森林里，先是暗地里，后来公开地，尽管只是用言语。甚至连那些玩耍的、手拿玩具手枪互相砰砰开枪的孩子们也感到痛苦。只要他们能够得到正确的教育，他还曾经把他们视为未来的同盟者："废物！让森林保持安静！"（最后他不只是默默地这么讲了。）他为那些虚伪的寻宝者感到羞耻，他们年复一年越来越放荡地住在森林里，不仅带着铁锹和镐头，还带着越来越多先进的盖革计数器[1]，为了寻宝，围着树根，把坑挖得越来越深。他为森林中骑独轮车的人感到羞愧，他们重修了森林中每一条依然隐蔽的隘路，用天然土壤修建人工沟壑、平面和障碍小丘，似乎最原始的大自然只不过是被他们吞并的地区。"这些邪恶的狗，你们应当向我、这个小径的儿子忏悔！"

此外，他的妻子还告诉我，每当有一个砰砰玩枪的孩子或一个快步走过森林的人不经意间向他打招呼时（没有一个寻找金属宝贝的人向他打过招呼），他会感到多么无助；在一次回家的路上，他曾经为一个森林运动者那生机勃勃的肌肤与闪闪发光的眼睛而振奋——与之相反，他的眼睛那样无神，即使有了前所未有的发现，恰恰在这个时

---

[1] 一种探测电离辐射强度的记数仪器。

候？脸颊似乎因为森林中的蛛网而红肿；额头上每次都带着被树枝划破的血印子，他是怀着被他称之为"渴望"的寻找欲望盲目地撞上去的；他时而被橡树干上一块锋利的枯木块扎到眼角上，昨天是右眼，今天又是左眼，他之所以没有早早成了独眼龙，她这样说到，只是多亏了他的保护神。可他的几个前辈就没有那么幸运。这个保护神在他们两个家乡被称之为警告之神："留神，朋友，下一次你就不再拥有我的保护了！"

最后她告诉我，他每次出发，总穿着那身精美的西装，系着拉得很紧的真丝领带。——然后脏兮兮地回家吗？——不会的，从来都不会的，没有一次精纺毛料上有什么污迹，其他地方也没有。但取而代之的是：衣服被撕破了，特别是内衬，新买的西装在第一次或最迟在第二次的森林之行中就会被撕破的，久而久之，不是一个破口，而是越来越多，在我们最后那次共同的时刻被彻底撕烂了。

在妻子与孩子——那时孩子几乎已长大成人——离家出走后不久，蘑菇痴儿便停止了律师工作，开始撰写那本特别的蘑菇之书。但是，"正如所说的"，"正如所看到的……"伴随着他在失踪前不久对我所说的，"我一生中最阴森可怕的时期"开始了。但由于这个时期有另外的兆头，有另外的对象数百年来常常被提起，因此在讲述时，我可以长话短说，尽管它持续了一年又一年，再说这讲述自然不过是复述而已——不然的话，这也不是我的事。我至今遵从那安东尼奥·马查多曾经发誓将它作为节奏图像和基调的"荷马出处"。可对即将讲述的东西来说，我该怎么说呢，不再会是这样。或者这再也没有了它的位置。

阴森可怕？是的。同时，在寻找的过程中，他也感受着每天几乎都出现的心醉神迷的时刻，一个时刻决定另一个。他的心醉神迷，甚至出现在少而又少的一无所获之时。他认为，这样的心醉神迷表明他是一个自由的人，"所有人中最自由的，你们其他人，你们是我的，也是我们同类的奴隶。"他的同类人？是的。现在，没有工作，他这样自由，同时也去寻找他的同类人，寻找着其他特殊的寻找者、探寻者、研究者，在他看来和他同样是终极的人。

而这种插曲似的情形甚至好像得到了证实，当然不再像之前有时那样，在寻找时，在森林里或别的探寻地——在除森林之外，这样的时期也日益增多，几乎令人害怕——，更少出现在来自全球的蘑菇专家或者像他们所自诩的"蘑菇朋友"计划的聚会和年会上。他在第一年还出席过。在他的同类人之中，只要他们偶然出现，他通常都会感到自己就像处在酒吧柜台旁一群陌生人之中，其实几乎次次如此。这时，为了聊起来，不需要电视上有足球比赛。一个陌生人一句有关蘑菇的，或者有关一种确定的、很容易被忽视的蘑菇的简单评论，和一种各抒己见的讲述可以开始了，怀着内在的激情，也说地点，说季节，尤其是形形色色，千差万别，还没有如此激烈的足球比赛和世上任何别的对象能够唤起这样的激情。

除此之外，大家绝对不会谈论别的。当他参与谈论那些臆想的他的同类人的生活状态时，那么他们撇开蘑菇世界，更多代表的是他所寻觅的自由人的反面。在日常生活中，他们大多表现为顺从的臣仆，不管是妻子的臣仆，还是什么人的臣仆；是下属，和他们则无话可谈；是最顺从的臣仆，看样子，仿佛他们的寻找过程不过是一种癖好或无数消磨时间的方式之一——这毕竟与在酒吧柜台旁一再可以看见和听到的不相符。有可能，在那些大会上，他更少会遇见他的同类人，而就更不用说在世界蘑菇研究者大会上了。不像他预先所幻想的，几乎没有一丝自由人的气息，也没有一丝被世界氛围在整个研究者的身躯上点燃的火舌的样子。奇怪的是，怎么会有那么多研究者看上去病快快的，是些病人，自以为是的病人。没有一个人自由地挺着脑袋，如果在这个特殊的研究领域，这几乎还说得过去，但总是一些点头哈腰的人，弓着背，垂着目光，他们能够散发出些许自主的东西，或者？散发出他们本身自主的东西。这样一个人，只需要张开嘴，开完一个会议，奔赴另一个会议，让声音广泛传播，难道不是吗？这样让"那高高在上指导的东西"来"肆意支配"，难道不是吗？歌德早就领受过了这种精神。然而，没有声音在传播甚或肆意支配。这样的大会让人分别只能听到各种像宗教会议的声音，流于蘑菇教皇与许多竞争对手的知识竞赛，在之后最令人惬意的济济一堂时也一样。这时，他，这个自命为来自蘑菇王国的男爵便希望回到酒吧柜台旁那美妙的偶然交谈中。在会议中心的花园散了一会儿步，这些大多上了年纪的真菌学专家显得有些疲惫，即使其中有一个做一篇革命性的霉菌理论报告，座排间回荡着持续不停的咳嗽声，大家彼此都表现出与对方保持距离的动作，以防被传染——"这一切当年在我的法庭辩护中都是不可想象的"。然而：最后——在他的故事里，毕竟时而强调过最后——，这些蘑菇专家其实统统都是失败者，也许今天依然是这样。与此同时，每一个人分别都是受到振奋的人和好心人。

尽管如此，他们也不是他的同类人，他认识到：他的同类并不存在，就我所知，在他的故事接近尾声时，他这样给自己说，早就不再抱着也许与生俱来的高傲。在一种间隔期间，在他蘑菇痴儿生涯的高潮时期，这种高傲简直变成了一种盛气凌人。

高傲与盛气凌人消失殆尽——尽管如此，他觉得自己是个独来独往的寻宝者，孤独的寻宝者名副其实。独立自主的人，他曾经是，依然永远是，即使只是在那些心醉神迷的时刻里，在那些日益短暂的、顷刻间就变得十分苍白的、而且更糟糕的是变得无效的时刻里。"独立自主的人"则意味着：无论我在哪儿，我和我划定的圆圈、螺旋形和椭圆都是我的地盘。这块地盘是我的，任何人都不允许在这里打扰我。你最好从我的寻找领域里消失。从我的视野里消失。你这个奴隶的灵魂滚开吧。由于他恰恰在孤独中重新考虑自己的声望和举止，它们才起作用，他不用特意呼喊出几乎已经到了嘴边的辱骂之词（尽管他又穿起得体的西装，但只是手指甲上沾的森林泥土再也无法弄干净了，因为泥土已经那样深地钻进去了）。

他要求不让任何人打扰，看样子，仿佛这意味着，他正在干一件特别棘手、又十分必要、并且为了公众的利益而不可推卸的工作。要是这个工作受到妨碍的话，就会是个不幸，一个永远的不幸，对公益事业而言如此。此外，仿佛他本人也会跟着遭殃的。是的，好奇怪，或者正是很可怕：在心醉神迷的时刻，他同样也感到恐惧。感到恐惧，因为在这时，这个作为一名特殊的大地测量师的人独自做出这样的测量和球面运动，穿梭在丛林里，拥有世上一切时间，并且表现出背后突然再也没有了时间——似乎脱离开了时间——，这时，他就感到害怕，他的时间似乎到头了。"你真可恶，虚伪的光明使者！"

这样的情形后来也发生了，且最后天天都这样。他那探寻、研究以及发现的心醉神迷每次都面临着突然转化成惊慌失措。他感受着这样的情形，仿佛这是一种无法比拟的仪式，开头美好，温暖心房，然后不知不觉变得可怕而冷漠，超越他本人。这种可怕，他寻找得越长久，可怕就会越强烈地袭击他（他寻找和发现一天比一天更有成果），因为面对一味的寻找和继续探索，他觉得空间变得越来越狭小，最后缩小成一个个点，这里一个，那里一个。如果说他的寻找以前是开拓环境的话，那么现在找到，特别在大量的情况下，就使得环境缩小了。终于有了一次独一无二的发现曾经是多么的美好惬意啊。可如今，这不再是空间了；这意味着：告别了空间的感觉。在一种间隔期间，他的目光游戏般地游移在树梢、树冠、超然至上的苍穹和尽可能遥远的地平线上，这样来迷惑自己还拥有空间感——，并且如此早早地错失了它，也是因为这样的目光短得要命，任凭他投来投去，永远都不会变成观察；就在它们要获得某些连续性之前，便已经被他中断了。他又回到这个点或那个点的张望中，甚或直瞪瞪地盯着眼前。他从东南西北的主人变成了点的奴隶。是的，奴隶，这就是此间的他。

伴随着如此错失的空间，宇宙的规则的一部分？几乎日益加剧的时间窘迫感渐渐逼近，随之而来的是困境，接着是不合时宜。奇怪的是：他的时间困境，他所称道的"时间桑拿"，并非缘于他拥有太少的时间，而是太多——空间感的丧失缘于他度量感的丧失。另外奇特的是：偶尔还使他保持镇定的东西，恰好就是变得恐慌的外部世界，使他恐慌的大自然。在暴风雨或者狂风大作时，那些时间和空间被弄得混乱不堪，不是存在于他的内心，而是存在于外面，存在于外部世界。这样一来，他把这种情形感受为一种非同寻常的游戏，感受为对他内在的虚幻和伪装具有解脱作用的反运动；在树枝冲下来的当儿，在受惊的鸟儿迎风乱窜时，在震耳欲聋的雷声中，他感到自己很安全；他虽然继续在张望和探寻（仅仅还在某些地方，而不再是一个劲儿地向前），在一旁和树根前，但他也是其中的一员，属于那些在慌乱的世界里把一切都弄得乱七八糟的时间与空间的一部分；他找到了令人羡慕的宁静；他大开眼界，即使掉落的树枝擦肩而过，或者闪电使他不由自主地感到害怕：大吃一惊之后的片刻，他甚至看得更敏锐了。他这样分别所看到的，就像以前一样，是被一种表象包围着——无论如何不是一个点。恰好就在这混乱世界的荒芜中，他的地方感又回来了。恰恰作为误入迷途的人，此时此刻，他变成了发现者。

此外，有时还能让他免遭不合时宜之苦的东西，不管矛盾不矛盾，就是那些甚至短暂的小插曲。这时，他寻找，寻找，又寻找——他再也不会做别的什么——，就是什么都找不到。在这些寻找的时刻，他虽然变得越来越气恼，但正是这样的气恼帮助他留在时间里，或者正像他自己所说的，"在此岸"。而且，尤其在徒劳地寻找一天后，两手空空，囊中无物，从森林深处走出来，那里，终于，终于！再也没有什么可找的了，这实际上就意味着："啊，自由了！"只是这样两手空空、一无所获的情况是很少见的，一次比一次少见。"寻找，但一无所获！"他认为这才是一种理想。问题只是：怎样实现这一理想呢？这是几乎无法实现的，至少一个蘑菇痴儿实现不了，更何况一个不拥有同类人的蘑菇痴儿呢。

是什么东西让他在所有这些愚人社会里成为一个奇葩呢？我问自己。也许吧，他像莎士比亚的变体，超越了他的蘑菇痴儿生涯，还是个"意识痴儿"。在这种意义上来说，"这样一来，意识会把我们所有人都变成痴儿"。而且这样一来，那不由自主的东西，那无所作为，那顺其自然虽然又是他的理想之一，但与此同时，他始终，从不间断，每时每刻，一个劲儿地意识到自己在做什么——而不是放任自己无所事事，也不是弃之不顾。他的意识痴性使他患上了时间病，而蘑菇痴性好像曾经使他得到了治愈，随之最终——啊，他似乎得到了一个"最终"的惠赠——他的时间困境随着时间的推移又越发咄咄逼人地爆发了。这期间，他最可怜的意识痴性是什么呢？他假装着不去寻找，为了暗暗地找到什么。

他诅咒自己。同时，当恐慌来临时，他也诅咒蘑菇。如果说他后来真的还关注什么东西的话，那也只剩下蘑菇了。越来越多别的东西迷惑他，被他当成蘑菇，即使它们的形状与经典的蘑菇毫不相干。他把邻居家房顶上四方形的烟囱视为蘑菇。面对东方三圣贤正在给圣婴献供品的雕塑像，他们贡在手里的不是金子、香火和没药，而是蘑菇。深夜里，天上的星象被当成蘑菇。睡梦中，他觉得自己身上长出了蘑菇，不是医学上所讲的有害健康的蘑菇，而是森林中散发着迷人香味、受人喜爱、勾人食欲的野生蘑菇。即使在森林里和草地上，采到的蘑菇堆积越多，他就越会将它们与周围的树叶、牛粪甚至野莓和野花相混淆——还有石头、狗屎、纸巾、香烟盒、鸟羽毛、避孕套、生锈的钢盔、破旧的士兵饭盒、引爆后的盘状反坦克地雷残骸都会呈现出蘑菇形状（他会弯着腰把它们当蘑菇捡起来）。

　　面对脑袋内外清一色的蘑菇形状，他开始辨认不出人的面孔，不论是陌生的，还是熟悉的，这对他来说曾经是至高无上的东西，"可以看得见的第三者"。已经离开他很久的妻子告诉我，有一次，他在森林里遇见了她，但他首先看的是她手里拿着什么东西。——这就是？——一只橙盖鹅膏菌，也叫作 Gäsarenpilz, amanita caesarea,

Dottergelb,[1] 并不是浅黄色的，外面包裹着一层蛋白色的壳，真正的神仙美味。——怎么回事？难道她也变成了蘑菇痴儿？——是的，但只是例外，是场游戏，她想用这种方式把她的蘑菇痴儿争取回来。——然后呢？——他真的从妻子手里的蘑菇抬起头来，面面相觑。但是，他认不出她来，只是惊讶地看着她，像个陌生人，与其说是因为她的美貌，倒不如说因为她手里的蘑菇。

破晓时分，他倾听着风吹树木发出的沙沙声和簌簌声，儿时的他曾为这声音而着迷，但如今，听起来就像是针对他而来的窃窃私语，像是含糊不清地说三道四，像是预示着不幸的喃喃低语，像是邪恶的咒语。在风中彼此碰来碰去的树枝叽叽喳喳叫个不停。即使他遇到最可爱、最美丽的蘑菇丛，它们对他来说也不会是"什么好东西"。鬼玩意儿！地狱的畸形怪物！与此同时，把这东西捧在手里，冷冰冰的，刺骨的冰冷，就是用如此的热血都无法使它温暖。相反，手上的冰冷侵入他的体内，从手臂向上，直至变成冰块滑到内心深处。但这当然不能阻止他，作为熟悉森林的当地人，去帮助一群迷路的徒步者——迷路的人越来越

---

[1] 分别为"橙盖鹅膏菌"的德语俗名、拉丁文学名、德语学名。

多——回到正确的路上，并首先问候迎面走来的徒步者，哪怕他连一个面孔也看不到。另一方面，不能阻止他的是，他感到惊讶，过去数百年来那些伟大的森林徒步者，就像他现在一样伟大的森林徒步者，就想一想美国吧，比如沃尔特·惠特曼或亨利·戴维·梭罗，他们并没有歌颂、或者至少提及过蘑菇。沃尔特，你为什么将树木仅仅用于体操训练，为了在你患了心肌梗塞后变得灵活起来？亨利，你为什么在缅因州和马萨诸塞州的森林里只关注植物呢？印度人和阿拉伯人究竟是什么样的民族？对这样的民族来说，蘑菇只生长在厕所附近，或者它们就像猪肉似的遭到唾弃，也被驱逐出了伊甸园。

当这个蘑菇痴儿朋友数个月之久横穿了地球上的沙漠和戈壁时，他要这样来摆脱自己的爱恨吗？不知道。我所知道的是：在图瓦雷克人那里，在也门，在沙漠和荒漠靠近绿洲的地方，他也开始寻找蘑菇，寻找与沙子和土壤共生的蘑菇。据说他也曾为了躲避蘑菇，逃到我们欧洲中部；他停留在主教座堂前，停留在体育馆里，甚至乘小船在河上游荡，的的确确；他站在地铁轨道之间，站在寸草不生的墓地上，仍然满怀期待地望着它们，或者扭头望着它们，无视于别的一切。有时候，在不渗透的水泥地上，他自己会有所发现，在瞬间的心醉神迷之后，他又会感到遗憾。在一次无关紧要的手术前，他站在医院的窗前，闪烁的目光投向面前的树冠，可随之越发迫不及待、同时越发感到厌恶地探寻着树根，无疑在寻找着什么。

面对他的研究对象，他越来越经常地萌生起无边无际的谩骂："怪物。雌雄同体。杂种。最易腐烂的造物。一切害虫的根源。"在他眼里，最粗野的谩骂是："童话德国佬。蛆虫童话。扮成小红帽的恶狼。拥有不计其数怪名的侏儒妖，而'侏儒妖'当数最怪的名字！赶快滚开！你们这伙让人同情的家伙！"

由于在地球上，从火地群岛到西伯利亚，他无处逃离他曾经的钟爱之物，于是他又返回家乡，回到他的房子和花园，靠近都市，靠近熟悉的森林。你们要理解，或者，你能理解就理解吧，他早就不再是不由自主、而是违心地被吸引进去的。不，是被强迫进去的，简直就是被驱赶进去的。每天醒来时，早在天亮前，他的第一个念头，不，是强迫："快，快！跟你一起去寻找蘑菇！"

就这样，又过了一个夏天和秋天，冬天到了。一夜之间下起了第一场雪，下了一整天，雪越积越厚。这丝毫也没有阻挡蘑菇痴儿像往常一样去寻找蘑菇；虽然他心头笼罩着歉疚感和自卑感，但考虑到几乎齐膝深的积雪，这反而使他的渴望越发强烈，唆使他。再说"考虑到"也不在话下，更别说额头上的雪花，昔日那个大痣与其说是轻涂上去的，倒不如说是画上去的：这里什么都没有，再也什么都没有。

就像在森林里一样，在深深的积雪中，他然后又是挖，又是刨，又是翻，同时用扎起来的棍子敲击着。突然间，手脚并用，左一下，右一下，像个足球运动员：只有秋天的落叶，在如此洁白的积雪下面，闪现出各种各样湿乎乎的色彩。对此，他几乎就没有什么心思。然而，多年的经验告诉他，在冬天里，从十二月到来年一月，甚至在积雪下面生长着他所钟爱的东西——不管怎么说，它们就是这样的——，因为雪保护着它们免遭寒冻的侵袭。尤其是，在所谓的"死亡喇叭菌"[1]——又是这样一个错误的名称，这种蘑菇在那里闪现出生机勃勃的黑灰色——旺季过后，他有可能采集到它的孪生种属，它同样呈微型喇叭状，

---

[1] 该菌类德语名为"Totentrompeten"，直译为"死亡喇叭"，国内将此菌称为"灰喇叭菌"。

只是色泽有浅黄，有深黄，而变得专横的他擅自将这个通用的名称改成了"窜地蝴蝶"。当时，他还给它起了一个昵称，叫"小地蝶"。那个塔克汉姆药剂师曾经告诉他，这种"喇叭菌"在第一次霜冻之后，味道会更好。这个药剂师不同于今天众多的药剂师，是个蘑菇行家，几乎无人比拟。

说来也巧，那是他失踪的前一天；他从地球表面消失之前。他接连几个钟头徒劳地翻起积雪。有人会认为，我朋友蜿蜒搜寻的这片森林区域，被其他机械化和自动化的寻宝者玷污了，或者被一大群野猪拱坏了。让他感到庆幸或者不幸的是，那天雪停了，在十二月冬日的斜阳余晖中，一朵"小地蝶"棕黄色的"翅膀"在挖开的雪洞里闪烁着光芒，仅仅一朵，它吸引了他，在被发现的一瞬间也清新地听到了这个昵称。先是黄色的细柄沐浴在阳光中：全世界哪里还有这样的光泽，会报以更加热烈的欢迎呢？

蘑菇痴儿又是出于多年的经验，他心里明白，就像人们通常那样，常常经过大半天的寻找后，终于发现了第一朵，就像现在这一朵，独一无二，从厚厚的落叶里"飞出"一只蝴蝶，同时静静地待在原地。于是，就坚信它的周围不止有一朵，而是一簇一簇的，会发掘出一堆、一丛甚至成百上千美味可口，无与伦比——就像几乎所有的蘑菇一样——的"小地蝶"，藏匿于井然有序的地沟里，延伸至树木间，如此之多，以至于他在采摘、攀折（他觉得清脆的折断声像音乐，"像约翰·米尔顿·凯奇[1]和朱塞佩·多梅尼科·斯卡拉蒂[2]谱写的合奏"）和收获时，想象着森林深处一片隐秘的蘑菇苗圃，他觉得就像是一个隐秘的大农场。

于是在那一天，在积雪下发现以后，一垅又一垅的"小地蝶"横穿森林，延伸至远方；这个大农场也不断延伸，一眼望不到尽头。一刻又一刻收获到的东西越来越丰盛，盛在众多容器、袋子、背包里也变得越来越重，要求他不停地弯腰去采摘。此间，他脚下延伸至远方的黄色蘑菇垅逐渐变得稀疏，一旦再往前挪动几步，它又重新闪耀出金黄色。这时，他渴望着自己终于能直起身来，带着收获的东西回家。没有别的想法，只有快快离开森林！但他无法做到。"小地蝶垅"延伸着，不断地吸引着。他不仅无法离去，他也不被允许离去，这些恶棍，这些流氓，这些无赖不允许他这样做。那些生长蘑菇的地方，那些蘑菇田野，

---

[1] 约翰·米尔顿·凯奇（John Milton Cage Jr., 1912—1992）：美国实验音乐作曲家、作家、视觉艺术家。
[2] 朱塞佩·多梅尼科·斯卡拉蒂（Giuseppe Domenico Scarlatti, 1685—1757）：意大利作曲家，键盘演奏家，著名作曲家亚历山德罗·斯卡拉蒂之子。

那些蘑菇垅子，那些众蘑菇纹饰，它们蜿蜒盘旋，迂回曲折，抖动着老鼠尾巴，用龙的尾巴抽打着，向他抛出圈套，毫不间断，毫不心软。

夜幕降临，还不到傍晚，而是十二月的夜晚。他继续从森林纵深朝着高处走去，咒骂着，恳求着，啜泣着，哭嚎着，他成了被强迫劳动的收割工人（他律师时期的套话），开始还借着雪光，后来则依靠额头上的矿灯。自从他的蘑菇狂热蜕变成瘾以来，他穿梭森林时就与矿灯形影不离。"我，是猎人？绝不是！我是个被蘑菇追捕的人！"（又是这样一句套话。）

后来呢？恐惧最终爆发，吼叫或者一声不响地一头撞向那个最深的弹坑边一个树干上？另一个"大事件"？或者，他哼着歌，唱着歌，就像什么事都没发生似的。在一个弹坑里，整个人穿过此间已经冰冻的雪，钻进下面的树叶里翻滚着？这些都不是。就像在哈巴谷，《圣经》旧约中一个所谓的先知的故事中一样，你读过吗？他被人抓住头发提溜起来不知扔向何处。——是谁抓他呢？——不知道。你们自己去想象吧。——也许就是他自己？——也许吧。

我从谁那里得知他失踪前的最后几年、最后一年和最后一天的这一切呢？从他本人，这个童年时的乡村朋友和后来的蘑菇痴儿，即便不是蘑菇疯子那里得知的。

　　我的感知，他正在来我这里的路上，到达了：几天来，他在跟我聊天，或者我们彼此聊天，在他远离整整一年之后。由于他的出现，且安然无恙，我则希望，那一丝热情也飘到我的和他的故事里。如果没有这样的东西，我的讲述将无法实现这个故事必然的趋向和归属，就会走向像是另外一个人，而不是我所呼叫的悬而未决！

　　又是一个十二月初，但没有下雪。有一天下午，我坐在自己那个相当偏僻的房子里。它位于巴黎与博韦地区之间，当年曾经是来往的马匹和车夫过夜的驿站，无论是昔日还是今天依然人烟稀少。我沉浸在他的故事里。这时，这位老朋友从那条只有早晚才有些许车辆行驶的小路上走过来。我认出了他，也许吧，因为我"不知为何"在等待着他；也许吧，由于专注的写作，听觉变得更加敏锐了，听到了他的脚步声。老朋友？迈着青年的、几乎是孩子的步伐，接近孩童蹦蹦跳跳的走法。不管在哪儿听到这脚步声，我都觉得这向来是最悦耳动听的音乐。

我从正在伏案撰写他的故事结尾的桌前站起来，还没等他敲门或喊我，就为他打开了花园围墙的大门。我把门牌号——周围远近也找不到数字大于三或四的门牌号——就安在这门上。门牌是用在附近草原上捡来的史前贝壳组合起来的。他对这样的迎接没有感到一丝的惊讶，径直走进我这个非同寻常历来如此的"寒酸"花园里。我自认为仿照了维吉尔的《牧歌》。——仍感不足的是，他夜里到访，你应该在窗台上点上一支蜡烛！——之前的夜晚，我都是这样做的。——你要用代表着热情好客的盐巴来迎接他。——事情就是这样。

在这历经了百年的石屋门口，他犹豫地停下来，远远地超越了一个礼貌的距离，因此我也有机会来感受他对我带来的影响。我也关注别人的一些细节，尽管与他不同。于是，我发现他的指甲缝不再又脏又黑，而是保养得那样得体，和他那些抛头露面的同行一样；他的额头与脸颊安然无恙，没有了在那段森林痴儿时期天天都挂彩的血印；同样，他挺着身子，一身看上去新买的西装显得格外优雅；他庄重而沉稳地（外来词，常出现在他的辩护词中）齐眉而视，目光不再盯着地板或特意躲避到一旁。无论如何，他看起来不再害怕目光对视。同时，他的眼角上一如既往地流露出那个久无音信的人的神气。

我们只在第一天晚上聊到了他的蘑菇痴儿时代。（他坚持要在那个狭小的偏房里过夜。那是一个当年存放工具的窝棚，连一匹马都容不下，更不用说钉马掌了。这时，马有一半身子站在外面，或者？）就像是为了宽慰他，我讲述了，在这块我居住了将近三年的荒无人烟的地方，还没有发现一个蘑菇，至少没有发现可食用的或其他值得寻找的，这里的土层都是石灰与石膏——不是生长珍贵植物的地方。在贫瘠的草原里，这片可怜巴巴像小岛似的林子的土壤无非是些碎石、沙砾和岩屑——看看那少得可怜的、被鼹鼠拱起的小土堆，里面找不出一粒肥沃的森林黑土壤——一堆散沙，充其量是一堆没有养分、互不粘连的脓黄色土粒。最多也许可以在这儿和那儿看到一些马勃菌，但在它们之中——"我不必在你面前班门弄斧"——，眼下初冬时节，满是棕黑色的粉尘。

我的朋友似乎压根儿就不需要我的安慰，他对此充耳不闻。我也没告诉他，我正在撰写他的故事（并且在进展之中）。再说他也明白：关于我的工作（游戏）的对象，他不闻不问；"对我而言，知道你坐在桌前，能够从花园尽头远远地望着你坐在窗边，这就足够了"，他说到："这让人——（他没有说'让我'）——感觉惬意。"他刚到我家那天，我问起有关他和蘑菇的事情，他好像更多把我的问话归咎于我有意偏离主题。此外，他认为，蘑菇和他不值得写成故事，更不用说成为我"笔下"一本书了。有一次，我看见——这事其实不该在这里说——他在房间里踱步时，将一本蘑菇书的封面倒扣过去，为了不让人看到封面图像。在我的想象中，他把这本书丢进壁炉里了。或一页页撕下来，撕成碎片，揉成团，干脆用于点火。在另一天晚上，在火炉前取暖时，他犹犹豫豫地说出打算写一本抵抗蘑菇的书，是的，一本抵抗森林的书。寻找蘑菇，更确切地说，寻找使你的视线范围，你的视野收缩成一个视点。视线？没有视线。直盯着地面的眼睛毕竟使脑袋变得多么沉重，眼睛变得多么模糊：白内障，一种寻找者的疾病！从地球上一个眼睛明亮的客人变成了一个眼睛浑浊的客人！久而久之，森林，其实森林空气是有害的，十分有害健康，它们压迫肺叶，散发出浊气，最终只有令人恶心的东西。当采集者突然偏离了他们"寻找的步伐"时，猛然的动作就会传递至心脏，导致心律不齐。采集者无一例外：一旦踏上寻觅之途，会变得越来越像强盗，出于赤裸裸的贪欲，而贪欲无异于掠夺。哎，所有这些不信神的自我满足的采集者。这时，他倒更喜欢那些猎人，因为他们起码在敬畏上帝的神圣时期跪拜，你就看看他们的首领吧。哎，这些森林，这些狗屁森林，它们沙沙作响，响个不停，永远会响下去。

当我白天撰写他的故事时，他在后花园里几乎悄无声息地忙碌着，不是将树叶耙成一堆，就是收集从老苹果树上掉下的枯枝，用作夜晚壁炉烧火。这期间，他从不会弄脏自己，甚至连衬衣领口也从未弄脏过。我也告诉他，在草原上，特别是入冬前翻耕过很多遍的耕地上，可以找到几百万年前随着海浪冲上岸的蜗牛壳与贝壳，即使最小的蜗牛壳拿在手里也沉甸甸的，令人惊讶。他每次都会满载而归，一次比一次收获丰富，而且更漂亮，比我在所有这些年里都幸运。此外，他还带回了满满一袋野蔷薇果实，并将它们加工成无与伦比的红色果酱，就像野蔷薇果实一样红；另一天，又带回来满满一袋榛子，被他这个厨师烘烤并端到晚餐桌上，与产自大西洋诺瓦木提耶岛的、几乎不比榛子大多少的小土豆配在一起。还有酸模和来自特罗艾斯纳小河的独行菜（即女贞子）当沙拉，它们都来自高原脚下的平原上。正如所说的，那个当年的马棚就坐落在高原的边缘上。所有这些东西，包括稀少的板栗，每当他回家时，都会像变戏法似的让它们从袋子、袖筒以及裤腿里冒出来。照这么说，他这种乐于变戏法和迷惑人的本能也不减当年。除了寻找地上的东西，他还描绘着，特别是一些齐眉高的东西，首先是那银色的、透明的、涡型卷曲的冬日森林灌木丛，仿佛在他的心里，还保留着对涡卷形、螺旋形、卷曲形、有花斑的、有条纹的、呈球形的东西的需求！同样：除此以外，我发现我的鞋子每天早晨都被擦得锃锃闪亮，雨靴也被洗得干干净净，而且，每隔三天，这位朋友都会用橄榄油将燧石地板浸润一遍——又是一种不同的锃亮。

在我每天工作完后，在十二月的夜幕早早降临前，我们两人每天都会出门去周围散步，每个人都朝着不同的方向，通常都是天黑后很久才回家。这时，我觉得，仿佛猎户星座比之前所有那些年里都更迅速地移动着，从东向南，然后又向西划过冬日的天空；这是不是因为变老的缘故呢？在疏浚的特罗艾斯纳河里，有巨大的老鼠在游动，露出黑色的背，它们实际上是一种特有的河狸，不知为什么，住在这里的人称其为"智利河狸"。那个在运河桥上站在我们身旁等待的猎人知道，它们可以被制成一种很棒的"肉丁"。面对草原夜色中两匹阔背短腿马的黑影，我们幻想着不用马鞍骑上它们，无论去哪儿都行，就像我们昔日在乡村里养成的习惯，骑上两匹阔背短腿的老耕马，从村子一头走到另一头。在另一片草原上，站着一只十分健壮的公牛，它似乎从头到脚都长满了结实的肌肉，皮毛是白色的，甚至在黑夜中也不会失去光彩，腹下的睾丸犹如两个超大的葫芦。突然间，一颗流星霎时划过天际，就像一根火柴被西部片中的主人公或其他人在墙上或别的什么地方点燃。天边层层叠叠的云彩，看起来就像是拖拉机轮胎留下的痕迹。野兔在草原上的冬草<u>丛</u>里穿梭蹦跳，从一个洞穴到另一个洞穴。

有一天晚上，我们漫步来到远处的村庄，在那里的酒吧前和三两个常客站在一起，几年来始终是同样的人。我这位看重衣装的朋友发现，"被遗弃的人常常穿着尤其笔挺的衣服"。对此我沉默不语，因为在这些天里，我会时不时觉得他本人就像是个被遗弃的人。为什么会有这样的感觉呢？因为他，恰恰就是我们两人中平和的那个，会突然变得笨拙，实实在在地遭到笨拙的袭击，只要动手就出错；无论他手里拿什么东西，都会掉在地上。还有呢？他不用看表，每次都能精准地知晓时间，即使在睡觉时，能够精确到分钟。无论在哪儿出现数字，不管是在温度调节器上，还是在我的汽车仪表盘上，他都认定上面显示的数字就是时间，是当下的时间，是现实时间。有一次，那是很久以前了，他曾告诉我，他唯一的骄傲就是拥有时间——正是因为他感受到没有时间意味着什么，这意味着：天龙在心；心亦天龙。也就是说，他至今都还没从他过去的时间困境，那可怕的无聊中缓过来。

他的生日到了，为了和他共庆生日，我放下了工作。我们走过乡间公路、村庄、田间小道和灌木丛——"这不是穿越"（我说）——"这当然是穿越！"（他说）——然后又一起走过村庄和乡间公路，来到高原丘陵后面那家饭馆共进晚餐。这饭馆有个确确切切的名字 L'Auberge du Saint Graal，即"通向圣杯的小饭馆"。（这家饭馆此间改过一次名字，如今又改回了最初的名字）。

我们在日出前很早就上路了。他知道，生日这天的日出时间是早晨八点三十三分。高原东部接近南部边缘的云彩看上去金灿灿的，这个上了年纪的寿星为之而高声呼叫："荣归主颂！"当我们穿过田野时，一阵温暖的和风拂面而来，朋友说这是从也门吹来的风，来自天堂。在一条林荫大道尽头，有一辆蓝色的带篷马车：天蓝色。我和这个同行一天的人，比以往任何时候都更像那位青春永驻、害羞、却又突然纵情的理查德·韦德马克。我是他在《马上双雄》中的同伴吗？有多好啊；那一定太棒了。但无论如何，我对自己的同伴十分认真，正如詹姆斯·斯图尔认真对待伙伴和/或者对手一样。这个同伴？这件事？！他的。我们的。我们共同的冒险。同时，我从身边这个同伴那里听到了什么呢？——"奇怪，一种光亮，像当年埋葬那个纯洁的智障少女时出现的一样"。

我们不是漫步，更谈不上是疾走前进。我们蹒跚而行。"我终于又踏起沉重的步子"，他说。我听见我们踏着沉重的脚步时节奏如此均匀的响声，尤其在落叶里，就像一列火车隆隆地驶去，一列十分缓慢、还没有完全达到全速前进的火车——非常像！我想起有人评论我的《试论》系列文集时说过的一句话："就像大清早一列缓慢行驶运送牛奶的火车。"我们就这样迈着沉重的步子行进。行进。再行进。沉重脚步的音乐，另一种荒漠之旅的音乐。

只要我们走上一条对我们两人来说变得太窄的路上，

我的朋友就走在前面，我看见他的背上粘满了牛蒡叶。它们也成堆成簇地粘在我身上。他有时转过身来，给我讲他的故事中一些迄今尚不为人知的片段，就好像讲述某些早就挺过去的事情：有一次，就像"二战"时游击队员们乔装成采蘑菇的人一样，他反过来装扮成森林中的游击队员，为了寻找他梦寐以求的东西。还有一次，他绘制了一张整个地区的"珍藏分布图"，当作遗产或遗嘱留给他的孩子。还有一次，他回过头来，与其说看着我，倒不如说望着空旷的远方，并且大发感慨："我是如此幸运，一生都是！我一再迷失过，时而痛苦，时而美妙。美好的迷失！正说着，他踩中了草丛边一朵熟透的、满是窟窿的马勃菌，一下子从中冒出褐色粉末状的烟尘，像是踩在冬天到来之前活动的门槛上。

正午时分，天空阴云密布，气温骤降，风向突变，从北边刮来。经过灌木丛中的 Arthur Têtu 墓地，爬上丘陵的脊梁，来到这个方向巴黎与迪耶普附近海域之间的最高地带。这时，天下起了雨，不一会儿，又夹杂着冰雹打在我们脸上，但这对我们来说都无所谓。"我们"，我的朋友转身高喊着，"这些大山的儿子！"此前，我们当然还横穿过那片依然延伸的平原上的村子沙旺松，两人站在乡间公路旁边那个早已废弃的地秤上——这里的牲畜市场早已消失——荡来荡去，蹦蹦跳跳，好一阵子压根儿就再也不愿意继续漫游了。

后来，到了下午，太阳又出来了，风也停了。天空中的蓝色变成了一片蔚蓝；纹丝不动的云层堆聚起来；最后的绿色变得郁郁葱葱。在丘陵脊梁的半高处，我们来到那一大片森林，也就是这个地区唯一的森林前，穿过一片牧场。这时，我不由自主地伸望着那些亦被称作独柄伞菌、山中精灵以及硬柄小皮伞的伞菌。我知道，它们在这里每年都会生长至十二月末，像仙女环的形状：是的，一点不错，哼，很长一段时间，这位朋友对蘑菇的痴迷感染了我——而我老远处就真的看见那些小精灵围成圆圈，犹如套索环一样：我赶紧把蘑菇傻痴儿拉到一旁，装作好像我走错了路的样子。他问："我们还有时间吗？"我答："还早呢，谢天谢地！"后来，牧场上真的站着两匹老耕马，我们一跃而上，就像童年时在村子里那样，只骑了一小段，但也足够了。这两匹老马发现自己被当成骑乘的马，便不情愿地摇来摆去，又是嘶鸣，又是打响鼻，还能怎样呢？片刻间，一匹马变成了驴，呻吟和嘶叫着跑过原野，而它的同伴则打着响鼻相呼应。

之后，我们又穿过那片大森林，到处是稀稀疏疏的橡树、栗树和榉树，而不是这个地区常见的灌木丛：难道有意要这样吗？——是的，有意要这样。——谁的主意呢？——我的。有意为之。白日做梦。预先安排好的。这样的天意？是的，确实存在。

快到森林边上时，天空又变阴沉了，接着开始下起雪，今年的第一场雪，如此宁静，如此稠密，就像自古以来第一次。"或者最后一次？"（他又这样说道。）顷刻间，眼前又是那个古老而新鲜的白茫茫的世界。到了山脊那边脚下，就是我们下榻的目的地。尽管我们走在一条宽阔的道上，可这位寿星却一直跟在我后面，亦步亦趋地踩着我沉重的脚步；我们的脚步不再是火车头的隆隆声，而更像是咯吱咯吱的响声，与两只乌鸦的叫声和彼此鸣叫何等相似，随之而来的便是森林边一只乌鸦嘎嘎地叫；另一个，那个身后的人，突然停在被风雪吹打的林边树木前，我听见只是自言自语地对自己说道："在树叶的沙沙声中，在发生的事件当中。头顶的树冠在剧烈地晃动，晃动与晃动的物质融为一体。啊，我为什么没有守在森林边上呢？！"森林边那里发出剧烈的呼啸声，干枯的树枝咔嚓咔嚓响，像是从一个隆重的华盖上掉下来的。在我们脚前，有一只死去的信鸽，好像刚刚才从天上掉在新鲜的雪地上，在上面砸了一个坑，它的腿上还绑着传递的消息。但我们不想知道是什么信息。

上山，进入森林里，顺其自然，必须顺其自然。如果你们觉得合适的话，也是有意为之。谁的主意呢？看看上文吧。恰恰是道路左右两旁深深的积雪，白茫茫一片——天气预报是准确的——，在一个地方清晰地凸显出一个形状，某些平躺在地上的东西，有可能是一颗盘状地雷。可是，这种形式的东西，它不是平躺着，它立着，它凸出来。"嘿"，蘑菇痴儿冲上去，"嘿，你怎么回事！"随之，像是有意为之（作为短暂的蘑菇痴儿同伙，我熟悉这个地方，也知道，那里秋冬之交时还生长着牛肝菌呢）？不，与有意为之不同，他先是向后退了几步。可是接着一边喊着"嘿，你正是我要找的呀！"一边冲着这个圆东西走去，更确切地说，是庄重而缓慢地走去，绕着圆形、螺旋形和椭圆形。

然而最后，却没有出现必然要出现的情形，更确切地说，独一无二，就是有意为之——梦寐以求——预先安排——精心准备的结果；符合灵感的需要：在最后的时刻，还没等到蘑菇痴儿弯下腰，或者，绝对没有！甚至跪在雪地上时，突然出现一个身影，抢先他一步。谁呢？一个身材高大的人。一个女人。那个女人。那一个女人：在他过生日时，被我，或谁呼唤出来了。这时，她就站在他面前，仿佛站在遥远的地平线上，就是这个地平线。这一次，他没有看她拿在手里的东西，而是盯着她的脸；他又认出了她。从前，他把自己当成她的救命恩人。或者当成让她更完美的那个人。而现在呢？现在完全颠倒了。他向她走去吗？不。虽然他距离她仅两步，三步，最多也就四步之遥，但他跑向她，就像离弦之箭，飞奔向她。这种飞奔入怀的场面，我以前只在孩子那里见过，孩子飞奔投入父亲、母亲、或某个人的怀抱。——夏天里，山丘的轮廓被蓝莓灌木环绕着。而现在呢？——时光静止／在长满蓝莓的山丘上。

我们三个人幸福美满地在名为 Auberge du Saint Graal 的小饭馆共进晚餐。它位于山丘背面的格里西莱普拉特勒村，"普拉特勒"，这就是"石膏"。下榻的地方是：Place du Soleil Levant，即"太阳升起的地方"。前菜是什么，你们可以猜一猜。正吃饭时，又有一人加入我们三人之中，多少有点出乎意料。哦，年轻人。哦，变得年轻的世界。

然而，到了结尾，这是不是有太多的童话色彩呢？有可能：在童话里，他获得了救赎。可在现实中——当然，灵感会告诉你怎么回事，或者别的什么东西，或者别的什么人：这童话的东西，比如在这种情况下，是最现实的东西，最必要的东西。空气，水，土和火当属四行，而这童话时刻就是第五行，附加的一行。对于一个来自蘑菇世界的故事，至少这个故事而言，不管有人天天喋喋不休地恶意攻击，不管冬天和秋天持续的恶雨腥风，不管一年四季怎样给国际毒品中心打电话，也不管有毒厨房永无宁静的争吵，正如所说的，童话最终必然拥有它的位置。

在 Auberge du Saint Graal 深夜时分，我们猜测着时间。我们四个人都弄错了。但猜得最不准的，差得太远的，就是他。

（马里纳／弗克桑地区——沙维尔镇——马里纳
2012 年 11 月至 12 月）

文景

社科新知 文艺新潮

Horizon

试论疲倦

[奥地利] 彼得·汉德克 著　　陈民 贾晨 王雯鹤 译

出 品 人：姚映然
责任编辑：陈欢欢
封面设计：高　熹

出　　品：北京世纪文景文化传播有限责任公司
　　　　　（北京朝阳区东土城路8号林达大厦A座4A　100013）
出版发行：上海人民出版社
印　　刷：山东临沂新华印刷物流集团有限责任公司
制　　版：北京大观世纪文化传媒有限公司

开　本：850mm×1168mm　1/32
印　张：12.5　字　数：189,000
2016年10月第1版　　2019年11月第3次印刷
定　价：49.00元
ISBN：978-7-208-14081-3/I·1584

图书在版编目（CIP）数据

试论疲倦/（奥）彼得·汉德克（Peter Handke）著；
陈民，王雯鹤，贾晨译.—上海：上海人民出版社，
2016
　ISBN 978-7-208-14081-3

Ⅰ.①试… Ⅱ.①彼… ②陈… ③王… ④贾… Ⅲ.
①短篇小说－小说集－奥地利－现代 Ⅳ.①I521.45

中国版本图书馆CIP数据核字（2016）第228571号

本书如有印装错误，请致电本社更换 010-52187586

本书出版得到奥地利教育、艺术和文化部所提供之翻译资助

Die Übersetzung wurde gefordert mit Mitteln des Bundesministeriums

für Unterricht, Kunst und Kultur